第 2 版

國音≒粵音索音字彙

張勵妍・張賽洋——編著

中華書局

□ 責任編輯：于克凌
□ 封面設計：明日設計事務所
□ 排　版：張　盛
□ 印　務：劉漢舉

國音粵音索音字彙
第 2 版

□
編著

張勵妍　張賽洋

□
出版

中華書局（香港）有限公司

香港北角英皇道 499 號北角工業大廈一樓 B
電話：（852）2137 2338　傳真：（852）2713 8202
電子郵件：info@chunghwabook.com.hk
網址：http://www.chunghwabook.com.hk

□
發行

香港聯合書刊物流有限公司

香港新界大埔汀麗路 36 號
中華商務印刷大廈 3 字樓
電話：（852）2150 2100　傳真：（852）2407 3062
電子郵件：info@suplogistics.com.hk

□
印刷

美雅印刷製本有限公司

香港觀塘榮業街 6 號 海濱工業大廈 4 樓 A 室

□
版次

2016 年 1 月第 2 版
2018 年 7 月第 2 版第 2 次印刷
© 2016 2018 中華書局（香港）有限公司

□
規格

32 開（210 mm×150 mm）

□
ISBN：978-988-8340-60-6

目錄

自序

　　《國音粵音索音字彙》是一本常用字字音檢索手冊。自 1987 年面世以來，再版十數次，廣為社會人士接受，且在學界被視為學習普通話和廣州話的「非常有用」的工具書，亦有本港學者、日本和美國的國際知名漢學專家來鴻指正、鼓勵及提出改進的建議。鑑於此，我們決定在保留原書「三大對照表」的特色上，重編此書，借助我們三十年來對普通話（國語）、廣州話（粵語）及語言學的教學和研究心得以及編纂其他字典的經驗，對原書重新修訂，包括增加字量、重新審音及審義、增補簡體字對照、附加粵語方言字表、更新編排形式等。

　　此書的特色，是三個對照字表的設計，用者既可利用部首—筆畫檢字表按筆畫查字，也可利用兩個拼音檢字表按國語或粵語讀音查字。每個字表中，國、粵語讀音並列，能起對照之效；在按拼音排序的字表中，也可查到某個音的所有同音字。而香港其他中文字典，大部分均以部首檢字為主，至多只附音序索引。然而今天拼音知識日趨普遍，以字母作檢索系統亦明顯具有優勢，因此，以音序查字，無疑突破了傳統的局限。

　　我們相信，全新修訂的《字彙》，能更有效地發揮其字音檢索的長處，滿足語言文字使用者、特別是普通話和廣州話學習者的需要。

張勵妍　張賽洋

2015 年 12 月

凡例

一、性質

本字彙為常用漢字的字音檢索手冊，所收漢字均列出普通話（下稱國語）和廣州話（下稱粵語）兩種讀音。使用本字彙，除可按漢字部首一筆畫索音，還可用音序表依國語讀音（下稱國音）或粵語讀音（下稱粵音）查字。音序字表的特點，是同音字並列，而國、粵語對照則可顯示兩語的對應狀況，有利於語言學習者認記字音。

二、收字

本字彙所收漢字，包括異體字在內，共計 5,458 字。收字以在香港地區是否常用為主要取捨依據。正文之外，也收錄了常用的粵語方言字 123 字。

本字彙主要的參考材料包括：1. 中華人民共和國國家標準《信息交換用漢字編碼字符集基本集（GB2312-80）》（1981）；2. 香港教育局《香港小學學習常用字字形表》（2007）[1]；3. 香港中文大學人文電算研究中心《漢語多功能字庫》（2014）[2]。

三、注音

本字彙所收漢字，均注國音和粵音。

本字彙採用的注音系統為：

1. 國音：依據國語語音系統，採用「漢語拼音方案（1957，中華人民共和國國務院）」的標音方法。

2. 粵音：依據劉錫祥（Sidney Lau）[3] 所訂定的粵音系統和標音方法（下稱劉錫祥粵拼）。劉錫祥粵拼的音標拼法與香港現時常見的英文譯音拼法相近，如「梁 leung」、「玉 yuk」。為照顧不同用者的需要，書後附「國際音標」和「香港語言學會粵拼」與「劉錫祥粵拼」之對照。

---

1. 此字表以香港理工大學《中國大陸、台灣、香港現代漢語語料庫》為基礎編制。
2. 此字庫前身為《粵語審音配詞字庫》，包含字頻統計數據，亦收集多個權威語言學者確認的粵語讀音。
3. 劉錫祥：《實用粵英詞典》，1977，香港政府編印。

漢字的讀音標準，國音主要參照《現代漢語詞典》（2012），粵音則以《漢語多功能字庫》為依據，此字庫兼收黃錫凌《粵音韻彙》、李卓敏《李氏中文字典》、周無忌和饒秉才《廣州話標準音字彙》及何文匯和朱國藩《粵音正讀字彙》四書的字音和字義，同時收納香港語言學學會建議的讀音。此外，還參考了詹伯慧《廣州話正音字典》（2002）。某些字音在現實中廣被採用而上述材料未有收納的，編者亦適量增收。

四、釋義

一個字只有一個讀音的，均不予釋義。

一個字有多個讀音的，則分別列出，釋義的處理有如下幾種方式：

1. 異讀字：一字多音而不涉及意義的，則不予釋義，在部首－筆畫檢字表中，異讀音排在後面。如：

	國音	粵音
莖（茎）	jīng	ging[3]
莖（茎）	jīng	hang[4]

2. 破讀字：一字因意義不同而有多個讀音的，則用組詞或註解的方式釋義，在部首－筆畫檢字表中，代表常用意義的一個排在前面，不照習慣讀音來讀的破讀字排在後面。如：

	國音	粵音	說明
燕	yàn	yin[3]	燕子
燕	yān	yin[1]	燕國

3. 文白兩讀：一字有文白兩個讀音，則註明文讀和白讀，在部首－筆畫檢字表中，文讀一般排在前面；如文讀音為異讀，則排在後面。如：

	國音	粵音	說明
熟	shú	suk[6]	普文讀
熟	shóu	suk[6]	普白讀
聲（声）	shēng	sing[1]	粵文讀
聲（声）	shēng	seng[1]	粵白讀

耕	gēng	gaang[1]	粵白讀
耕	gēng	gang[1]	粵文讀

五、檢字法

　　本書編有四個字表，前三個表皆對照列出國音和粵音；第四個為粵語方言字，只注粵音。字表排列方式說明如下：

　　1. 部首－筆畫檢字表：表前附有部首索引。檢字時，先查索引，然後以單字筆畫總數，在筆畫檢字表中索字。表內字頭之後，為對應的簡體字（如有），字旁先注國音，後注粵音。同一字有多個讀音的，無論是國音還是粵音，均依次對照列出，並於字頭左旁劃線以作識別。例如：

部首	筆劃	字（簡體）	國音	粵音	說明
一部	2	丁	dīng	ding[1]	
幺部	12	幾（几）	jǐ	gei[2]	幾多
		幾（几）	jī	gei[1]	幾乎

　　2. 漢語拼音檢字表：按漢語拼音字母次序查字。表內第一欄為國音，第二欄為粵音，按音序排列。同一音各字在拼音後分行排列（不逐一標音）。例如，國語 chén 音下列出「沈沉塵陳忱晨臣辰」八個同音字，並顯示粵語相對應的四個不同讀音：

國音	粵音	
chén	cham[4]	沈
		沉
	chan[4]	塵（尘）
		陳（陈）
	sam[4]	忱
	san[4]	晨
		臣
		辰

3. 粵語拼音檢字表：按粵語拼音字母次序查字。表內第一欄為粵音，第二欄為國音，按音序排列。同一音各字在拼音後分行排列（不逐一標音）。例如，粵語 san⁴ 音下列出「臣辰神晨蜃」五個同音字，並顯示國語相對應的三個不同讀音：

粵音	國音	
san⁴	chén	臣
		辰
		晨
	shén	神
	shèn	蜃

4. 常用粵語方言字表：按粵語拼音字母次序查字。字表排列方式如下：

佢	kui⁵	
蕸	laai¹	
嘞	laak³	
躝	laan¹	
嚟	lai⁴	
冧	lam¹	蓓蕾
冧	lam³	倒塌

部首索引

第一部分

**部首一筆畫
檢字表**

部首－筆畫檢字表

一部

①	一	yī	yat¹	
②	丁	dīng	ding¹	
	七	qī	chat¹	
③	|下	xià	ha⁶	下午
	|下	xià	ha⁵	量詞
	丈	zhàng	jeung⁶	
	|三	sān	saam¹	數目
	|三	sān	saam³	三思
	|上	shàng	seung⁶	上面
	|上	shàng	seung⁵	上車
	|上	shǎng	seung⁵	上聲
④	丐	gài	koi³	
	不	bù	bat¹	
	丑	chǒu	chau²	
⑤	丙	bǐng	bing²	
	世	shì	sai³	
	丕	pī	pei¹	
	且	qiě	che²	
	丘	qiū	yau¹	
⑥	丞	chéng	sing⁴	
	丟	diū	diu¹	
⑧	並 并	bìng	bing⁶	

丨部

③	丫	yā	a¹	
④	|中	zhōng	jung¹	中心
	|中	zhòng	jung³	中毒
⑦	串	chuàn	chuen³	

丶部

③	丸	wán	yuen⁴	
④	丹	dān	daan¹	
⑤	主	zhǔ	jue²	

ノ部

②	乃	nǎi	naai⁵	
③	久	jiǔ	gau²	
④	之	zhī	ji¹	
⑤	乍	zhà	ja³	
	乏	fá	fat⁶	
	乎	hū	foo⁴	
⑥	|乒	pīng	ping¹	
	|乒	pīng	bing¹	
	|乓	pāng	pong¹	
	|乓	pāng	bam¹	
⑧	乖	guāi	gwaai¹	
⑩	|乘	chéng	sing⁴	乘車
	|乘	shèng	sing⁶	千乘之國

乙部

①		乙	yǐ	yuet³	
		乙	yǐ	yuet⁶	
②	九	jiǔ	gau²	
③	也	yě	ya⁵	
	乞	qǐ	hat¹	
⑧	乳	rǔ	yue⁵	
⑪		乾 干	gān	gon¹	乾枯

	乾		qián	kin⁴	乾坤
⑬	亂	乱	luàn	luen⁶	

丨部

①	了		liǎo	liu⁵	了斷
	了		le	liu⁵	助詞
④	予		yǔ	yue⁵	
⑧	事		shì	si⁶	

二部

②	二		èr	yi⁶	
③	于		yú	yue¹	
④	云		yún	wan⁴	
	井		jǐng	jing²	粤文讀
	井		jǐng	jeng²	粤白讀
	互		hù	woo⁶	
	五		wǔ	ng⁵	
⑧	些		xiē	se¹	
	亞	亚	yà	a³	
	亟		jí	gik¹	

亠部

③	亡		wáng	mong⁴	
④	亢		kàng	kong³	
⑥	交		jiāo	gaau¹	
	亦		yì	yik⁶	
	亥		hài	hoi⁶	
⑦	亨		hēng	hang¹	
⑧	享		xiǎng	heung²	
	京		jīng	ging¹	
⑨	亭		tíng	ting⁴	
	亮		liàng	leung⁶	

人〔亻〕部

②	人		rén	yan⁴	
④	仁		rén	yan⁴	
	什		shén	sam⁶	同甚
	仃		dīng	ding¹	
	仆		pū	foo⁶	粤文讀
	仆		pū	puk¹	粤白讀
	仇		chóu	sau⁴	仇恨
	仇		qiú	kau⁴	姓氏
	仍		réng	ying⁴	
	今		jīn	gam¹	
	介		jiè	gaai³	
	仄		zè	jak¹	
⑤	以		yǐ	yi⁵	
	付		fù	foo⁶	
	仔		zǐ	ji²	仔細
	仔		zǎi	jai²	同崽
	仕		shì	si⁶	
	他		tā	ta¹	
	仗		zhàng	jeung³	打仗
	仗		zhàng	jeung⁶	依仗
	代		dài	doi⁶	
	仝		tóng	tung⁴	同同（仝人）
	仙		xiān	sin¹	
	任		rèn	yan⁶	
	仟		qiān	chin¹	
	令		lìng	ling⁶	
⑥	仿		fǎng	fong²	
	伉		kàng	kong³	

伙	huǒ	foh²	
伊	yī	yi¹	
伕	fū	foo¹	
伍	wǔ	ng⁵	
伐	fá	fat⁶	
休	xiū	yau¹	
伏	fú	fuk⁶	
仲	zhòng	jung⁶	
件	jiàn	gin⁶	
仵	wǔ	ng⁵	
任	rèn	yam⁶	任何
任	rén	yam⁴	姓氏
仰	yǎng	yeung⁵	
份	fèn	fan⁶	
企	qǐ	kei⁵	
伎	jì	gei⁶	
⑦ 位	wèi	wai⁶	
住	zhù	jue⁶	
佇	zhù	chue⁵	
佗	tuó	toh⁴	
伴	bàn	boon⁶	粵文讀
伴	bàn	poon⁵	粵白讀
佛	fó	fat⁶	佛教
佛	fú	fat¹	仿佛
何	hé	hoh⁴	
估	gū	goo²	估計
估	gù	goo³	估衣
佐	zuǒ	joh³	佐料
佐	zuǒ	joh²	專名用
佑	yòu	yau⁶	

伽	gā	ga¹	
伺	cì	si⁶	伺候
伺	sì	ji⁶	伺機
伸	shēn	san¹	
佃	diàn	din⁶	
佔 占	zhàn	jim³	
似	shì	chi⁵	似的
似	sì	chi⁵	相似
但	dàn	daan⁶	
佣	yòng	yung²	同傭（佣金）
作	zuò	jok³	工作
作	zuō	jok³	作坊
你	nǐ	nei⁵	
伯	bó	baak³	伯父
伯	bǎi	baak³	大伯子
低	dī	dai¹	
伶	líng	ling⁴	
余	yú	yue⁴	
余	shé	se⁴	
佈	bù	bo³	
佚	yì	yat⁶	
⑧ 佯	yáng	yeung⁴	
依	yī	yi¹	
侍	shì	si⁶	
佳	jiā	gaai¹	
使	shǐ	si²	粵文讀（使用）
使	shǐ	sai²	粵白讀（使用）
使	shǐ	si³	大使

佬		lǎo	lo²
供		gōng	gung¹ 供應
供		gòng	gung³ 供奉
例		lì	lai⁶
來		lái	loi⁴
侃		kǎn	hon²
佰		bǎi	baak³
併	并	bìng	bing³
併	并	bìng	ping³
併	并	bìng	bing⁶
侈		chǐ	chi²
佩		pèi	pooi³
佻		tiāo	tiu⁴
佻		tiāo	tiu¹
侖	仑	lún	lun⁴
侏		zhū	jue¹
侄		zhí	jat⁶
⑨ 信		xìn	sun³
侵		qīn	cham¹
侯		hóu	hau⁴
便		biàn	bin⁶ 方便
便		pián	pin⁴ 便宜
俠	侠	xiá	haap⁶ 粵白讀
俠	侠	xiá	hap⁶ 粵文讀
俑		yǒng	yung²
侷		jú	guk⁶
俏		qiào	chiu³
保		bǎo	bo²
促		cù	chuk¹
侶		lǚ	lui⁵
俘		fú	foo¹
俟		sì	ji⁶
俊		jùn	jun³
俗		sú	juk⁶
侮		wǔ	mo⁵
俐		lì	lei⁶
俄		é	ngoh⁴
係	系	xì	hai⁶
俚		lǐ	lei⁵
俞		yú	yue⁴
⑩ 倌		guān	goon¹
倍		bèi	pooi⁵
俯		fǔ	foo²
倦		juàn	guen⁶
俸		fèng	fung²
倩		qiàn	sin³
倖	幸	xìng	hang⁶
倆	俩	liǎng	leung⁵ 伎倆
倆	俩	liǎ	leung⁵ 咱倆
值		zhí	jik⁶
借		jiè	je³
倚		yǐ	yi²
倒		dǎo	do² 倒閉
倒		dào	do³ 倒掛
們	们	men	moon⁴
俺		ǎn	yim³
倀	伥	chāng	cheung¹
倔		jué	gwat⁶ 倔強
倔		juè	gwat⁶ 倔頭倔腦
俱		jù	kui¹

倡	chāng	cheung¹	倡優
倡	chàng	cheung³	提倡
個 个	gè	goh³	個人
個 个	gě	goh³	自個兒
候	hòu	hau⁶	
倘	tǎng	tong²	
修	xiū	sau¹	
倜	tì	tik¹	
倭	wō	woh¹	
倪	ní	ngai⁴	
俾	bǐ	bei²	
倫 伦	lún	lun⁴	
倉 仓	cāng	chong¹	
⑪ 偽 伪	wěi	ngai⁶	
停	tíng	ting⁴	
假	jiǎ	ga²	真假
假	jià	ga³	假期
偃	yǎn	yin²	
偌	ruò	ye⁶	
做	zuò	jo⁶	
偉 伟	wěi	wai⁵	
健	jiàn	gin⁶	
偶	ǒu	ngau⁵	
偎	wēi	wooi¹	
偕	xié	gaai¹	
偵 侦	zhēn	jing¹	
側 侧	cè	jak¹	側面
側 侧	zè	jak¹	同仄
偷	tōu	tau¹	
偏	piān	pin¹	
倏	shū	suk¹	
⑫ 傢 家	jiā	ga¹	
傍	bàng	bong⁶	依傍
傍	bàng	pong⁴	傍晚
傅	fù	foo⁶	
備 备	bèi	bei⁶	
傑 杰	jié	git⁶	
傀	kuǐ	faai³	
傘 伞	sǎn	saan³	
⑬ 傭 佣	yōng	yung⁴	傭工
傭 佣	yòng	yung²	傭金
債 债	zhài	jaai³	
傲	ào	ngo⁶	
傳 传	chuán	chuen⁴	傳染
傳 传	zhuàn	juen⁶	傳記
傴 伛	yǔ	yue²	
僂 偻	lóu	lau⁴	
僅 仅	jǐn	gan²	
傾 倾	qīng	king¹	
催	cuī	chui¹	
傷 伤	shāng	seung¹	
傻	shǎ	soh⁴	
⑭ 僧	sēng	jang¹	
僮	tóng	tung⁴	書僮
僮	zhuàng	jong⁶	僮族
僥 侥	jiǎo	hiu¹	
僭	jiàn	jim³	
僭	jiàn	chim³	
僚	liáo	liu⁴	
僕 仆	pú	buk⁶	

像		xiàng	jeung⁶
僑 僑	qiáo	kiu⁴
僱 僱	gù	goo³
⑮ 億 亿	yì	yik¹
儀 仪	yí	yi⁴
僻	pì	pik¹
僵	jiāng	geung¹
價 价	jià	ga³
儂 侬	nóng	nung⁴
儈 侩	kuài	kooi²
儉 俭	jiǎn	gim⁶
⑯ 儒	rú	yue⁴
儘 尽	jǐn	jun²
儐 傧	bīn	ban³
儕 侪	chái	chaai⁴
⑰ 優 优	yōu	yau¹
償 偿	cháng	seung⁴
儡	lěi	lui⁵
儲 储	chǔ	chue⁵
㉑ 儷 俪	lì	lai⁶
㉒ 儼 俨	yǎn	yim⁵
儻 傥	tǎng	tong²

儿部

③ 兀	wù	ngat⁶
④ 元	yuán	yuen⁴
允	yǔn	wan⁵
⑤ 兄	xiōng	hing¹
⑥ 充	chōng	chung¹
光	guāng	gwong¹
兇 凶	xiōng	hung¹

兆	zhào	siu⁶
先	xiān	sin¹
⑦ 兌	duì	dui³
克	kè	hak¹ 粵文讀
克	kè	haak¹ 粵白讀
免	miǎn	min⁵
⑧ 兔	tù	to³
兒 儿	ér	yi⁴
⑪ 兜	dōu	dau¹
⑭ 兢	jīng	ging¹

入部

② 入	rù	yap⁶
④ 內	nèi	noi⁶
⑥ 全	quán	chuen⁴
⑧ 兩 两	liǎng	leung⁵ 兩岸
兩 两	liǎng	leung² 斤兩

八部

② 八	bā	baat³
④ 六	liù	luk⁶
兮	xī	hai⁴
公	gōng	gung¹
⑥ 共	gòng	gung⁶
⑦ 兵	bīng	bing¹
⑧ 具	jù	gui⁶
其	qí	kei⁴
典	diǎn	din²
⑩ 兼	jiān	gim¹
⑯ 冀	jì	kei³

冂部

⑤ 冉	rǎn	yim⁵

	冊	cè	chaak³
⑥	再	zài	joi³
⑦	冏	jiǒng	gwing²
⑨	冒	mào	mo⁶
	胄	zhòu	jau⁶
⑪	冕	miǎn	min⁵

<table>
<tr><td colspan="4" align="center">冖部</td></tr>
</table>

④	冗	rǒng	yung²	
⑨	冠	guān	goon¹	皇冠
	冠	guàn	goon³	冠軍
⑩	冤	yuān	yuen¹	
	冥	míng	ming⁴	
	冥	míng	ming⁵	
	冢	zhǒng	chung²	
⑯	冪	mì	mik⁶	

<table><tr><td colspan="4" align="center">冫部</td></tr></table>

⑤	冬	dōng	dung¹
⑥	冰	bīng	bing¹
⑦	冶	yě	ye⁵
	冷	lěng	laang⁵
⑧	冽	liè	lit⁶
	冼	xiǎn	sin²
⑩	凍 冻	dòng	dung³
	凌	líng	ling⁴
	准	zhǔn	jun²
	凋	diāo	diu¹
⑮	凜 凛	lǐn	lam⁵
⑯	凝	níng	ying⁴

<table><tr><td colspan="4" align="center">几部</td></tr></table>

②	几	jī	gei¹

③	凡	fán	faan⁴	
⑪	凰	huáng	wong⁴	
⑫	凱 凯	kǎi	hoi²	
⑭	凳	dèng	dang³	同櫈

<table><tr><td colspan="5" align="center">凵部</td></tr></table>

④	凶	xiōng	hung¹
⑤	凹	āo	nap¹
	凹	āo	aau³
	出	chū	chut¹
	凸	tū	dat⁶
⑧	函	hán	haam⁴

<table><tr><td colspan="5" align="center">刀〔刂〕部</td></tr></table>

②	刀	dāo	do¹	
	刁	diāo	diu¹	
③	刃	rèn	yan⁶	
④	分	fēn	fan¹	分寸
	分	fèn	fan⁶	本分
	切	qiē	chit³	切開
	切	qiè	chit³	密切
	切	qiè	chai³	一切
	刈	yì	ngaai⁶	
⑤	刊	kān	hon¹	
	刊	kān	hon²	
⑥	列	liè	lit⁶	
	刑	xíng	ying⁴	
	划	huá	wa⁴	
	划	huá	wa¹	
	刎	wěn	man⁵	
⑦	初	chū	choh¹	
	別	bié	bit⁶	分別

別	biè	bit³	同彆（別扭）
判	pàn	poon³	
利	lì	lei⁶	
冊	shān	saan¹	
刨	bào	paau⁴	名詞
刨	páo	paau⁴	動詞
⑧ 刻	kè	hak¹	粵文讀
刻	kè	haak¹	粵白讀
券	quàn	huen³	
券	quàn	guen³	
刷	shuā	chaat³	刷新
刷	shuà	saat³	刷白
刺	cì	chi³	刺目
刺	cì	chik³	行刺
刺	cì	sik³	行刺
到	dào	do³	
刮	guā	gwaat³	
制	zhì	jai³	
剁	duò	doh²	
⑨ 剎	chà	chaat³	剎那
剎	chà	saat³	剎那
剎	shā	saat³	剎車
剃	tì	tai³	
削	xuē	seuk³	剝削
削	xiāo	seuk³	削皮
前	qián	chin⁴	
剌	là	laat⁶	
剋 克	kè	hak¹	粵文讀
剋 克	kè	haak¹	粵白讀

	則 則	zé	jak¹	
⑩	剖	pōu	pau²	
	剖	pōu	fau²	
	剔	tī	tik¹	
	剛 剛	gāng	gong¹	
	剝 剝	bō	mok¹	剝削
	剝 剝	bāo	mok¹	剝花生
⑪	剪	jiǎn	jin²	
	副	fù	foo³	
⑫	割	gē	got³	
	創 创	chuàng	chong³	創造
	創 创	chuāng	chong¹	創傷
	剩	shèng	sing⁶	
	剩	shèng	jing⁶	
⑬	剿	jiǎo	jiu²	
	剽	piāo	piu⁵	
⑭	劃 划	huà	waak⁶	計劃
	劃 划	huá	waak⁶	劃火柴
⑮	劇 剧	jù	kek⁶	
	劈	pī	pik¹	粵文讀
	劈	pī	pek³	粵白讀
	劉 刘	liú	lau⁴	
	劍 剑	jiàn	gim³	
	劊 刽	guì	kooi²	
⑯	劑 剂	jì	jai¹	

力部

②	力	lì	lik⁶
⑤	加	jiā	ga¹
	功	gōng	gung¹
⑥	劣	liè	luet³

	劣	liè	luet⁶	
⑦	劼	jié	gip³	
	助	zhù	joh⁶	
	努	nǔ	no⁵	
⑧	劾	hé	hat⁶	
⑨	勇	yǒng	yung⁵	
	勉	miǎn	min⁵	
	勃	bó	boot⁶	
	勁 劲	jìng	ging⁶	勁旅
	勁 劲	jìn	ging³	勁頭
⑪	勒	lè	lak⁶	粵文讀（勒令）
	勒	lè	laak⁶	粵白讀（勒令）
	勒	lēi	lak⁶	粵文讀（勒緊）
	勒	lēi	laak⁶	粵白讀（勒緊）
	務 务	wù	mo⁶	
	勘	kān	ham³	
	動 动	dòng	dung⁶	
⑫	勞 劳	láo	lo⁴	
	勝 胜	shèng	sing³	勝利
	勝 胜	shèng	sing¹	勝任
	勛 勋	xūn	fan¹	同勳
⑬	募	mù	mo⁶	
	勤	qín	kan⁴	
	勢 势	shì	sai³	
⑯	勳 勋	xūn	fan¹	同勛
⑰	勵 励	lì	lai⁶	
⑳	勸 劝	quàn	huen³	

勹部

③	勺	sháo	jeuk³	
④	勻	yún	wan⁴	
	勾	gōu	ngau¹	
	勿	wù	mat⁶	
⑤	包	bāo	baau¹	
	匆	cōng	chung¹	同怱
⑥	匈	xiōng	hung¹	
⑨	匍	pú	po⁴	
⑪	匐	fú	baak⁶	

匕部

②	匕	bǐ	bei⁶	
	匕	bǐ	bei³	
④	化	huà	fa³	
⑤	北	běi	bak¹	
⑪	匙	chí	chi⁴	湯匙
	匙	shi	si⁴	鑰匙

匚部

⑤	匝	zā	jaap³	
⑥	匡	kuāng	hong¹	
	匠	jiàng	jeung⁶	
⑦	匣	xiá	haap⁶	
⑩	匪	fěi	fei²	
⑬	滙 汇	huì	wooi⁶	同滙
⑭	匱 匮	kuì	gwai⁶	

匸部

④	匹	pǐ	pat¹	
⑪	匿	nì	nik¹	
	區 区	qū	kui¹	區域
	區 区	ōu	au¹	姓氏

	匾		biǎn	bin²	

十部

②	十		shí	sap⁶	
③	千		qiān	chin¹	
④	午		wǔ	ng⁵	
	升		shēng	sing¹	
	卅		sà	sa¹	
⑤	半		bàn	boon³	
	卉		huì	wai²	
⑧	協	协	xié	hip⁶	
	協	协	xié	hip³	
	卓		zhuó	cheuk³	
	卑		bēi	bei¹	
	卒		zú	jut¹	
⑨	南		nán	naam⁴	
⑫	博		bó	bok³	

卜部

②	卜		bǔ	buk¹	
④	卞		biàn	bin⁶	
⑤	卡		kǎ	ka¹	卡車
	卡		qiǎ	ka¹	卡住
	占		zhān	jim¹	
⑧	卦		guà	gwa³	

卩部

⑤	卯		mǎo	maau⁵	
⑥	印		yìn	yan³	
	危		wēi	ngai⁴	
⑦	即		jí	jik¹	
	卵		luǎn	lun⁵	
⑧	卷		juàn	guen²	

	卸		xiè	se³	
⑨	卻	却	què	keuk³	
⑩	卿		qīng	hing¹	

厂部

④	厄		è	ak¹	粵文讀
	厄		è	aak¹	粵白讀
⑨	厚		hòu	hau⁵	
	厘		lí	lei⁴	
⑩	原		yuán	yuen⁴	
⑫	厥		jué	kuet³	
⑭	厭	厌	yàn	yim³	
⑮	厲	厉	lì	lai⁶	

厶部

⑤	去		qù	hui³	
⑧	叁		sān	saam¹	同三
⑪	參	参	cān	chaam¹	參加
	參	参	cēn	chaam¹	參差
	參	参	cēn	cham¹	參差
	參	参	shēn	sam¹	人參

又部

②	又		yòu	yau⁶	
③	叉		chā	cha¹	叉腰
	叉		chá	cha¹	叉住
	叉		chǎ	cha¹	叉着腿
④	友		yǒu	yau⁵	
	及		jí	kap⁶	
	反		fǎn	faan²	
⑧	取		qǔ	chui²	
	叔		shū	suk¹	
	受		shòu	sau⁶	

⑨	叛	pàn	boon⁶	
	叟	sǒu	sau²	
⑱	叢 丛	cóng	chung⁴	

口部

③	口	kǒu	hau²	
⑤	|可	kě	hoh²	可以
	|可	kè	hak¹	可汗
	古	gǔ	goo²	
	右	yòu	yau⁶	
	召	zhào	jiu⁶	
	叮	dīng	ding¹	
	叩	kòu	kau³	
	|叨	tāo	to¹	叨光
	|叨	dāo	do¹	叨嘮
	叼	diāo	diu¹	
	司	sī	si¹	
	叵	pǒ	poh²	
	叫	jiào	giu³	
	另	lìng	ling⁶	
	只	zhǐ	ji²	
	史	shǐ	si²	
	叱	chì	chik¹	
	台	tái	toi⁴	同臺（講台）
	句	jù	gui³	
	叭	bā	ba¹	
⑥	吉	jí	gat¹	
	吏	lì	lei⁶	
	同	tóng	tung⁴	
	|吐	tǔ	to³	吐痰

		吐	tù	to³	嘔吐
	吁	xū	hui¹	
	吋	cùn	chuen³	
	各	gè	gok³	
	向	xiàng	heung³	
	名	míng	ming⁴	
	合	hé	hap⁶	
	吃	chī	hek³	
	后	hòu	hau⁶	
	吆	yāo	yiu¹	
		吒	zhà	chaak¹	同咤（叱吒）
		吒	zhā	ja¹	哪吒
	吊	diào	diu³	
⑦	吝	lìn	lun⁶	
		吭	kēng	hang¹	一聲不吭
		吭	háng	hong⁴	引吭高歌
	吞	tūn	tan¹	
	吾	wú	ng⁴	
	否	fǒu	fau²	
	呎	chǐ	chek³	
		吧	bā	ba¹	酒吧
		吧	ba	ba⁶	助詞
		呆	dāi	ngoi⁴	
		呆	dāi	daai¹	
	呃	è	ak¹	
	吳 吴	wú	ng⁴	
	呈	chéng	ching⁴	
	呂 吕	lǚ	lui⁵	
	君	jūn	gwan¹	

吩	fēn	fan¹	
告	gào	go³	告別
告	gào	guk¹	忠告
吹	chuī	chui¹	
吻	wěn	man⁵	
吸	xī	kap¹	
吮	shǔn	suen⁵	
吵	chǎo	chaau²	
呐	nà	naap⁶	
吠	fèi	fai⁶	
吼	hǒu	hau³	
吼	hǒu	haau¹	
呀	yā	a¹	象聲詞
呀	ya	a³	表肯定
呀	ya	a⁴	表反問
吱	zhī	ji¹	
含	hán	ham⁴	
吟	yín	yam⁴	
⑧ 味	wèi	mei⁶	
呵	hē	hoh¹	
咖	gā	ga³	咖哩
咖	kā	ga³	咖啡
呸	pēi	pei¹	
咕	gū	goo¹	
咀	jǔ	jui²	咀嚼
咀	zuǐ	jui²	專名用
呻	shēn	san¹	
呷	xiā	haap³	
咄	duō	dut¹	
咄	duō	juet³	
咒	zhòu	jau³	
咆	páo	paau⁴	
呼	hū	foo¹	
咐	fù	foo³	
呱	gū	goo¹	呱呱大哭
呱	guā	gwa¹	頂呱呱
和	hé	woh⁴	和諧
和	hè	woh⁶	附和
和	huó	woh⁴	和泥
和	hú	woo⁴	和牌
咚	dōng	dung¹	
呢	ní	nei⁴	呢絨
呢	ne	ne¹	助詞
周	zhōu	jau¹	
咋	zhā	ja³	咋呼
咋	zé	ja³	咋舌
命	mìng	ming⁶	粵文讀
命	mìng	meng⁶	粵白讀
咎	jiù	gau³	
⑨ 咬	yǎo	ngaau⁵	
哀	āi	oi¹	
咨	zī	ji¹	
哎	āi	aai¹	
哎	āi	ai¹	
哉	zāi	joi¹	
咸	xián	haam⁴	
咦	yí	yi²	
咳	ké	kat¹	
哇	wā	wa¹	
哂	shěn	chan²	

咽	yān	yin¹	咽喉	
咽	yàn	yin³	狼吞虎咽	
咽	yè	yit³	嗚咽	
咪	mī	mei¹		
品	pǐn	ban²		
哄	hōng	hung¹	亂哄哄	
哄	hǒng	hung³	哄騙	
哄	hòng	hung³	起哄	
哈	hā	ha¹		
咯	kǎ	lok³		
咫	zhǐ	ji²		
咱	zán	ja¹		
咿	yī	yi¹		
⑩ 哨	shào	saau³		
唐	táng	tong⁴		
唁	yàn	yin⁶		
哼	hēng	hang¹	哼唱	
哼	hng	hng⁶	嘆詞	
哥	gē	goh¹		
哲	zhé	jit³		
唇	chún	sun⁴	同脣	
唆	suō	soh¹		
哺	bǔ	bo⁶		
唔	wú	m⁴		
哩	lǐ	lei⁵	英里	
哩	li	le¹	助詞	
哭	kū	huk¹		
員 員	yuán	yuen⁴		
唉	āi	aai¹	唉聲嘆氣	
唉	ài	aai⁶	嘆詞	

哮	xiào	haau¹		
哪	nǎ	na⁵	哪怕	
哪	něi	na⁵	哪個	
哪	né	na⁴	哪吒	
哦	ó	oh²	表驚疑	
哦	ò	oh⁴	表領悟	
哦	é	ngoh⁴	吟哦	
唧	jī	jik¹		
哽	gěng	gang²		
唏	xī	hei¹		
⑪ 商	shāng	seung¹		
啪	pā	paak¹		
啦	lā	la¹		
啄	zhuó	deuk³		
啞 哑	yǎ	a²		
啡	fēi	fei¹		
啡	fēi	fe¹		
啃	kěn	hang²		
啃	kěn	kang²		
啊	ā	a¹	表讚歎	
啊	ā	oh³	表讚歎	
啊	á	a²	表疑問	
啊	ǎ	a²	表疑惑	
啊	à	a³	表醒悟	
啊	ɑ	a³	助詞	
唱	chàng	cheung³		
啖	dàn	daam⁶		
問 问	wèn	man⁶		
啕	táo	to⁴		
唯	wéi	wai⁴		

啤	pí	be¹	
唸	niàn	nim⁶	
售	shòu	sau⁶	
啜	chuò	juet³	
唬	hǔ	foo²	
唳	lì	lui⁶	
啁	zhōu	jau¹	
啥	shá	sa²	
啟 启	qǐ	kai²	同啓
⑫ 啻	chì	chi³	
善	shàn	sin⁶	
喀	kā	ka³	
喀	kā	haak³	
喧	xuān	huen¹	
啼	tí	tai⁴	
喊	hǎn	haam³	
喝	hē	hot³	喝水
喝	hè	hot³	喝采
喘	chuǎn	chuen²	
喂	wèi	wai³	
喜	xǐ	hei²	
喪 丧	sāng	song¹	喪事
喪 丧	sàng	song³	喪命
喔	wō	ak¹	
喇	lǎ	la³	喇叭
喇	lǎ	la¹	喇嘛
喋	dié	dip⁶	
喃	nán	naam⁴	
喳	zhā	ja¹	
單 单	dān	daan¹	簡單

單 单	chán	sin⁴	單于
單 单	shàn	sin⁶	姓氏
唾	tuò	toh³	
喲 哟	yō	yoh¹	表驚異
喲 哟	yo	yoh¹	助詞
喚 唤	huàn	woon⁶	
喻	yù	yue⁶	
喬 乔	qiáo	kiu⁴	
喱	lí	lei¹	
啾	jiū	jau¹	
喉	hóu	hau⁴	
喙	huì	fooi³	
⑬ 嗟	jiē	je¹	
嗨	hāi	haai¹	
嗓	sǎng	song²	
嗓	sǎng	song¹	
嗦	suō	soh¹	
嗎 吗	má	ma¹	幹嗎
嗎 吗	ma	ma¹	助詞
嗜	shì	si³	
嗝	gé	gaak³	
嗩 唢	suǒ	soh²	
嗇 啬	sè	sik¹	
嗑	kè	hap⁶	
嗣	sì	ji⁶	
嗤	chī	chi¹	
嗯	ńg	ng²	表疑問
嗯	ňg	ng⁵	表意外
嗯	ǹg	ng⁶	表答應
嗲	diǎ	de²	

嗚	呜	wū	woo¹	
嗡		wēng	yung¹	
嗅		xiù	chau³	
嗆	呛	qiāng	cheung¹	嗆咳
嗆	呛	qiàng	cheung³	夠嗆
⑭ 嘀		dí	dik⁶	
嘛		ma	ma⁴	喇嘛
嘛		ma	ma³	助詞
嘗	尝	cháng	seung⁴	
嗽		sòu	sau³	
嘔	呕	ǒu	au²	
嘉		jiā	ga¹	
嘍	喽	lóu	lau⁴	
嘟		dū	do¹	
嘈		cáo	cho⁴	
嘆	叹	tàn	taan³	同歎
⑮ 嘮	唠	láo	lo⁴	
嘻		xī	hei¹	
嘹		liáo	liu⁴	
嘲		cháo	jaau¹	
嘿		hēi	hei¹	
嘩	哗	huá	wa¹	喧嘩
嘩	哗	huā	wa¹	象聲詞
噓	嘘	xū	hui¹	
噎		yē	yit³	
噗		pū	pok³	
噴	喷	pēn	pan³	噴泉
噴	喷	pèn	pan³	噴香
嘶		sī	sai¹	
嘶		sī	si¹	

嘰	叽	jī	gei¹	
噁	恶	ě	ok³	
⑯ 嘴		zuǐ	jui²	
嘯	啸	xiào	siu³	
噹	当	dāng	dong¹	
噩		è	ngok⁶	
噤		jìn	gam³	
噸	吨	dūn	dun¹	
噪		zào	cho³	
器		qì	hei³	
噱		jué	keuk⁶	大笑
噱		xué	keuk⁶	噱頭
噱		xué	cheuk³	噱頭
噯	嗳	āi	aai¹	同哎
噯	嗳	ài	aai¹	表悔恨
噯	嗳	ǎi	oi²	表否定
噬		shì	sai⁶	
噢		ō	oh¹	
噢		ō	o³	
⑰ 嚎		háo	ho⁴	
嚀	咛	níng	ning⁴	
嚐	尝	cháng	seung⁴	
嚇	吓	xià	haak³	嚇阻
嚇	吓	hè	haak³	恐嚇
嚏		tì	tai³	
⑱ 嚕	噜	lū	lo¹	
嚮	向	xiàng	heung³	
⑲ 嚥	咽	yàn	yin³	
嚨	咙	lóng	lung⁴	
⑳ 嚷		rǎng	yeung⁶	叫嚷

國音粵音索音字彙

⼝嚷	嚷	rāng	yeung⁶	嚷嚷
嚴	严	yán	yim⁴	
⼝嚼		jué	jeuk³	咀嚼
⼝嚼		jiáo	jeuk³	嚼舌
㉑ 囂	嚣	xiāo	hiu¹	
㉒ 囈	呓	yì	ngai⁶	
囊		náng	nong⁴	
⼝囉	啰	luō	loh¹	囉唆
⼝囉	啰	luó	loh⁴	嚕囉
⼝囉	啰	luo	loh³	助詞
㉓ 囌	苏	sū	so¹	
㉔ 囑	嘱	zhǔ	juk¹	

口部

⑤ 四		sì	sei³	
囚		qiú	chau⁴	
⑥ 因		yīn	yan¹	
回		huí	wooi⁴	
⑦ ⼝囪		cōng	chung¹	煙囪
⼝囪		chuāng	cheung¹	同窗
困		kùn	kwan³	
囤		tún	tuen⁴	
囫		hú	fat¹	
⑧ 固		gù	goo³	
囹		líng	ling⁴	
⑩ 圃		pǔ	po²	
圉		yǔ	yue⁵	
⑪ ⼝圈		quān	huen¹	圓圈
⼝圈		juàn	guen⁶	豬圈
國	国	guó	gwok³	
圇	囵	lún	lun⁴	

⑫ 圍	围	wéi	wai⁴	
⑬ 園	园	yuán	yuen⁴	
圓	圆	yuán	yuen⁴	
⑭ 團	团	tuán	tuen⁴	
圖	图	tú	to⁴	

土部

③ 土		tǔ	to²	
⑥ 圳		zhèn	jan³	
⼝地		dì	dei⁶	天地
⼝地		de	dei⁶	慢慢地
在		zài	joi⁶	
⑦ ⼝坊		fāng	fong¹	牌坊
⼝坊		fáng	fong¹	作坊
⼝坊		fáng	fong⁴	同防（堤坊）
坑		kēng	haang¹	
址		zhǐ	ji²	
坍		tān	taan¹	
均		jūn	gwan¹	
⼝坎		kǎn	ham²	
⼝坎		kǎn	ham¹	
圾		jī	saap³	
⼝坐		zuò	joh⁶	粤文讀
⼝坐		zuò	choh⁵	粤白讀
⑧ 垃		lā	laap⁶	
⼝坷		kě	hoh²	
⼝坷		kě	hoh¹	
坪		píng	ping⁴	
坡		pō	boh¹	
坦		tǎn	taan²	

坤		kūn	kwan¹	
坳		ào	aau³	
坯		pī	pooi¹	
⑨ 垂		chuí	sui⁴	
型		xíng	ying⁴	
垠		yín	ngan⁴	
垣		yuán	woon⁴	
垢		gòu	gau³	
｜城		chéng	sing⁴	粤文讀
｜城		chéng	seng⁴	粤白讀
垮		kuǎ	kwa¹	
⑩ 埂		gěng	gang²	
｜埔		bù	bo³	大埔
｜埔		pǔ	bo³	黃埔
｜埋		mái	maai⁴	埋葬
｜埋		mán	maai⁴	埋怨
｜埃		āi	oi¹	
｜埃		āi	aai¹	
垺		bù	bo⁶	
⑪ 域		yù	wik⁶	
堅	坚	jiān	gin¹	
堆		duī	dui¹	
｜埠		bù	fau⁶	外埠
｜埠		bù	bo⁶	埠頭
基		jī	gei¹	
堂		táng	tong⁴	
堵		dǔ	do²	
執	执	zhí	jap¹	
培		péi	pooi⁴	
⑫ 堯	尧	yáo	yiu⁴	

堪		kān	ham¹	
｜場	场	cháng	cheung⁴	一場病
｜場	场	chǎng	cheung⁴	市場
堤		dī	tai⁴	
堰		yàn	yin²	
報	报	bào	bo³	
堡		bǎo	bo²	
⑬ ｜塞		sāi	sak¹	活塞
｜塞		sè	sak¹	充塞
｜塞		sài	choi³	塞外
｜塑		sù	so³	
｜塑		sù	sok³	
塘		táng	tong⁴	
塗	涂	tú	to⁴	
塚	冢	zhǒng	chung²	
塔		tǎ	taap³	
填		tián	tin⁴	
塌		tā	taap³	
塊	块	kuài	faai³	
｜塢	坞	wù	woo²	山塢
｜塢	坞	wù	o³	船塢
⑭ 塵	尘	chén	chan⁴	
塾		shú	suk⁶	
境		jìng	ging²	
墓		mù	mo⁶	
墊	垫	diàn	din³	
塹	堑	qiàn	chim³	
墅		shù	sui⁵	
⑮ 墟	圩	xū	hui¹	
增		zēng	jang¹	

墳	坟	fén	fan⁴	
墜	坠	zhuì	jui⁶	
墮	堕	duò	doh⁶	
墨		mò	mak⁶	
|墩		dūn	dun¹	
|墩		dūn	dan²	
⑯ |壁		bì	bik¹	粵文讀
|壁		bì	bek³	粵白讀
墙	墙	qiáng	cheung⁴	同牆
墾	垦	kěn	han²	
壇	坛	tán	taan⁴	
⑰ 壕		háo	ho⁴	
壓	压	yā	aat³	
壑		hè	kok³	
⑱ 壘	垒	lěi	lui⁵	
⑲ 壞	坏	huài	waai⁶	
壟	垄	lǒng	lung⁵	
⑳ 壤		rǎng	yeung⁶	
㉔ 壩	坝	bà	ba³	

士部

③ 士		shì	si⁶	
④ 壬		rén	yam⁴	
⑦ 壯	壮	zhuàng	jong³	
⑫ 壹		yī	yat¹	同一
壺	壶	hú	woo⁴	
⑭ 壽	寿	shòu	sau⁶	

夊部

⑩ 夏		xià	ha⁶	

夕部

③ 夕		xī	jik⁶	

⑤ 外		wài	ngoi⁶	
⑥ 夙		sù	suk¹	
多		duō	doh¹	
⑧ 夜		yè	ye⁶	
⑪ 夠		gòu	gau³	同够
⑭ 夥	伙	huǒ	foh²	
夢	梦	mèng	mung⁶	

大部

③ |大		dà	daai⁶	大小
|大		dài	daai⁶	大夫
④ 天		tiān	tin¹	
|夫		fū	foo¹	夫妻
|夫		fú	foo⁴	助詞
太		tài	taai³	
|夭		yāo	yiu¹	桃之夭夭
|夭		yāo	yiu²	夭折
⑤ 央		yāng	yeung¹	
失		shī	sat¹	
⑥ 夷		yí	yi⁴	
夸		kuā	kwa¹	
⑦ |夾	夹	jiā	gaap³	夾攻
|夾	夹	jiá	gaap³	夾被
⑧ 奉		fèng	fung⁶	
|奇		qí	kei⁴	奇怪
|奇		jī	gei¹	奇數
奈		nài	noi⁶	
奄		yǎn	yim¹	
|奔		bēn	ban¹	奔走
|奔		bèn	ban¹	奔頭
⑨ 奕		yì	yik⁶	

契	qì	kai³	契約
契	qì	kit³	契丹
契	xiè	sit³	古人名
奏	zòu	jau³	
奎	kuí	fooi¹	
奐 奂	huàn	woon⁶	
⑩ 套	tào	to³	
奘	zàng	jong⁶	唐玄奘
奘	zhuǎng	jong¹	粗壯
奚	xī	hai⁴	
⑪ 奢	shē	che¹	
⑫ 奠	diàn	din⁶	
⑬ 奧	ào	o³	
⑭ 奪 夺	duó	duet⁶	
⑯ 奮 奋	fèn	fan⁵	

女部

③ 女	nǚ	nui⁵	
⑤ 奴	nú	no⁴	
奶	nǎi	naai⁵	
⑥ 妄	wàng	mong⁵	
奸	jiān	gaan¹	
妃	fēi	fei¹	
好	hǎo	ho²	好壞
好	hào	ho³	愛好
她	tā	ta¹	
如	rú	yue⁴	
妁	shuò	jeuk³	
⑦ 妝 妆	zhuāng	jong¹	
妒	dù	do³	
妨	fáng	fong⁴	

妞	niū	nau²	
妙	miào	miu⁶	
妖	yāo	yiu¹	
妗	jìn	kam⁵	
妍	yán	yin⁴	
妓	jì	gei⁶	
妊	rèn	yam⁶	
妊	rèn	yam⁴	
妥	tuǒ	toh⁵	
⑧ 妾	qiè	chip³	
妻	qī	chai¹	
委	wěi	wai²	
妹	mèi	mooi⁶	
妮	nī	nei⁴	
姑	gū	goo¹	
姆	mǔ	mo⁵	
姐	jiě	je²	
姍	shān	saan¹	
始	shǐ	chi²	
姓	xìng	sing³	
姊	zǐ	ji²	
妯	zhóu	juk⁶	
妳	nǐ	nei⁵	
⑨ 姜	jiāng	geung¹	
姘	pīn	ping¹	
姿	zī	ji¹	
姣	jiāo	gaau²	
姨	yí	yi⁴	
娃	wá	wa¹	
姥	lǎo	lo⁵	

姪	侄	zhí	jat⁶	
姚		yáo	yiu⁴	
姦	奸	jiān	gaan¹	
威		wēi	wai¹	
姻		yīn	yan¹	
⑩ 娑		suō	soh¹	
娘		niáng	neung⁴	
｜娜		nuó	noh⁵	婀娜
｜娜		nà	noh⁴	人名
｜娜		nà	na⁴	人名
娟		juān	guen¹	
娛	娱	yú	yue⁴	
娓		wěi	mei⁵	
姬		jī	gei¹	
娠		shēn	san¹	
娣		dì	dai⁶	
娩		miǎn	min⁵	
娥		é	ngoh⁴	
娌		lǐ	lei⁵	
娉		pīng	ping¹	
⑪ ｜娶		qǔ	chui³	
｜娶		qǔ	chui²	
婉		wǎn	yuen²	
婦	妇	fù	foo⁵	
婪		lán	laam⁴	
婀		ē	oh¹	
娼		chāng	cheung¹	
婢		bì	pei⁵	
婚		hūn	fan¹	
婆		pó	poh⁴	

婊		biǎo	biu²	
⑫ 婷		tíng	ting⁴	
｜媚		mèi	mei⁶	
｜媚		mèi	mei⁴	
婿		xù	sai³	
媒		méi	mooi⁴	
媛		yuàn	woon⁴	
媧	娲	wā	woh¹	
嫂		sǎo	so²	
⑬ 嫁		jià	ga³	
嫉		jí	jat⁶	
嫌		xián	yim⁴	
｜媾		gòu	gau³	
｜媾		gòu	kau¹	
媽	妈	mā	ma¹	
媳		xí	sik¹	
｜媲		pì	pei³	
｜媲		pì	bei²	
⑭ 嫡		dí	dik¹	
嫦		cháng	seung⁴	
嫩		nèn	nuen⁶	
嫗	妪	yù	yue²	
嫖		piáo	piu⁴	
嫣		yān	yin¹	
⑮ 嬉		xī	hei¹	
嫻	娴	xián	haan⁴	同嫺
嬋	婵	chán	sim⁴	
｜嫵	妩	wǔ	mo⁵	
｜嫵	妩	wǔ	mo⁴	
嬌	娇	jiāo	giu¹	

	嬈 娆	ráo	yiu⁴
⑯	嫋 袅	niǎo	niu⁵
	嬡 嫒	ài	oi³
⑰	嬰 婴	yīng	ying¹
	嬪 嫔	pín	pan⁴
	嬪 嫔	pín	ban³
⑱	嬸 婶	shěn	sam²
⑳	孀	shuāng	seung¹
	孃 娘	niáng	neung⁴

子部

③	子	zǐ	ji²
	孑	jié	kit³
	孓	jué	kuet³
④	孔	kǒng	hung²
⑤	孕	yùn	yan⁶
⑥	字	zì	ji⁶
	存	cún	chuen⁴
⑦	孝	xiào	haau³
	孜	zī	ji¹
	孚	fú	foo¹
⑧	孟	mèng	maang⁶
	孤	gū	goo¹
	孢	bāo	baau¹
	季	jì	gwai³
⑨	孩	hái	haai⁴
⑩	孫 孙	sūn	suen¹
⑪	孰	shú	suk⁶
⑫	孱	chán	saan⁴
	孳	zī	ji¹
⑭	孵	fū	foo¹

⑯	學 学	xué	hok⁶
⑰	孺	rú	yue⁴
⑳	孽	niè	yit⁶
	孽	niè	yip⁶
㉒	孿 孪	luán	luen⁴

宀部

⑤	它	tā	ta¹	
⑥	宇	yǔ	yue⁵	
	守	shǒu	sau²	守衛
	守	shòu	sau³	太守
	宅	zhái	jaak⁶	
	安	ān	on¹	
⑦	完	wán	yuen⁴	
	宋	sòng	sung³	
	宏	hóng	wang⁴	
⑧	宗	zōng	jung¹	
	定	dìng	ding⁶	
	宕	dàng	dong⁶	
	官	guān	goon¹	
	宜	yí	yi⁴	
	宙	zhòu	jau⁶	
	宛	wǎn	yuen²	
⑨	宣	xuān	suen¹	
	宦	huàn	waan⁶	
	室	shì	sat¹	
	客	kè	haak³	
⑩	宰	zǎi	joi²	
	害	hài	hoi⁶	
	家	jiā	ga¹	
	宴	yàn	yin³	

	宮		gōng	gung[1]	
	宵		xiāo	siu[1]	
	容		róng	yung[4]	
⑪	寇		kòu	kau[3]	
	寅		yín	yan[4]	
	寄		jì	gei[3]	
	寂		jì	jik[6]	
	︳宿		sù	suk[1]	住宿
	︳宿		xiǔ	suk[1]	夜
	︳宿		xiù	sau[3]	星宿
	密		mì	mat[6]	
⑫	寒		hán	hon[4]	
	富		fù	foo[3]	
	寓		yù	yue[6]	
	寐		mèi	mei[6]	
⑭	寞		mò	mok[6]	
	︳寧	宁	níng	ning[4]	寧靜
	︳寧	宁	nìng	ning[4]	寧可
	寡		guǎ	gwa[2]	
	寥		liáo	liu[4]	
	實	实	shí	sat[6]	
	寨		zhài	jaai[6]	
	寢	寝	qǐn	cham[2]	
	寤		wù	ng[6]	
	察		chá	chaat[3]	
⑮	寮		liáo	liu[4]	
	審	审	shěn	sam[2]	
	寬	宽	kuān	foon[1]	
	寫	写	xiě	se[2]	
⑯	寰		huán	waan[4]	

⑲	寵	宠	chǒng	chung[2]	
⑳	寶	宝	bǎo	bo[2]	

寸部

③	寸		cùn	chuen[3]	
⑥	寺		sì	ji[6]	
⑨	封		fēng	fung[1]	
⑩	射		shè	se[6]	
⑪	尉		wèi	wai[3]	
	專	专	zhuān	juen[1]	
	︳將	将	jiāng	jeung[1]	將來
	︳將	将	jiàng	jeung[3]	將領
⑫	尊		zūn	juen[1]	
	尋	寻	xún	cham[4]	
⑭	對	对	duì	dui[3]	
⑯	導	导	dǎo	do[6]	

小部

③	小		xiǎo	siu[2]	
④	︳少		shǎo	siu[2]	多少
	︳少		shào	siu[3]	少年
⑥	尖		jiān	jim[1]	
⑧	尚		shàng	seung[6]	

尢部

④	尤		yóu	yau[4]	
⑦	尬		gà	gaai[3]	
⑫	就		jiù	jau[6]	
⑰	︳尷	尴	gān	gaam[1]	
	︳尷	尴	gān	gaam[3]	

尸部

③	尸		shī	si[1]	
④	尺		chǐ	chek[3]	

尹	yǐn	wan⁵	
⑤ 尼	ní	nei⁴	
⑦ 局	jú	guk⁶	
屁	pì	pei³	
尿	niào	niu⁶	
尾	wěi	mei⁵	
⑧ 屈	qū	wat¹	
居	jū	gui¹	
屆 届	jiè	gaai³	
⑨ 屎	shǐ	si²	
屌	diǎo	diu²	
∣屏	píng	ping⁴	屏風
∣屏	bǐng	bing²	屏絕
屍 尸	shī	si¹	
屋	wū	uk¹	
⑩ 屑	xiè	sit³	
展	zhǎn	jin²	
屐	jī	kek⁶	
⑪ 屠	tú	to⁴	
屜 屉	tì	tai³	
⑭ 屢 屡	lǚ	lui⁵	
⑮ 層 层	céng	chang⁴	
∣履	lǚ	lei⁵	
∣履	lǚ	lui⁵	
㉑ 屬 属	shǔ	suk⁶	

屮部

④ 屯	tún	tuen⁴	

山部

③ 山	shān	saan¹	
⑥ 屹	yì	ngat⁶	
⑦ 岐	qí	kei⁴	
岑	cén	sam⁴	
岔	chà	cha³	
岌	jí	kap¹	
⑧ 岷	mín	man⁴	
岡 冈	gāng	gong¹	
岸	àn	ngon⁶	
岩	yán	ngaam⁴	同巖
岱	dài	doi⁶	
岳	yuè	ngok⁶	
⑨ 峙	zhì	chi⁵	
峋	xún	sun¹	
⑩ 峭	qiào	chiu³	
∣峽 峡	xiá	haap⁶	粵白讀
∣峽 峡	xiá	hap⁶	粵文讀
∣峻	jùn	jun³	
∣峪	yù	yuk⁶	
∣峪	yù	yue⁶	
峨	é	ngoh⁴	
峰	fēng	fung¹	同峯
島 岛	dǎo	do²	
峴 岘	xiàn	yin⁶	
⑪ 崇	chóng	sung⁴	
∣崎	qí	kei¹	崎嶇
∣崎	qí	kei⁴	長崎
崛	jué	gwat⁶	
崖	yá	ngaai⁴	
∣崢 峥	zhēng	jaang¹	粵白讀
∣崢 峥	zhēng	jang¹	粵文讀
崑	kūn	kwan¹	

崩	bēng	bang¹	
崔	cuī	chui¹	
崙 仑	lún	lun⁴	
崗 岗	gǎng	gong¹	
⑫ 嵌	qiàn	ham⁶	
嵋	méi	mei⁴	
幄	wò	ak¹	
嵐 岚	lán	laam⁴	
⑬ 嵩	sōng	sung¹	
⑭ 嶄 崭	zhǎn	jaam²	
嶇 岖	qū	kui¹	
⑮ 嶗 崂	láo	lo⁴	
嶙	lín	lun⁴	
⑰ 嶼 屿	yǔ	jui⁶	島嶼
嶼 屿	yǔ	yue⁴	大嶼山
嶺 岭	lǐng	ling⁵	粵文讀
嶺 岭	lǐng	leng⁵	粵白讀
嶽 岳	yuè	ngok⁶	
嶸 嵘	róng	wing⁴	
㉑ 巍	wēi	ngai⁴	
㉒ 巔 巅	diān	din¹	
巒 峦	luán	luen⁴	
㉓ 巖 岩	yán	ngaam⁴	

巛 部

③ 川	chuān	chuen¹	
⑥ 州	zhōu	jau¹	
巡	xún	chun⁴	同巡
⑪ 巢	cháo	chaau⁴	

工 部

③ 工	gōng	gung¹	
⑤ 巨	jù	gui⁶	
巧	qiǎo	haau²	
左	zuǒ	joh²	
⑦ 巫	wū	mo⁴	
⑩ 差	chā	cha¹	差錯
差	chà	cha¹	差不多
差	chāi	chaai¹	差事
差	cī	chi¹	參差

己 部

③ 己	jǐ	gei²	
已	yǐ	yi⁵	
巳	sì	ji⁶	
④ 巴	bā	ba¹	
⑨ 巷	xiàng	hong⁶	

巾 部

③ 巾	jīn	gan¹	
⑤ 市	shì	si⁵	
布	bù	bo³	
⑥ 帆	fān	faan⁴	
⑦ 希	xī	hei¹	
⑧ 帘	lián	lim⁴	
帚	zhǒu	jau²	粵文讀
帚	zhǒu	jaau²	粵白讀
帖	tiē	tip³	妥帖
帖	tiě	tip³	請帖
帖	tiè	tip³	碑帖
帕	pà	paak³	
帛	bó	baak⁶	
帑	tǎng	tong²	
⑨ 帝	dì	dai³	

	帥	帅	shuài	sui³
⑩	席		xí	jik⁶
	師	师	shī	si¹
⑪	常		cháng	seung⁴
	帶	带	dài	daai³
	帳	帐	zhàng	jeung³
	帷		wéi	wai⁴
⑫	幅		fú	fuk¹
	帽		mào	mo⁶
	幀	帧	zhēn	jing³
⑬	幌		huǎng	fong²
⑭	幣	币	bì	bai⁶
	幕		mù	mok⁶
	幗	帼	guó	gwok³
	幔		màn	maan⁶
⑮	幢		zhuàng	chong⁴
	幟	帜	zhì	chi³
⑰	幫	帮	bāng	bong¹

干部

③	干		gān	gon¹	
⑤	|平		píng	ping⁴	
	|平		píng	peng⁴	粵口語
⑥	|并		bìng	bing⁶	
	|并		bìng	bing³	
	年		nián	nin⁴	
⑧	幸		xìng	hang⁶	
⑬	幹	干	gàn	gon³	

幺部

④	幻	huàn	waan⁶
⑤	幼	yòu	yau³

⑨	幽		yōu	yau¹	
⑫	|幾	几	jǐ	gei²	幾多
	|幾	几	jī	gei¹	幾乎
⑭	麼	么	me	moh¹	

广部

⑦	序		xù	jui⁶	
	床		chuáng	chong⁴	同牀
	庇		bì	bei³	
⑧	庚		gēng	gang¹	
	店		diàn	dim³	
	府		fǔ	foo²	
	底		dǐ	dai²	
	庖		páo	paau⁴	
⑨	|度		dù	do⁶	溫度
	|度		duó	dok⁶	猜度
⑩	庫	库	kù	foo³	
	庭		tíng	ting⁴	
	座		zuò	joh⁶	
⑪	康		kāng	hong¹	
	庸		yōng	yung⁴	
	庶		shù	sue³	
	庵		ān	am¹	
	庾		yǔ	yue⁵	
⑫	廊		láng	long⁴	
	廁	厕	cè	chi³	
	廂	厢	xiāng	seung¹	
	廄	厩	jiù	gau³	
⑬	廉		lián	lim⁴	
	|廈	厦	shà	ha⁶	大廈
	|廈	厦	xià	ha⁶	廈門

國音粵音索音字彙

⑭	廓		kuò	kwok³	
	廖		liào	liu⁶	
⑮	廢	废	fèi	fai³	
	廚	厨	chú	chui⁴	
	廚	厨	chú	chue⁴	
	廟	庙	miào	miu⁶	
	厮	厮	sī	si¹	
	廣	广	guǎng	gwong²	
	厰	厂	chǎng	chong²	
⑲	廬	庐	lú	lo⁴	
㉕	廳	厅	tīng	teng¹	

廴部

⑦	廷	tíng	ting⁴
⑧	延	yán	yin⁴
⑨	建	jiàn	gin³

廾部

④	廿	niàn	ya⁶
	廿	niàn	ye⁶
⑦	弄	nòng	lung⁶
⑨	弈	yì	yik⁶
⑭	弊	bì	bai⁶

弋部

③	弋	yì	yik⁶
⑥	式	shì	sik¹
⑬	弒	shì	si³

弓部

③	弓		gōng	gung¹
④	弔	吊	diào	diu³
	引		yǐn	yan⁵
⑤	弘		hóng	wang⁴

	弗		fú	fat¹	
⑥	弛		chí	chi²	
	弛		chí	chi⁴	
⑦	弟		dì	dai⁶	
⑧	弦		xián	yin⁴	
	弧		hú	woo⁴	
	弩		nǔ	no⁵	
⑩	弱		ruò	yeuk⁶	
⑪	張	张	zhāng	jeung¹	
	強	强	qiáng	keung⁴	富強
	強	强	qiǎng	keung⁵	強詞奪理
	強	强	jiàng	keung⁵	倔強
⑫	弼		bì	bat⁶	
⑭	彆	别	biè	bit³	
⑮	彈	弹	dàn	daan⁶	槍林彈雨
	彈	弹	tán	daan⁶	彈跳
	彈	弹	tán	taan⁴	彈琴
⑰	彌	弥	mí	mei⁴	
	彌	弥	mí	nei⁴	
㉒	彎	弯	wān	waan¹	

彐（彑）部

⑪	彗		huì	wai⁶
	彗		suì	sui⁶
⑬	彙	汇	huì	wai⁶
	彙	汇	huì	wooi⁶
⑱	彝		yí	yi⁴

彡部

⑦	彤		tóng	tung⁴
	形		xíng	ying⁴
⑨	彥	彦	yàn	yin⁶

⑪	彬	bīn	ban¹		
	彩	cǎi	choi²		
⑫	彭	péng	paang⁴		
⑭	彰	zhāng	jeung¹		
⑮	影	yǐng	ying²		

彳部

⑦	｜彷	fǎng	fong²	彷彿
	｜彷	páng	pong⁴	同徬（彷徨）
	役	yì	yik⁶	
⑧	往	wǎng	wong⁵	
	征	zhēng	jing¹	
	彿 佛	fú	fat¹	
	彼	bǐ	bei²	
⑨	很	hěn	han²	
	待	dài	doi⁶	
	徊	huái	wooi⁴	
	律	lǜ	lut⁶	
	徇	xùn	sun¹	
	後 后	hòu	hau⁶	
⑩	徒	tú	to⁴	
	徑 径	jìng	ging³	
	徐	xú	chui⁴	
⑪	｜得	dé	dak¹	得到
	｜得	de	dak¹	助詞
	｜得	děi	dak¹	必須
	徙	xǐ	saai²	
	徠 徕	lái	loi⁴	
	｜從 从	cóng	chung⁴	從事
	｜從 从	cóng	sung¹	從容

	徘	pái	pooi⁴		
	御	yù	yue⁶		
⑫	｜復 复	fù	fuk⁶	恢復
	｜復 复	fù	fau⁶	復還
	循	xún	chun⁴	
	徨	huáng	wong⁴	
⑬	徬 彷	páng	pong⁴	
	微	wēi	mei⁴	
⑮	徹 彻	chè	chit³	
	德	dé	dak¹	
	徵 征	zhēng	jing¹	
⑰	徽	huī	fai¹	

心〔忄，⺗〕部

④	心	xīn	sam¹	
⑤	必	bì	bit¹	
⑥	忙	máng	mong⁴	
	忖	cǔn	chuen²	
⑦	忘	wàng	mong⁴	
	忌	jì	gei⁶	
	忍	rěn	yan²	
	志	zhì	ji³	
	快	kuài	faai³	
	忱	chén	sam⁴	
	忸	niǔ	nau²	
	忪	sōng	sung¹	
	忤	wǔ	ng⁵	
	忑	tè	tik¹	
	忐	tǎn	taan²	
⑧	忠	zhōng	jung¹	
	念	niàn	nim⁶	

忽		hū	fat¹	
忿		fèn	fan⁵	忿怒
忿		fèn	fan⁶	不忿
怦		pēng	ping¹	
怔		zhēng	jing¹	
怯		qiè	hip³	
怖		bù	bo³	
怪		guài	gwaai³	
怕		pà	pa³	
怡		yí	yi⁴	
性		xìng	sing³	
怩		ní	nei⁴	
⑨ 怒		nù	no⁶	
思		sī	si¹	思想
思		sī	si³	不好意思
怠		dài	toi⁵	
急		jí	gap¹	
怎		zěn	jam²	
怨		yuàn	yuen³	
恍		huǎng	fong²	
恰		qià	hap¹	
恨		hèn	han⁶	
恢		huī	fooi¹	
恆 恒		héng	hang⁴	
恃		shì	chi⁵	
恬		tián	tim⁴	
恬		tián	tim⁵	
恫		dòng	dung⁶	
恤		xù	sut¹	
⑩ 恙		yàng	yeung⁶	

恣		zì	ji³	
恣		zì	chi³	
恥	耻	chǐ	chi²	
恐		kǒng	hung²	
恕		shù	sue³	
恭		gōng	gung¹	
恩		ēn	yan¹	
息		xī	sik¹	
悄		qiāo	chiu²	靜悄悄
悄		qiāo	chiu⁵	靜悄悄
悄		qiǎo	chiu²	悄然無聲
悄		qiǎo	chiu⁵	悄然無聲
悟		wù	ng⁶	
悚		sǒng	sung²	
悍		hàn	hon⁶	
悍		hàn	hon⁵	
悔		huǐ	fooi³	
悅		yuè	yuet⁶	
悖		bèi	booi⁶	
⑪ 恿		yǒng	yung²	
患		huàn	waan⁶	
悉		xī	sik¹	
悠		yōu	yau⁴	
您		nín	nei⁵	
惋		wǎn	woon²	
惋		wǎn	yuen²	
悴		cuì	sui⁶	
悴		cuì	sui⁵	
惦		diàn	dim³	
悽		qī	chai¹	

情		qíng	ching⁴
悵 怅		chàng	cheung³
悻		xìng	hang⁶
惜		xī	sik¹
悼		dào	do⁶
惘		wǎng	mong⁵
惟		wéi	wai⁴
惕		tì	tik¹
悸		jì	gwai³
惆		chóu	chau⁴
惚		hū	fat¹
惇		dūn	dun¹
⑫ 惑		huò	waak⁶
惡 恶		è	ok³ 醜惡
惡 恶		wù	woo³ 厭惡
悲		bēi	bei¹
悶 闷		mèn	moon⁶ 煩悶
悶 闷		mēn	moon⁶ 悶熱
惠		huì	wai⁶
愜 惬		qiè	hip³
愣		lèng	ling⁶
愣		lèng	ling⁴
惺		xīng	sing¹
愕		è	ngok⁶
惰		duò	doh⁶
惻 恻		cè	chak¹ 粵文讀
惻 恻		cè	chaak¹ 粵白讀
惴		zhuì	jui³
惴		zhuì	chuen²
慨		kǎi	koi³
惱 恼		nǎo	no⁵
愎		bì	bik¹
惶		huáng	wong⁴
愉		yú	yue⁴
愉		yú	yue⁶
⑬ 愚		yú	yue⁴
意		yì	yi³
慈		cí	chi⁴
感		gǎn	gam²
想		xiǎng	seung²
愛 爱		ài	oi³
惹		rě	ye⁵
愈		yù	yue⁶
愁		chóu	sau⁴
慎		shèn	san⁶
慌		huāng	fong¹
慄		lì	lut⁶
愴 怆		chuàng	chong³
愧		kuì	kwai³
愧		kuì	kwai⁵
愷 恺		kǎi	hoi²
⑭ 願 愿		yuàn	yuen⁶
態 态		tài	taai³
慷		kāng	hong¹
慷		kāng	hong¹
慢		màn	maan⁶
慣 惯		guàn	gwaan³
慟 恸		tòng	dung⁶
慚 惭		cán	chaam⁴
慘 惨		cǎn	chaam²

慳	悭	qiān	haan¹	
⑮ 慶	庆	qìng	hing³	
慧		huì	wai⁶	
慮	虑	lù	lui⁶	
慕		mù	mo⁶	
憂	忧	yōu	yau¹	
慽	戚	qī	chik¹	
慫	怂	sǒng	sung²	
慰		wèi	wai³	
慾		yù	yuk⁶	
憧		chōng	chung¹	
憐	怜	lián	lin⁴	
憫	悯	mǐn	man⁵	
憎		zēng	jang¹	
憬		jǐng	ging²	
憚	惮	dàn	daan⁶	
憤	愤	fèn	fan⁵	
憔		qiáo	chiu⁴	
憮	怃	wǔ	mo⁵	
憋		biē	bit³	
⑯ 憲	宪	xiàn	hin³	
憩		qì	hei³	
憑	凭	píng	pang⁴	
憊	惫	bèi	baai⁶	
憊	惫	bèi	bei⁶	
憶	忆	yì	yik¹	
懍	懔	lǐn	lam⁵	
憾		hàn	ham⁶	
懈		xiè	haai⁶	
懊		ào	o³	

懂		dǒng	dung²	
⑰ 應	应	yīng	ying¹	應該
應	应	yìng	ying³	反應
懇	恳	kěn	han²	
懦		nuò	noh⁶	
懋		mào	mau⁶	
⑱ 懣	懑	mèn	moon⁶	
⑲ 懲	惩	chéng	ching⁴	
懷	怀	huái	waai⁴	
懵		měng	mung⁴	懵然
懵		měng	mung⁵	懵懂
懵		měng	mung²	懵懂
懶	懒	lǎn	laan⁵	
⑳ 懸	悬	xuán	yuen⁴	
懺	忏	chàn	chaam³	
㉑ 懼	惧	jù	gui⁶	
懾	慑	shè	sip³	
㉒ 懿		yì	yi³	
㉓ 戀	恋	liàn	luen²	
㉘ 戇	戆	zhuàng	jong³	戇直
戇	戆	gàng	ngong⁶	戇頭戇腦

戈部

④ 戈		gē	gwoh¹	
⑤ 戊		wù	mo⁶	
⑥ 戎		róng	yung⁴	
戌		xū	sut¹	
戍		shù	sue³	
成		chéng	sing⁴	粵文讀
成		chéng	seng⁴	粵白讀

	|成		chéng	ching4	粵白讀（成數）
⑦	戒		jiè	gaai3	
	我		wǒ	ngoh5	
⑧	或		huò	waak6	
⑪	戚		qī	chik1	
⑫	戟		jǐ	gik1	
⑭	截		jié	jit6	
⑮	戮		lù	luk6	
⑯	戰	战	zhàn	jin3	
⑰	戲	戏	xì	hei3	
	戴		dài	daai3	
⑱	|戳		chuō	cheuk3	
	|戳		chuō	chok3	

戶部

④	戶	hù	woo6	
⑧	房	fáng	fong4	
	戾	lì	lui6	
	所	suǒ	soh2	
⑨	|扁	biǎn	bin2	扁平
	|扁	piān	pin1	扁舟
⑩	扇	shàn	sin3	
⑪	扈	hù	woo6	
⑫	扉	fēi	fei1	

手［扌］部

③	才	cái	choi4	
④	手	shǒu	sau2	
	|扎	zhā	jaat3	扎針
	|扎	zhá	jaat3	掙扎
⑤	|打	dǎ	da2	打扮
	|打	dá	da1	量詞
	|扔	rēng	ying4	
	|扔	rēng	wing1	
	|扒	bā	pa1	扒開
	|扒	pá	pa4	扒手
⑥	扣	kòu	kau3	
	|扛	gāng	gong1	雙手舉物
	|扛	káng	gong1	扛槍
	托	tuō	tok3	
⑦	抄	chāo	chaau1	
	抗	kàng	kong3	
	抖	dǒu	dau2	
	技	jì	gei6	
	扶	fú	foo4	
	抉	jué	kuet3	
	扭	niǔ	nau2	
	|把	bǎ	ba2	把握
	|把	bà	ba2	刀把
	|扼	è	ak1	粵文讀
	|扼	è	aak1	粵白讀
	找	zhǎo	jaau2	
	批	pī	pai1	
	扳	bān	baan2	
	抒	shū	sue1	
	扯	chě	che2	
	拋	pāo	paau1	
	折	zhé	jit3	
	|扮	bàn	baan3	打扮
	|扮	bàn	baan6	扮演
	投	tóu	tau4	

抓	zhuā	jaau²	
抑	yì	yik¹	
⑧ 承	chéng	sing⁴	
拉	lā	laai¹	
拌	bàn	boon⁶	
抿	mǐn	man⁵	
拂	fú	fat¹	
⏐抹	mǒ	moot³	塗抹
⏐抹	mò	moot³	抹灰
⏐抹	mā	maat³	抹布
拒	jù	kui⁵	
招	zhāo	jiu¹	
披	pī	pei¹	
拓	tuò	tok³	
拔	bá	bat⁶	
拈	niān	nim¹	
抨	pēng	ping¹	
抽	chōu	chau¹	
⏐押	yā	aap³	
⏐押	yā	aat³	
拐	guǎi	gwaai²	
拙	zhuō	juet³	
拇	mǔ	mo⁵	
拍	pāi	paak³	
抵	dǐ	dai²	
拚	pàn	poon³	
抱	bào	po⁵	
拘	jū	kui¹	
拖	tuō	toh¹	
⏐拗	ǎo	aau²	拗斷

⏐拗	ào	aau³	拗口
⏐拗	niù	aau³	執拗
拆	chāi	chaak³	
抬	tái	toi⁴	
拎	līn	ling¹	
⑨ 拜	bài	baai³	
挖	wā	waat³	
按	àn	on³	
⏐拼	pīn	ping¹	
⏐拼	pīn	ping³	
拭	shì	sik¹	
持	chí	chi⁴	
拮	jié	git³	
拽	zhuài	yai⁶	
指	zhǐ	ji²	
拱	gǒng	gung²	
⏐拷	kǎo	haau²	
⏐拷	kǎo	haau¹	
拯	zhěng	ching²	
括	kuò	koot³	
拾	shí	sap⁶	
拴	shuān	saan¹	
⏐挑	tiāo	tiu¹	挑選
⏐挑	tiǎo	tiu¹	挑撥
⑩ 拳	quán	kuen⁴	
挈	qiè	kit³	
拿	ná	na⁴	
捎	shāo	saau¹	
⏐挾 挟	xié	hip⁶	要挾
⏐挾 挟	xié	hip³	要挾

挾 挟	jiā	gaap³	同夾（挾帶）
振	zhèn	jan³	
捕	bǔ	bo⁶	
捂	wǔ	woo²	
捆	kǔn	kwan²	
捏	niē	nip⁶	
捉	zhuō	juk³	
捉	zhuō	juk¹	
捐	juān	guen¹	
挺	tǐng	ting⁵	
捋	luō	luet³	捋衣袖
捋	lǚ	luet³	捋鬍鬚
挽	wǎn	waan⁵	
挪	nuó	noh⁴	
挫	cuò	choh³	
挨	āi	aai¹	挨近
挨	ái	ngaai⁴	挨罵
捍	hàn	hon⁶	
捍	hàn	hon⁵	
捌	bā	baat³	同八
⑪ 掠	lüè	leuk⁶	
掂	diān	dim¹	
控	kòng	hung³	
捲 卷	juǎn	guen²	
掖	yē	yik⁶	
探	tàn	taam³	
接	jiē	jip³	
捷	jié	jit⁶	
捷	jié	jit³	

捧	pěng	pung²	
掘	jué	gwat⁶	
措	cuò	cho³	
捱	ái	ngaai⁴	
掩	yǎn	yim²	
掉	diào	diu⁶	
掃 扫	sǎo	so³	打掃
掃 扫	sào	so³	掃帚
掛 挂	guà	gwa³	
捫 扪	mén	moon⁴	
推	tuī	tui¹	
掄 抡	lūn	lun⁴	
授	shòu	sau⁶	
掙 挣	zhēng	jang¹	掙扎
掙 挣	zhèng	jaang⁶	掙錢
採 采	cǎi	choi²	
排	pái	paai⁴	
掏	tāo	to⁴	
掀	xiān	hin¹	
捻	niē	nip⁶	用手指捏
捻	niǎn	nin²	同撚
捩	liè	lit⁶	
捨 舍	shě	se²	
捺	nà	naat⁶	
据	jū	gui¹	
⑫ 掣	chè	jai³	
掌	zhǎng	jeung²	
描	miáo	miu⁴	
揀 拣	jiǎn	gaan²	
揶	yé	ye⁴	

揩		kāi	haai¹		
揉		róu	yau⁴		
揍		zòu	jau³		
揍		zòu	chau³		
插		chā	chaap³		
揣		chuǎi	chui²		
揣		chuǎi	chuen²		
提		tí	tai⁴	提高	
提		dī	tai⁴	提防	
握		wò	ak¹	粵文讀	
握		wò	aak¹	粵白讀	
揖		yī	yap¹		
揭		jiē	kit³		
揮	挥	huī	fai¹		
捶		chuí	chui⁴		
援		yuán	woon⁴		
援		yuán	yuen⁴		
揪		jiū	jau¹		
換	换	huàn	woon⁶		
揄		yú	yue⁴		
摒		bìng	bing³		
摒		bìng	bing²		
揚	扬	yáng	yeung⁴		
搜		sōu	sau²		
掰		bāi	baai¹	同擘	
⑬	搓	cuō	choh¹		
搞		gǎo	gaau²		
搪		táng	tong⁴	搪塞	
搪		táng	tong⁵	搪瓷	
搐		chù	chuk¹		

搭		dā	daap³		
搽		chá	cha⁴		
搬		bān	boon¹		
搏		bó	bok³		
搔		sāo	so¹		
損	损	sǔn	suen²		
搶	抢	qiǎng	cheung²		
搖		yáo	yiu⁴		
搗	捣	dǎo	do²		
⑭	撇	piē	pit³	撇下	
撇		piě	pit³	撇開	
摘		zhāi	jaak⁶		
摔		shuāi	sut¹		
摸		mō	moh²		
摟	搂	lǒu	lau⁵	摟抱	
摟	搂	lǒu	lau²	摟抱	
摟	搂	lōu	lau⁴	摟柴火	
摺	折	zhé	jip³		
摑	掴	guāi	gwaak³		
摑	掴	guó	gwaak³		
摧		cuī	chui¹		
摻	掺	chān	chaam¹	同攙（摻扶）	
⑮	撤	chè	chit³		
摩		mó	moh¹		
摯	挚	zhì	ji³		
摹		mó	mo⁴		
撞		zhuàng	jong⁶		
撲	扑	pū	pok³		
撈	捞	lāo	laau⁴	打撈	

撈	撈	lāo	lo¹	撈一把
撐	撐	chēng	chaang¹	
撰		zhuàn	jaan⁶	
撰		zhuàn	jaan³	
撥	拨	bō	boot⁶	
撓	挠	náo	naau⁴	
撕		sī	si¹	
撅		juē	kuet³	撅尾巴
撅		jué	gwat⁶	同掘
撩		liāo	liu¹	撩起
撩		liáo	liu⁴	撩撥
撒		sǎ	saat³	撒種
撒		sā	saat³	撒網
撮		cuō	chuet³	撮要
撮		zuǒ	chuet³	量詞
播		bō	boh³	
撫	抚	fǔ	foo²	
撚	捻	niǎn	nin²	
撬		qiào	giu⁶	
撳	揿	qìn	gam⁶	
⑯ 擅		shàn	sin⁶	
擁	拥	yōng	yung²	
擋	挡	dǎng	dong²	
撻	挞	tà	taat³	
撼		hàn	ham⁶	
據	据	jù	gui³	
擄	掳	lǔ	lo⁵	
擇	择	zé	jaak⁶	選擇
擇	择	zhái	jaak⁶	擇菜
擂		léi	lui⁴	研磨
擂		lèi	lui⁴	擂台
操		cāo	cho¹	操心
操		cāo	cho³	操守
撿	捡	jiǎn	gim²	
擒		qín	kam⁴	
擔	担	dān	daam¹	擔任
擔	担	dàn	daam³	擔子
擓	挝	wō	woh¹	
⑰ 擎		qíng	king⁴	
擊	击	jī	gik¹	
擠	挤	jǐ	jai¹	
擰	拧	níng	ning⁴	擰手巾
擰	拧	nǐng	ning⁶	擰螺絲釘
擰	拧	nìng	ning⁶	倔強
擦	擦	cā	chaat³	
擬	拟	nǐ	yi⁵	
擱	搁	gē	gok³	
擢		zhuó	jok⁶	
⑱ 擴	扩	kuò	kwok³	
擴	扩	kuò	kwong³	
擲	掷	zhì	jaak⁶	
擾	扰	rǎo	yiu⁵	
擾	扰	rǎo	yiu²	
攆	撵	niǎn	lin⁵	
擺	摆	bǎi	baai²	
擻	擞	sǒu	sau²	
掐		qiā	haap³	
⑲ 攀		pān	paan¹	
攏	拢	lǒng	lung⁵	
⑳ 攘		rǎng	yeung⁴	熙來攘往

	攘	răng	yeung⁵	攘攘	
	攘	răng	yeung⁶	擾攘	
	攔 拦	lán	laan⁴		
	攙 搀	chān	chaam¹		
㉑	攝 摄	shè	sip³		
	擷 携	xié	kwai⁴		
㉒	攤 摊	tān	taan¹		
㉓	攣 孪	luán	luen⁴		
	攫	jué	fok³		
	攪 搅	jiǎo	gaau²		
㉔	攬 揽	lǎn	laam⁵		

支部

④	支	zhī	ji¹	

攴 [攵] 部

⑥	收	shōu	sau¹		
⑦	改	gǎi	goi²		
	攻	gōng	gung¹		
	攸	yōu	yau⁴		
⑧	放	fàng	fong³		
⑨	政	zhèng	jing³		
	故	gù	goo³		
⑩	效	xiào	haau⁶		
⑪	敝	bì	bai⁶		
	救	jiù	gau³		
	教	jiào	gaau³	教育	
	教	jiāo	gaau³	傳授	
	敗 败	bài	baai⁶		
	敏	mǐn	man⁵		
	敍 叙	xù	jui⁶	同敘	
⑫	敞	chǎng	chong²		

	敦	dūn	dun¹		
	敢	gǎn	gam²		
	散	sǎn	saan²	散漫	
	散	sàn	saan³	散步	
	斌	bīn	ban¹		
⑬	敬	jìng	ging³		
⑭	敲	qiāo	haau¹		
⑮	敵 敌	dí	dik⁶		
	敷	fū	foo¹		
	數 数	shǔ	so²	數一數二	
	數 数	shù	so³	數目	
	數 数	shuò	sok³	屢次	
⑯	整	zhěng	jing²		
⑰	斂 敛	liǎn	lim⁵		
	斃 毙	bì	bai⁶		

文部

④	文	wén	man⁴	
⑫	斑	bān	baan¹	
	斐	fěi	fei²	
㉑	斕 斓	lán	laan⁴	

斗部

④	斗	dǒu	dau²	
⑩	料	liào	liu⁶	
⑪	斜	xié	che⁴	
	斛	hú	huk⁶	
⑬	斟	zhēn	jam¹	
⑭	斡	wò	waat³	

斤部

④	斤	jīn	gan¹	
⑤	斥	chì	chik¹	

⑧	斧	fǔ	foo²	
⑪	斬 斩	zhǎn	jaam²	
⑫	斯	sī	si¹	
⑬	新	xīn	san¹	
⑱	|斷 断	duàn	duen³	斷定
	|斷 断	duàn	duen⁶	粵文讀（折斷）
	|斷 断	duàn	tuen⁵	粵白讀（折斷）

方部

④	方	fāng	fong¹	
⑧	於 于	yú	yue¹	
⑨	施	shī	si¹	
⑩	旁	páng	pong⁴	
	旅	lǚ	lui⁵	
⑪	族	zú	juk⁶	
	|旋	xuán	suen⁴	旋轉
	|旋	xuàn	suen⁴	旋風
⑭	旗	qí	kei⁴	

旡部

⑨	既	jì	gei³

日部

④	日	rì	yat⁶	
⑤	|旦	dàn	daan³	元旦
	|旦	dàn	daan²	花旦
⑥	早	zǎo	jo²	
	旨	zhǐ	ji²	
	旬	xún	chun⁴	
	旭	xù	yuk¹	
⑦	旱	hàn	hon⁵	

⑧	旺	wàng	wong⁶	
	昔	xī	sik¹	
	|易	yì	yi⁶	容易
	|易	yì	yik⁶	交易
	昌	chāng	cheung¹	
	昆	kūn	kwan¹	
	昂	áng	ngong⁴	
	明	míng	ming⁴	
	昏	hūn	fan¹	
	昊	hào	ho⁶	
	昇 升	shēng	sing¹	同升
⑨	春	chūn	chun¹	
	昭	zhāo	chiu¹	
	映	yìng	ying²	
	昧	mèi	mooi⁶	
	是	shì	si⁶	
	星	xīng	sing¹	
	昨	zuó	jok⁶	
⑩	時 时	shí	si⁴	
	晉 晋	jìn	jun³	
	晏	yàn	aan³	
	|晃	huǎng	fong²	閃過
	|晃	huàng	fong²	搖動
	晌	shǎng	heung²	
	晁	cháo	chiu⁴	
⑪	晝 昼	zhòu	jau³	
	晤	wù	ng⁶	
	晨	chén	san⁴	
	晦	huì	fooi³	
	晚	wǎn	maan⁵	

⑫	普		pǔ	po²	
	晰		xī	sik¹	
	晴		qíng	ching⁴	
	晶		jīng	jing¹	
	景		jǐng	ging²	
	暑		shǔ	sue²	
	智		zhì	ji³	
	晾		liàng	long⁶	
	晷		guǐ	gwai²	
⑬	暗		àn	am³	
	暉	晖	huī	fai¹	
	暇		xiá	ha⁶	
	暇		xiá	ha⁴	
	暈	晕	yūn	wan⁴	頭暈
	暈	晕	yùn	wan⁴	暈船
	暈	晕	yùn	wan⁶	月暈
	暖		nuǎn	nuen⁵	
⑭	暢	畅	chàng	cheung³	
	暨		jì	kei³	
⑮	暮		mù	mo⁶	
	暫	暂	zàn	jaam⁶	
	暴		bào	bo⁶	暴力
	暴		bào	buk⁶	同曝
	暱	昵	nì	nik¹	
⑯	曆	历	lì	lik⁶	
	曉	晓	xiǎo	hiu²	
	暹		xiān	chim³	
	曇	昙	tán	taam⁴	
⑰	曙		shǔ	chue⁵	
	曖	暧	ài	oi³	

	曖	暧	ài	oi²	
⑲	曠	旷	kuàng	kwong³	
	曝		pù	buk⁶	
	曝		pù	bo⁶	
⑳	曦		xī	hei¹	
㉓	曬	晒	shài	saai³	

曰部

④	曰		yuē	yuet⁶	
	曰		yuē	yeuk⁶	
⑥	曲		qū	kuk¹	彎曲
	曲		qǔ	kuk¹	歌曲
	曳		yè	yai⁶	
⑦	更		gèng	gang³	更好
	更		gēng	gang¹	更改
	更		gēng	gaang¹	三更
⑩	書	书	shū	sue¹	
⑪	曹		cáo	cho⁴	
	曼		màn	maan⁶	
⑫	曾		céng	chang⁴	曾經
	曾		zēng	jang¹	姓氏
	替		tì	tai³	
	最		zuì	jui³	
⑬	會	会	huì	wooi⁵	懂得
	會	会	huì	wooi⁶	會面
	會	会	kuài	kooi²	會計
	會	会	kuài	wooi⁶	會計

月部

④	月		yuè	yuet⁶	
⑥	有		yǒu	yau⁵	
⑧	服		fú	fuk⁶	服務

	服	fù	fuk⁶	一服藥		杞	qǐ	gei²	
	朋	péng	pang⁴			┃杉	shān	chaam³	杉樹
⑩	朔	shuò	sok³			┃杉	shā	saam¹	杉木
	朕	zhèn	jam⁶			杆	gān	gon¹	
	朗	lǎng	long⁵			杠	gāng	gong¹	
⑪	望	wàng	mong⁶			杧	máng	mong¹	同芒
⑫	期	qī	kei⁴		⑧	杭	háng	hong⁴	
	┃朝	cháo	chiu⁴	朝代		┃枕	zhěn	jam²	名詞
	┃朝	zhāo	jiu¹	朝氣		┃枕	zhěn	jam³	動詞
⑱	朦	méng	mung⁴			東 东	dōng	dung¹	
⑳	朧 胧	lóng	lung⁴			果	guǒ	gwoh²	

木部

④	木	mù	muk⁶			杳	yǎo	miu⁵	
⑤	本	běn	boon²			杷	pá	pa⁴	
	未	wèi	mei⁶			枇	pí	pei⁴	
	末	mò	moot⁶			枝	zhī	ji¹	
	札	zhá	jaat³			林	lín	lam⁴	
⑥	┃朽	xiǔ	yau²			杯	bēi	booi¹	
	┃朽	xiǔ	nau²			杰	jié	git⁶	同傑
	┃朴	pò	pok³	朴樹		板	bǎn	baan²	
	┃朴	piáo	piu⁴	姓氏		枉	wǎng	wong²	
	朱	zhū	jue¹			松	sōng	chung⁴	
	朵	duǒ	doh²			析	xī	sik¹	
⑦	束	shù	chuk¹			杵	chǔ	chue²	
	李	lǐ	lei⁵			枚	méi	mooi⁴	
	杏	xìng	hang⁶		⑨	柿	shì	chi⁵	
	材	cái	choi⁴			染	rǎn	yim⁵	
	村	cūn	chuen¹			柱	zhù	chue⁵	
	杜	dù	do⁶			柔	róu	yau⁴	
	杖	zhàng	jeung⁶			某	mǒu	mau⁵	
						柬	jiǎn	gaan²	

	枷		jiā	ga1	
	架		jià	ga3	
	枯		kū	foo1	
	柵		zhà	chaak3	柵欄
	柵		shān	saan1	柵極
	柩		jiù	gau6	
	柯		kē	oh1	
	柄		bǐng	bing3	粵文讀
	柄		bǐng	beng3	粵白讀
	柑		gān	gam1	
	枴	拐	guǎi	gwaai2	
	柚		yóu	yau4	柚木
	柚		yòu	yau6	柚子
	查		chá	cha4	檢查
	查		zhā	ja1	姓氏
	枸		gǒu	gau2	
	柏		bǎi	baak3	柏樹
	柏		bó	paak3	柏林
	柳		liǔ	lau5	
	柒		qī	chat1	同七
	枱	台	tái	toi4	同檯
⑩	校		xiào	haau6	學校
	校		jiào	gaau3	校對
	核		hé	hat6	核心
	核		hú	wat6	棗核
	案		àn	on3	
	桎		zhì	jat6	
	框		kuàng	hong1	
	框		kuàng	kwaang1	
	根		gēn	gan1	
	桂		guì	gwai3	
	桔		jié	gat1	桔梗
	桔		jú	gat1	同橘
	栩		xǔ	hui2	
	栗		lì	lut6	
	桌		zhuō	jeuk3	
	桌		zhuō	cheuk3	
	桑		sāng	song1	
	栽		zāi	joi1	
	柴		chái	chaai4	
	桐		tóng	tung4	
	格		gé	gaak3	
	桃		táo	to4	
	株		zhū	jue1	
	桅		wéi	wai4	
	栓		shuān	saan1	
⑪	梳		shū	soh1	
	梁		liáng	leung4	
	梯		tī	tai1	
	梢		shāo	saau1	
	梓		zǐ	ji2	
	梵		fàn	faan6	
	梵		fàn	faan4	
	桿	杆	gǎn	gon1	
	桶		tǒng	tung2	
	梱		kǔn	kwan2	
	梧		wú	ng4	梧桐
	梧		wú	ng6	魁梧
	梗		gěng	gang2	
	械		xiè	haai6	

梭		suō	soh¹
梆		bāng	bong¹
梏		gù	guk¹
梅		méi	mooi⁴
條 条		tiáo	tiu⁴
梨		lí	lei⁴
梟 枭		xiāo	hiu¹
⑫ 棄 弃		qì	hei³
棺		guān	goon¹
棕		zōng	jung¹
棠		táng	tong⁴
棘		jí	gik¹
棗 枣		zǎo	jo²
極 极		jí	gik⁶
椅		yǐ	yi²
棱		léng	ling⁴ 同稜
棟 栋		dòng	dung³
棟 栋		dòng	dung⁶
棵		kē	foh²
森		sēn	sam¹
棧 栈		zhàn	jaan⁶
棒		bàng	paang⁵
棲 栖		qī	chai¹
棣		dì	dai⁶
棋		qí	kei⁴
棍		gùn	gwan³
植		zhí	jik⁶
椒		jiāo	jiu¹
椎		zhuī	jui¹
棉		mián	min⁴
棚		péng	paang⁴
⑬ 榔		láng	long⁴
業 业		yè	yip⁶
楚		chǔ	choh²
楷		kǎi	kaai²
楂		zhā	ja¹
楠		nán	naam⁴
楔		xiē	sit³
椰		yē	ye⁴
概		gài	koi³
楊 杨		yáng	yeung⁴
楓 枫		fēng	fung¹
榆		yú	yue⁴
楣		méi	mei⁴
⑭ 榜		bǎng	bong²
榨		zhà	ja³
榕		róng	yung⁴
榮 荣		róng	wing⁴
槓 杠		gàng	gong³ 抬槓
槓 杠		gàng	gung³ 槓桿
構 构		gòu	gau³
構 构		gòu	kau³
榛		zhēn	jun¹
榷		què	kok³
榻		tà	taap³
榴		liú	lau⁴
槐		huái	waai⁴
槍 枪		qiāng	cheung¹
榭		xiè	je⁶
槌		chuí	chui⁴

⑮	樣	样	yàng	yeung⁶	
	樟		zhāng	jeung¹	
	椿	桩	zhuāng	jong¹	
	樞	枢	shū	sue¹	
	標	标	biāo	biu¹	
	槽		cáo	cho⁴	
	模		mó	mo⁴	模型
	模		mú	mo⁴	模樣
	樓	楼	lóu	lau⁴	
	樊		fán	faan⁴	
	槳	桨	jiǎng	jeung²	
	樂	乐	lè	lok⁶	快樂
	樂	乐	yuè	ngok⁶	樂器
	樂	乐	yào	ngaau⁶	敬業樂群
	樑	梁	liáng	leung⁴	
⑯	樽		zūn	jun¹	
	樸	朴	pǔ	pok³	
	樺	桦	huà	wa⁶	
	樺	桦	huà	wa⁴	
	橙		chéng	chaang⁴	
	橫	横	héng	waang⁴	橫行
	橫	横	hèng	waang⁶	橫逆
	橘		jú	gwat¹	
	樹	树	shù	sue⁶	
	橄		gǎn	gam²	
	橄		gǎn	gaam³	
	橢	椭	tuǒ	toh⁵	
	橡		xiàng	jeung⁶	
	橋	桥	qiáo	kiu⁴	
	橇		qiāo	hiu¹	

	樵		qiáo	chiu⁴	
	機	机	jī	gei¹	
⑰	檀		tán	taan⁴	
	檔	档	dàng	dong²	檔案
	檔	档	dàng	dong³	搭檔
	檄		xí	hat⁶	
	檢	检	jiǎn	gim²	
	檜	桧	huì	kooi³	
	檐		yán	yim⁴	同簷
	檐		yán	sim⁴	同簷
⑱	檳	槟	bīng	ban¹	
	檬		méng	mung⁴	
	檬		méng	mung¹	
	櫃	柜	guì	gwai⁶	
	檻	槛	kǎn	laam⁶	
	檯	台	tái	toi⁴	同枱
	檸	柠	níng	ning⁴	
⑲	櫥	橱	chú	chue⁴	
	櫚	榈	lǘ	lui⁴	
	櫓	橹	lǔ	lo⁵	
㉑	櫻	樱	yīng	ying¹	
㉒	權	权	quán	kuen⁴	
	欄	栏	lán	laan⁴	
㉕	欖	榄	lǎn	laam⁵	

欠部

④	欠		qiàn	him³	
⑥	次		cì	chi³	
⑧	欣		xīn	yan¹	
⑪	欲		yù	yuk⁶	
⑫	款		kuǎn	foon²	

欺　　qī　　hei¹

欽　钦　qīn　　yam¹

⑬　歇　　xiē　　hit³

⑭　歉　　qiàn　　hip³

歌　　gē　　goh¹

⑮　歐　欧　ōu　　au¹

歎　叹　tàn　　taan³　　同嘆

㉒　歡　欢　huān　　foon¹

止部

④　止　　zhǐ　　ji²

⑤　|正　　zhēng　　jing¹　　正月

　　|正　　zhèng　　jing³　　正確

　　|正　　zhèng　　jeng³　　粵口語

⑥　此　　cǐ　　chi²

⑦　步　　bù　　bo⁶

⑧　武　　wǔ　　mo⁵

　　歧　　qí　　kei⁴

⑨　歪　　wāi　　waai¹

⑬　歲　岁　suì　　sui³

⑯　歷　历　lì　　lik⁶

⑱　歸　归　guī　　gwai¹

歹部

④　歹　　dǎi　　daai²

⑥　死　　sǐ　　sei²

⑧　歿　殁　mò　　moot⁶

⑨　殃　　yāng　　yeung¹

　　殆　　dài　　toi⁵

⑩　殊　　shū　　sue⁴

　　殉　　xùn　　sun¹

⑫　殘　残　cán　　chaan⁴

殖　　zhí　　jik⁶

⑭　殞　殒　yǔn　　wan⁵

⑮　殤　殇　shāng　　seung¹

⑰　殮　殓　liàn　　lim⁶

　　殭　　jiāng　　geung¹

⑱　殯　殡　bìn　　ban³

㉑　殲　歼　jiān　　chim¹

殳部

⑨　段　　duàn　　duen⁶

⑩　|殷　　yīn　　yan¹　　殷勤

　　|殷　　yān　　yin¹　　殷紅

⑪　殺　杀　shā　　saat³

⑫　|殼　壳　ké　　hok³　　貝殼

　　|殼　壳　qiào　　hok³　　地殼

⑬　毀　　huǐ　　wai²

　　殿　　diàn　　din⁶

⑮　毅　　yì　　ngai⁶

　　毆　殴　ōu　　au²

毋部

④　毋　　wú　　mo⁴

⑤　母　　mǔ　　mo⁵

⑦　每　　měi　　mooi⁵

⑨　毒　　dú　　duk⁶

⑭　毓　　yù　　yuk¹

比部

④　|比　　bǐ　　bei²　　比例

　　|比　　bǐ　　bei⁶　　比鄰

⑨　毗　　pí　　pei⁴

毛部

④　毛　　máo　　mo⁴

⑪	毫	háo	ho⁴	
⑫	毯	tǎn	taan²	
⑬	毽	jiàn	gin³	
	毽	jiàn	yin²	
⑰	氈 毡	zhān	jin¹	

氏部

④	氏	shì	si⁶	
⑤	民	mín	man⁴	
⑧	氓	máng	man⁴	

气部

⑥	氖	nǎi	naai⁵	
⑧	氛	fēn	fan¹	
⑨	氟	fú	fat¹	
⑩	氣 气	qì	hei³	
	氧	yǎng	yeung⁵	
	氨	ān	on¹	
	氦	hài	hoi⁶	
⑪	氫 氢	qīng	hing¹	
⑫	氮	dàn	daam⁶	
	氯 氯	lǜ	luk⁶	

水 [氵, 水] 部

④	水	shuǐ	sui²	
⑤	永	yǒng	wing⁵	
	氹	dàng	tam⁵	
	汁	zhī	jap¹	
	汀	tīng	ting¹	
	汀	tīng	ding¹	
	氾 泛	fàn	faan³	同泛（氾濫）
⑥	汝	rǔ	yue⁵	

	汗	hàn	hon⁶	血汗
	汗	hán	hon⁴	可汗
	江	jiāng	gong¹	
	池	chí	chi⁴	
	汐	xī	jik⁶	
	汕	shàn	saan³	
	污	wū	woo¹	
	汛	xùn	sun³	
⑦	求	qiú	kau⁴	
	汞	gǒng	hung⁶	
	汞	gǒng	hung³	
	沙	shā	sa¹	
	沁	qìn	sam³	
	沈	shěn	sam²	姓氏
	沈	chén	cham⁴	同沉
	沛	pèi	pooi³	
	汪	wāng	wong¹	
	決 决	jué	kuet³	
	沐	mù	muk⁶	
	汰	tài	taai³	
	沌	dùn	dun⁶	
	沏	qī	chai³	
	汨	mì	mik⁶	
	沖	chōng	chung¹	
	沒 没	méi	moot⁶	沒有
	沒 没	mò	moot⁶	沒落
	汽	qì	hei³	
	沃	wò	yuk¹	
	汲	jí	kap¹	
	汾	fén	fan⁴	

汴	biàn	bin[6]	
汶	wèn	man[6]	
沉	chén	cham[4]	
⑧ 泣	qì	yap[1]	
注	zhù	jue[3]	
泳	yǒng	wing[6]	
沱	tuó	toh[4]	
泌	mì	bei[3]	
泥	ní	nai[4]	泥土
泥	nì	nei[6]	拘泥
河	hé	hoh[4]	
沽	gū	goo[1]	
沾	zhān	jim[1]	
沼	zhǎo	jiu[2]	
波	bō	boh[1]	
沫	mò	moot[6]	
法	fǎ	faat[3]	
沸	fèi	fai[3]	
泄	xiè	sit[3]	同浅
油	yóu	yau[4]	
況 况	kuàng	fong[3]	
沮	jǔ	jui[2]	
泱	yāng	yeung[1]	
沿	yán	yuen[4]	
治	zhì	ji[6]	
泡	pào	paau[3]	泡茶
泡	pào	po[5]	泡沫
泡	pāo	paau[1]	一泡眼泪
泛	fàn	faan[3]	
泊	bó	paak[3]	停泊

泊	bó	bok[6]	漂泊
泊	pō	bok[6]	湖泊
泯	mǐn	man[5]	
⑨ 泉	quán	chuen[4]	
洋	yáng	yeung[4]	
洲	zhōu	jau[1]	
洪	hóng	hung[4]	
津	jīn	jun[1]	
洱	ěr	yi[5]	洱海
洱	ěr	nei[5]	普洱
洞	dòng	dung[6]	
洗	xǐ	sai[2]	
活	huó	woot[6]	
洽	qià	hap[6]	
洽	qià	hap[1]	
派	pài	paai[3]	
洶 汹	xiōng	hung[1]	
洛	luò	lok[3]	
泵	bèng	bam[1]	
洩 泄	xiè	sit[3]	同泄
⑩ 泰	tài	taai[3]	
流	liú	lau[4]	
浣	huàn	woon[5]	
浪	làng	long[6]	
涕	tì	tai[3]	
消	xiāo	siu[1]	
涇 泾	jīng	ging[1]	
浦	pǔ	po[2]	
浸	jìn	jam[3]	
海	hǎi	hoi[2]	

浙		zhè	jit³	
涓		juān	guen¹	
浬		lǐ	lei⁵	
涉		shè	sip³	
浮		fú	fau⁴	
浴		yù	yuk⁶	
浩		hào	ho⁶	
涌		chōng	chung¹	
⑪ 涎		xián	yin⁴	
涼	凉	liáng	leung⁴	
淳		chún	sun⁴	
淙		cóng	chung⁴	
液		yè	yik⁶	
淡		dàn	daam⁶	粵文讀
淡		dàn	taam⁵	粵白讀
淌		tǎng	tong²	
淤		yū	yue¹	
添		tiān	tim¹	
淺	浅	qiǎn	chin²	
清		qīng	ching¹	
淇		qí	kei⁴	
淋		lín	lam⁴	
涯		yá	ngaai⁴	
淑		shū	suk⁶	
涮		shuàn	saan³	
淹		yān	yim¹	
涸		hé	kok³	
混		hùn	wan⁶	混合
混		hún	wan⁴	同渾（混水摸魚）

淅		xī	sik¹	
淒	凄	qī	chai¹	
渚		zhǔ	jue²	
涵		hán	haam⁴	
淚	泪	lèi	lui⁶	
淫		yín	yam⁴	
淘		táo	to⁴	
淪	沦	lún	lun⁴	
深		shēn	sam¹	
淮		huái	waai⁴	
淨	净	jìng	jing⁶	粵文讀
淨	净	jìng	jeng⁶	粵白讀
淆		xiáo	ngaau⁴	
淄		zī	ji¹	
淬		cuì	chui³	
⑫ 港		gǎng	gong²	
游		yóu	yau⁴	
渡		dù	do⁶	
渲		xuàn	suen³	
渲		xuàn	huen¹	
滋		zī	ji¹	
湧	涌	yǒng	yung²	
湊	凑	còu	chau³	
渠		qú	kui⁴	
渥		wò	ak¹	
渣		zhā	ja¹	
減	减	jiǎn	gaam²	
湛		zhàn	jaam³	
湘		xiāng	seung¹	
渤		bó	boot⁶	

湖	hú	woo⁴	
湮	yān	yan¹	
湮	yān	yin¹	
淵 渊	yuān	yuen¹	
渭	wèi	wai⁶	
渦 涡	wō	woh¹	
湯 汤	tāng	tong¹	
渴	kě	hot³	
湍	tuān	tun¹	
湍	tuān	chuen²	
渺	miǎo	miu⁵	
測 测	cè	chak¹	粤文讀
測 测	cè	chaak¹	粤白讀
湃	pài	paai³	
湃	pài	baai³	
渝	yú	yue⁴	
渾 浑	hún	wan⁴	渾水摸魚
渾 浑	hún	wan⁶	渾濁
溉	gài	koi³	
渙 涣	huàn	woon⁶	
湄	méi	mei⁴	
⑬ 溢	yì	yat⁶	
溯	sù	so³	
滓	zǐ	ji²	
溶	róng	yung⁴	
滂	pāng	pong¹	
滂	pāng	pong⁴	
滘	jiào	gaau³	
源	yuán	yuen⁴	
滙 汇	huì	wooi⁶	同匯
溝 沟	gōu	kau¹	
滇	diān	tin⁴	
滅 灭	miè	mit⁶	
溥	pǔ	po²	
溘	kè	hap⁶	
溺	nì	nik⁶	
溺	nì	nik¹	
滑	huá	waat⁶	滑行
滑	huá	gwat¹	滑稽
溫	wēn	wan¹	
準 准	zhǔn	jun²	
溜	liū	liu¹	溜之大吉
溜	liū	lau⁶	溜冰
溜	liù	lau⁶	檐溜
滄 沧	cāng	chong¹	
滔	tāo	to¹	
溪	xī	kai¹	
⑭ 漳	zhāng	jeung¹	
演	yǎn	yin⁵	
演	yǎn	yin²	
滾 滚	gǔn	gwan²	
灕	lí	lei⁴	
滴	dī	dik¹	
滴	dī	dik⁶	
漩	xuán	suen⁴	
漾	yàng	yeung⁶	
漠	mò	mok⁶	
漬 渍	zì	jik¹	
漏	lòu	lau⁶	
漂	piāo	piu¹	漂流

漂		piǎo	piu³	漂白
漂		piào	piu³	漂亮
漢	汉	hàn	hon³	
滿	满	mǎn	moon⁵	
滯	滞	zhì	jai⁶	
漆		qī	chat¹	
漱		shù	sau³	
漱		shù	so³	
漸	渐	jiàn	jim⁶	
漲	涨	zhàng	jeung³	高漲
漲	涨	zhǎng	jeung³	漲潮
漣	涟	lián	lin⁴	
漕		cáo	cho⁴	
漫		màn	maan⁶	
漪		yī	yi¹	
滬	沪	hù	woo⁶	
滸	浒	hǔ	woo²	
漁	渔	yú	yue⁴	
滲	渗	shèn	sam³	
滌	涤	dí	dik⁶	
滷	卤	lǔ	lo⁵	
⑮ 澈		chè	chit³	
漿	浆	jiāng	jeung¹	
潼		tóng	tung⁴	
澇	涝	lào	lo⁶	
澄		chéng	ching⁴	澄澈
澄		dèng	dang⁶	把水澄清
潑	泼	pō	poot³	
潦		lǎo	lo⁵	積水
潦		liáo	lo⁵	潦倒
潦		liáo	liu⁴	潦草
潔	洁	jié	git³	
澆	浇	jiāo	giu¹	
澆	浇	jiāo	hiu¹	
潭		tán	taam⁴	
潛	潜	qián	chim⁴	
潮		cháo	chiu⁴	
澎		péng	paang⁴	
潺		chán	saan⁴	
潰	溃	kuì	kooi²	
潤	润	rùn	yun⁶	
澗	涧	jiàn	gaan³	
潘		pān	poon¹	
滕		téng	tang⁴	
⑯ 濂		lián	lim⁴	
澱	淀	diàn	din⁶	
澡		zǎo	jo²	
澡		zǎo	cho³	
濃	浓	nóng	nung⁴	
澤	泽	zé	jaak⁶	
濁	浊	zhuó	juk⁶	
澳		ào	o³	
激		jī	gik¹	
⑰ 濘	泞	nìng	ning⁶	
濘	泞	nìng	ning⁴	
濱	滨	bīn	ban¹	
濟	济	jì	jai³	經濟
濟	济	jì	jai²	濟濟一堂
濠		háo	ho⁴	
濛		méng	mung⁴	

<table>
<tr><td>濤</td><td>涛</td><td>tāo</td><td>to⁴</td></tr>
</table>

濤 涛 tāo to⁴
濫 滥 làn laam⁶
濯 zhuó jok⁶
｜澀 涩 sè saap³
｜澀 涩 sè sap¹
｜澀 涩 sè gip³
濕 湿 shī sap¹
濶 阔 kuò foot³　同闊
濡 rú yue⁴
⑱ 瀉 泻 xiè se³
潘 沈 shěn sam²
濾 滤 lù lui⁶
瀆 渎 dú duk⁶
濺 溅 jiàn jin³
瀑 pù buk⁶
瀏 浏 liú lau⁴
⑲ 瀛 yíng ying⁴
瀚 hàn hon⁶
瀝 沥 lì lik⁶
瀕 濒 bīn pan⁴
⑳ 瀟 潇 xiāo siu¹
瀾 澜 lán laan⁴
｜瀰 弥 mí nei⁴
｜瀰 弥 mí mei⁴
㉑ 灌 guàn goon³
㉒ 灑 洒 sǎ sa²
灘 滩 tān taan¹
灕 漓 lí lei⁴
㉕ 灣 湾 wān waan¹
㉗ 灝 赣 gàn gam³

火［灬］部

④ 火 huǒ foh²
⑥ 灰 huī fooi¹
⑦ 灶 zào jo³
｜灼 zhuó jeuk³
｜灼 zhuó cheuk³
災 灾 zāi joi¹
灸 jiǔ gau³
⑧ 炕 kàng kong³
炎 yán yim⁴
炒 chǎo chaau²
炊 chuī chui¹
炙 zhì jek³
⑨ ｜炫 xuàn yuen⁶
｜炫 xuàn yuen⁴
｜為 为 wèi wai⁶　為何
｜為 为 wéi wai⁴　行為
炳 bǐng bing²
炬 jù gui⁶
炯 jiǒng gwing²
炭 tàn taan³
｜炸 zhà ja³　炸彈
｜炸 zhá ja³　炸魚
｜炮 pào paau³　炮彈
｜炮 páo paau⁴　炮製
｜炮 páo paau³　炮製
⑩ 烊 yàng yeung⁴
｜烘 hōng hung¹
｜烘 hōng hung²
｜烤 kǎo haau²

烤	kǎo	haau¹	
烙	lào	lok³	烙印
烙	luò	lok³	炮烙
烈	liè	lit⁶	
烏 乌	wū	woo¹	
⑪ 烹	pēng	paang¹	
烷	wán	yuen⁴	
焗	jú	guk⁶	
焉	yān	yin¹	焉能
焉	yān	yin⁴	心不在焉
焊	hàn	hon⁶	
烽	fēng	fung¹	
烯	xī	hei¹	
⑫ 焙	bèi	booi⁶	
焚	fén	fan⁴	
焦	jiāo	jiu¹	
焰	yàn	yim⁶	
無 无	wú	mo⁴	
然	rán	yin⁴	
煮	zhǔ	jue²	
焯	chāo	cheuk³	
⑬ 煎	jiān	jin¹	
煙 烟	yān	yin¹	
煩 烦	fán	faan⁴	
煤	méi	mooi⁴	
煉 炼	liàn	lin⁶	
照	zhào	jiu³	
煜	yù	yuk¹	
煦	xù	hui²	
煌	huáng	wong⁴	

煥 焕	huàn	woon⁶	
煞	shā	saat³	煞住
煞	shà	saat³	煞費苦心
煨	wēi	wooi¹	
煲	bāo	bo¹	
⑭ 熔	róng	yung⁴	
熙	xī	hei¹	
煽	shān	sin³	
熊	xióng	hung⁴	
熄	xī	sik¹	
熒 荧	yíng	ying⁴	
熏	xūn	fan¹	
⑮ 熟	shú	suk⁶	普文讀
熟	shóu	suk⁶	普白讀
熬	áo	ngo⁴	熬夜
熬	āo	ngo⁴	熬菜
熱 热	rè	yit⁶	
熠	yì	yap¹	
熨	yùn	wan⁶	熨斗
熨	yùn	tong³	熨斗
熨	yù	wat¹	熨貼
⑯ 熾 炽	chì	chi³	
燉 炖	dùn	dan⁶	
燒 烧	shāo	siu¹	
燈 灯	dēng	dang¹	
燕	yàn	yin³	燕子
燕	yān	yin¹	燕國
熹	xī	hei¹	
燎	liáo	liu⁴	
燙 烫	tàng	tong³	

	｜燜	焖	mèn	moon^{6}	
	｜燜	焖	mèn	man^{1}	
	燃		rán	yin^{4}	
	燄	焰	yàn	yim^{6}	
⑰	燧		suì	sui^{6}	
	營	营	yíng	ying^{4}	
	燮		xiè	sit^{3}	
	燦	灿	càn	chaan^{3}	
	燥		zào	cho^{3}	
	燭	烛	zhú	juk^{1}	
	燬	毁	huǐ	wai^{2}	
	燴	烩	huì	wooi^{6}	
⑱	燻	熏	xūn	fan^{1}	
	燼	烬	jìn	jun^{6}	
⑲	爆		bào	baau^{3}	
	爍	烁	shuò	seuk^{3}	
⑳	爐	炉	lú	lo^{4}	
㉑	爛	烂	làn	laan^{6}	

爪 [爫] 部

④	｜爪		zhǎo	jaau^{2}	爪牙
	｜爪		zhuǎ	jaau^{2}	雞爪子
⑧	爬		pá	pa^{4}	
	｜爭	争	zhēng	jang^{1}	粵文讀
	｜爭	争	zhēng	jaang^{1}	粵白讀
⑰	爵		jué	jeuk^{3}	

父部

④	父		fù	foo^{6}	
⑧	爸		bà	ba^{1}	
⑩	爹		diē	de^{1}	
⑬	爺	爷	yé	ye^{4}	

爻部

④	爻		yáo	ngaau^{4}	
⑪	爽		shuǎng	song^{2}	
⑭	爾	尔	ěr	yi^{5}	

爿部

⑧	牀	床	chuáng	chong^{4}	同床
⑰	牆	墙	qiáng	cheung^{4}	

片部

④	｜片		piàn	pin^{3}	片斷
	｜片		piān	pin^{3}	唱片
⑧	版		bǎn	baan^{2}	
⑫	牌		pái	paai^{4}	
⑬	牒		dié	dip^{6}	
⑲	牘	牍	dú	duk^{6}	

牙部

④	牙		yá	nga^{4}	

牛部

④	牛		niú	ngau^{4}	
⑥	牟		móu	mau^{4}	
⑦	牢		láo	lo^{4}	
	牡		mǔ	maau^{5}	
	牠		tā	ta^{1}	
⑧	牧		mù	muk^{6}	
	物		wù	mat^{6}	
⑨	｜牲		shēng	saang^{1}	粵白讀
	｜牲		shēng	sang^{1}	粵文讀
⑩	特		tè	dak^{6}	
⑪	牽	牵	qiān	hin^{1}	
	犁		lí	lai^{4}	
⑫	犀		xī	sai^{1}	

| ⑲ | 犢 | 犊 | dú | duk⁶ |
| ⑳ | 犧 | 牺 | xī | hei¹ |

犬［犭］部

④	犬		quǎn	huen²
⑤	犯		fàn	faan⁶
⑦	狄		dí	dik⁶
	狂		kuáng	kwong⁴
⑧	狀	状	zhuàng	jong⁶
	狎		xiá	haap⁶
	狙		jū	jui¹
	狗		gǒu	gau²
	狐		hú	woo⁴
⑨	狩		shòu	sau³
	狠		hěn	han²
	狡		jiǎo	gaau²
⑩	狼		láng	long⁴
	狹	狭	xiá	haap⁶
	狽	狈	bèi	booi³
	狸		lí	lei⁴
⑪	猜		cāi	chaai¹
	猛		měng	maang⁵
	猖		chāng	cheung¹
	猙	狰	zhēng	jang¹
	猝		cù	chuet³
⑫	猶	犹	yóu	yau⁴
	猥		wěi	wai²
	猴		hóu	hau⁴
	猩		xīng	sing¹
⑬	猷		yóu	yau⁴
	獅	狮	shī	si¹

	猿		yuán	yuen⁴
	猾		huá	waat⁶
⑭	獄	狱	yù	yuk⁶
	獃	呆	ái	ngoi⁴
	獃	呆	dāi	daai¹
⑮	獎	奖	jiǎng	jeung²
	獠		liáo	liu⁴
	獗		jué	kuet³
⑯	獨	独	dú	duk⁶
⑰	獰	狞	níng	ning⁴
	獲	获	huò	wok⁶
⑱	獷	犷	guǎng	gwong²
	獵	猎	liè	lip⁶
⑲	獸	兽	shòu	sau³
	獺	獭	tǎ	chaat³
⑳	獻	献	xiàn	hin³
	獼	猕	mí	mei⁴

玄部

⑤	玄		xuán	yuen⁴	
⑪	率		lù	lut⁶	速率
	率		shuài	sut¹	率直

玉［王］部

④	王		wáng	wong⁴	王國
	王		wàng	wong⁶	動詞
⑤	玉		yù	yuk⁶	
⑦	玖		jiǔ	gau²	同九
⑧	玩		wán	waan⁴	玩笑
	玩		wán	woon⁶	玩弄
	玫		méi	mooi⁴	
⑨	玷		diàn	dim³	

珊	shān	saan¹		
玻	bō	boh¹		
玲	líng	ling⁴		
珍	zhēn	jan¹		
珀	pò	paak³		
玳	dài	doi⁶		
⑩ 班	bān	baan¹		
珮	pèi	pooi³		
珠	zhū	jue¹		
⑪ 琉	liú	lau⁴		
琅	láng	long⁴		
球	qiú	kau⁴		
理	lǐ	lei⁵		
現 現	xiàn	yin⁶		
⑫ 琺 珐	fà	faat³		
琪	qí	kei⁴		
琳	lín	lam⁴		
琢	zhuó	deuk³	雕琢	
琢	zuó	deuk³	琢磨（思索）	
琥	hǔ	foo²		
琵	pí	pei⁴		
琶	pá	pa⁴		
琴	qín	kam⁴		
⑬ 瑯	láng	long⁴		
瑚	hú	woo⁴		
瑕	xiá	ha⁴		
瑟	sè	sat¹		
瑞	ruì	sui⁶		
瑁	mào	mo⁶		

瑁	mào	mooi⁶		
瑙	nǎo	no⁵		
瑛	yīng	ying¹		
瑜	yú	yue⁴		
⑭ 瑤	yáo	yiu⁴		
瑣 瑣	suǒ	soh²		
瑪 玛	mǎ	ma⁵		
瑰	guī	gwai³	玫瑰	
瑰	guī	gwai¹	瑰麗	
⑮ 瑩 莹	yíng	ying⁴		
璋	zhāng	jeung¹		
璃	lí	lei⁴		
瑾	jǐn	gan²		
璀	cuǐ	chui²		
璀	cuǐ	chui¹		
⑯ 璜 璜	huáng	wong⁴		
璣 玑	jī	gei¹		
璞	pú	pok³		
⑰ 環 环	huán	waan⁴		
璨	càn	chaan³		
⑱ 璧	bì	bik¹		
⑲ 璽 玺	xǐ	saai²		
瓊 琼	qióng	king⁴		
⑳ 瓏 珑	lóng	lung⁴		

瓜部

⑤ 瓜	guā	gwa¹	
⑯ 瓢	piáo	piu⁴	
⑲ 瓣	bàn	baan⁶	
瓣	bàn	faan⁶	
㉒ 瓤	ráng	nong⁴	

	瓦部			
⑤	瓦	wǎ	nga⁵	瓦解
	瓦	wà	nga⁵	瓦刀
⑪	瓶	píng	ping⁴	
	瓷	cí	chi⁴	
⑭	甄	zhēn	yan¹	
⑱	甕 瓮	wèng	ung³	

	甘部			
⑤	甘	gān	gam¹	
⑨	甚	shèn	sam⁶	甚至
	甚 什	shén	sam⁶	甚麼
⑪	甜	tián	tim⁴	

	生部			
⑤	生	shēng	saang¹	粵白讀
	生	shēng	sang¹	粵文讀
⑪	產 产	chǎn	chaan²	
⑫	甦 苏	sū	so¹	
	甥	shēng	saang¹	粵白讀
	甥	shēng	sang¹	粵文讀

	用部			
⑤	用	yòng	yung⁶	
	甩	shuǎi	lat¹	
⑦	甫	fǔ	foo²	驚魂甫定
	甫	fǔ	po²	專名用
⑨	甭	béng	bang²	

	田部			
⑤	田	tián	tin⁴	
	由	yóu	yau⁴	
	甲	jiǎ	gaap³	
	申	shēn	san¹	

⑦	男	nán	naam⁴	
	甸	diàn	din⁶	
⑨	畏	wèi	wai³	
	界	jiè	gaai³	
⑩	畔	pàn	boon⁶	
	畝 亩	mǔ	mau⁵	
	畜	chù	chuk¹	家畜
	畜	xù	chuk¹	畜牧
	留	liú	lau⁴	
⑪	略	lüè	leuk⁶	同畧
	畦	qí	kwai⁴	
	畢 毕	bì	bat¹	
	異 异	yì	yi⁶	
⑫	番	fān	faan¹	番邦
	番	pān	poon¹	番禺
	畫 画	huà	wa⁶	畫廊
	畫 画	huà	waak⁶	畫圖
⑬	當 当	dāng	dong¹	當代
	當 当	dàng	dong³	上當
	畸	jī	gei¹	
	畸	jī	kei¹	
⑲	疇 畴	chóu	chau⁴	
	疆	jiāng	geung¹	
㉒	疊 迭	dié	dip⁶	

	疋部			
⑤	疋	pǐ	pat¹	同匹
⑫	疏	shū	soh¹	疏忽
	疏	shū	soh³	注疏
⑭	疑	yí	yi⁴	

⑧	疝	shàn	saan³	
	疙	gē	ngat⁶	
	疚	jiù	gau³	
⑨	疫	yì	yik⁶	
	疤	bā	ba¹	
	疥	jiè	gaai³	
⑩	疾	jí	jat⁶	
	丨病	bìng	bing⁶	粵文讀
	丨病	bìng	beng⁶	粵白讀
	症	zhèng	jing³	
	疲	pí	pei⁴	
	疽	jū	jui¹	
	疼	téng	tang⁴	
	疹	zhěn	chan²	
	痂	jiā	ga¹	
⑪	痔	zhì	ji⁶	
	痕	hén	han⁴	
	疵	cī	chi¹	
	痊	quán	chuen⁴	
	痍	yí	yi⁴	
⑫	痢	lì	lei⁶	
	痛	tòng	tung³	
	痣	zhì	ji³	
	痙 痉	jìng	ging⁶	
	痘	dòu	dau⁶	
	痞	pǐ	mau¹	
⑬	痾 疴	kē	oh¹	
	丨瘀	yū	yue¹	
	丨瘀	yū	yue²	

	痰	tán	taam⁴	
	瘁	cuì	sui⁶	
	痳	má	ma⁴	
	痱	fèi	fai⁶	
	痹	bì	bei³	
	痿	wěi	wai²	
	痴	chī	chi¹	同癡
⑭	瘧 疟	nüè	yeuk⁶	
	瘍 疡	yáng	yeung⁴	
	瘋 疯	fēng	fung¹	
	瘓 痪	huàn	woon⁶	
	瘦	shòu	sau³	
⑮	丨瘠	jí	jik³	粵文讀
	丨瘠	jí	jek³	粵白讀
	瘜	xī	sik¹	
	瘟	wēn	wan¹	
	瘩	dá	daap³	
	瘤	liú	lau⁴	
	瘡 疮	chuāng	chong¹	
⑯	瘴	zhàng	jeung³	
	瘸	qué	ke⁴	
⑰	癆 痨	láo	lo⁴	
	療 疗	liáo	liu⁴	
	癌	ái	ngaam⁴	
	癇 痫	xián	haan⁴	
⑱	癖	pǐ	pik¹	
	癒 愈	yù	yue⁶	同瘉
⑲	癟 瘪	biě	bit⁶	
	癡 痴	chī	chi¹	同痴
⑳	癢 痒	yǎng	yeung⁵	

	癥 症	zhēng	jing¹	
㉑	癩 癞	là	laai³	
㉒	癮 瘾	yǐn	yan⁵	
	癬 癣	xuǎn	sin²	
㉔	|癱 瘫	tān	taan¹	
	|癱 瘫	tān	taan²	
	癲 癫	diān	din¹	

癶部

⑨	癸	guǐ	gwai³	
⑫	登	dēng	dang¹	
	發 发	fā	faat³	

白部

⑤	白	bái	baak⁶	
⑥	百	bǎi	baak³	
⑦	皂	zào	jo⁶	
⑧	|的	dì	dik¹	目的
	|的	dí	dik¹	的確
	|的	de	dik¹	助詞
⑨	皆	jiē	gaai¹	
	皇	huáng	wong⁴	
	皈	guī	gwai¹	
⑪	皎	jiǎo	gaau²	
⑫	皖	wǎn	woon⁵	
	皓	hào	ho⁶	
⑮	皚 皑	ái	ngoi⁴	

皮部

⑤	皮	pí	pei⁴	
⑮	皺 皱	zhòu	jau³	

皿部

⑤	皿	mǐn	ming⁵	

⑧	盂	yú	yue⁴	
⑨	盈	yíng	ying⁴	
	盆	pén	poon⁴	
	盃 杯	bēi	booi¹	
	盅	zhōng	jung¹	
⑩	益	yì	yik¹	
	盎	àng	ong³	
⑪	盔	kuī	kwai¹	
	盒	hé	hap⁶	
	|盛	shèng	sing⁶	盛大
	|盛	chéng	sing⁴	盛載
⑫	盜 盗	dào	do⁶	
⑬	盞 盏	zhǎn	jaan²	
	盟	méng	mang⁴	
⑭	盡 尽	jìn	jun⁶	
	|監 监	jiān	gaam¹	監視
	|監 监	jiàn	gaam³	太監
⑮	盤 盘	pán	poon⁴	
⑯	盧 卢	lú	lo⁴	
	盥	guàn	goon³	
⑰	盪 荡	dàng	dong⁶	

目〔四〕部

⑤	目	mù	muk⁶	
⑦	|盯	dīng	deng¹	粵白讀
	|盯	dīng	ding¹	粵文讀
⑧	盲	máng	maang⁴	
	直	zhí	jik⁶	
⑨	|省	shěng	saang²	省分
	|省	xǐng	sing²	反省
	眈	dǔn	dun⁶	

	相	xiāng	seung¹	互相
	相	xiàng	seung³	相貌
眉	méi	mei⁴	
	看	kàn	hon³	看見
	看	kān	hon¹	看守
盾	dùn	tun⁵	
盼	pàn	paan³	
眈	dān	daam¹	
⑩ 眩	xuàn	yuen⁶	
真	zhēn	jan¹	
眠	mián	min⁴	
	眨	zhǎ	jaap³	
	眨	zhǎ	jaam²	
⑪ 眷	juàn	guen³	
眾 众	zhòng	jung³	
眼	yǎn	ngaan⁵	
	眶	kuàng	kwaang¹	
	眶	kuàng	hong¹	
眸	móu	mau⁴	
眺	tiào	tiu³	
⑫	着	zhuó	jeuk³	同著（穿着）
	着	zhuó	jeuk⁶	同著（着手）
	着	zhe	jeuk⁶	同著（助詞）
	着	zháo	jeuk⁶	着火
	着	zhāo	jeuk⁶	同招（一着棋）
睏 困	kùn	kwan³	
⑬ 睛	jīng	jing¹	

	睫	jié	jit⁶	
	睫	jié	jit³	
睦	mù	muk⁶	
睞 睐	lài	loi⁶	
督	dū	duk¹	
睹	dǔ	do²	
睬	cǎi	choi²	
	睜 睁	zhēng	jaang¹	粵白讀
	睜 睁	zhēng	jang¹	粵文讀
⑭ 瞄	miáo	miu⁴	
睽	kuí	kwai⁴	
睿	ruì	yui⁶	
睡	shuì	sui⁶	
瞅	chǒu	chau²	
睾	gāo	go¹	
⑮ 瞎	xiā	hat⁶	
瞇 眯	mī	mei¹	
	瞌	kē	hap⁶	粵文讀
	瞌	kē	hap¹	粵白讀
	瞑	míng	ming⁴	
	瞑	míng	ming⁵	
⑯ 瞠	chēng	chaang¹	
瞞 瞒	mán	moon⁴	
瞟	piǎo	piu⁵	
瞥	piē	pit³	
⑰ 瞳	tóng	tung⁴	
瞪	dèng	dang¹	
瞰	kàn	ham³	
瞬	shùn	sun³	
瞧	qiáo	chiu⁴	

	瞭	了	liǎo	liu⁵	明瞭
	瞭		liào	liu⁴	瞭望
⑱	瞿		qú	kui⁴	
	瞻		zhān	jim¹	
⑲	矇	蒙	mēng	mung⁴	欺騙
	矇		méng	mung⁴	失明
㉑	矓	眬	lóng	lung⁴	
㉔	矗		chù	chuk¹	
㉖	矚	嘱	zhǔ	juk¹	

矛部

⑤	矛	máo	maau⁴	
⑨	矜	jīn	ging¹	

矢部

⑤	矢		shǐ	chi²	
⑦	矣		yǐ	yi⁵	
⑧	知		zhī	ji¹	通知
	知		zhī	ji³	知識
⑩	矩		jǔ	gui²	
⑫	短		duǎn	duen²	
⑬	矮		ǎi	ai²	
⑰	矯	矫	jiǎo	giu²	

石部

⑤	石	shí	sek⁶	石頭
	石	dàn	daam³	一石米
⑧	矽	xī	jik⁶	
⑨	砂	shā	sa¹	
	砒	pī	pei¹	
	研	yán	yin⁴	
	砌	qì	chai³	
	砍	kǎn	ham²	

⑩	砰	pēng	ping¹	砰然
	砰	pēng	ping⁴	專名用
	砧	zhēn	jam¹	
	砸	zá	jaap³	
	砝	fǎ	faat³	
	破	pò	poh³	
	砷	shēn	san¹	
	砥	dǐ	dai²	
	砲	pào	paau³	同炮
⑪	硅	guī	gwai¹	
⑫	硫	liú	lau⁴	
	硝	xiāo	siu¹	
	硬	yìng	ngaang⁶	

	硯	砚	yàn	yin⁶	
	硤	硖	xiá	gip³	

⑬	碎	suì	sui³	
	碰	pèng	pung³	
	碗	wǎn	woon²	
	碘	diǎn	din²	

	碌	碌	lù	luk⁶	

	碉	diāo	diu¹	
	硼	péng	pang⁴	粵文讀
	硼	péng	paang⁴	粵白讀
	碑	bēi	bei¹	
⑭	磁	cí	chi⁴	
	碟	dié	dip⁶	
	碧	bì	bik¹	
	碳	tàn	taan³	

	碩	硕	shuò	sek⁶	

⑮	磋	cuō	choh¹	

磅	bàng	bong⁶	重量單位
磅	páng	pong⁴	磅礴
確 确	què	kok³	
磊	lěi	lui⁵	
碾	niǎn	jin²	
磕	kē	hap⁶	
碼 码	mǎ	ma⁵	
磐 盤	pán	poon⁴	
⑯ 磨	mó	moh⁴	磨滅
磨	mò	moh⁴	磨麵
磨	mò	moh⁶	石磨
磚 砖	zhuān	juen¹	
磬	qìng	hing³	
磡	kàn	ham³	
⑰ 磷	lín	lun⁴	
磺 礦	huáng	wong⁴	
礁	jiāo	jiu¹	
⑱ 礎 础	chǔ	choh²	
⑲ 礙 碍	ài	ngoi⁶	
⑳ 礦 矿	kuàng	kwong³	
礪 砺	lì	lai⁶	
礬 矾	fán	faan⁴	
礫 砾	lì	lik¹	
㉒ 礴 礴	bó	bok⁶	

示 [礻] 部

⑤ 示	shì	si⁶	
⑦ 社	shè	se⁵	
祀	sì	ji⁶	
祁	qí	kei⁴	
⑧ 祉	zhǐ	ji²	

祈	qí	kei⁴	
祇	qí	kei⁴	神祇
祇	zhǐ	ji²	同只
⑨ 祕	bì	bei³	同秘（祕魯）
祕	mì	bei³	同秘（祕密）
祐	yòu	yau⁶	
祠	cí	chi⁴	
祖	zǔ	jo²	
神	shén	san⁴	
祝	zhù	juk¹	
祚	zuò	jo⁶	
⑩ 祟	suì	sui⁶	
祥	xiáng	cheung⁴	
⑪ 票	piào	piu³	
祭	jì	jai³	
⑫ 祺	qí	kei⁴	
祿 禄	lù	luk⁶	
⑬ 禁	jìn	gam³	禁忌
禁	jīn	kam¹	弱不禁風
禎 祯	zhēn	jing¹	
福	fú	fuk¹	
禍 祸	huò	woh⁶	
⑯ 禦 御	yù	yue⁶	
禧	xǐ	hei¹	
禪 禅	chán	sim⁴	禪師
禪 禅	shàn	sin⁶	禪讓
⑰ 禮 礼	lǐ	lai⁵	
⑱ 禱 祷	dǎo	to²	

⑨	禹	yǔ	yue⁵	
	禺	yú	yue⁴	
⑬	禽	qín	kam⁴	

禾部

⑤	禾	hé	woh⁴	
⑦	私	sī	si¹	
	秀	xiù	sau³	
	禿	tū	tuk¹	
⑧	秉	bǐng	bing²	
⑨	科	kē	foh¹	
	秒	miǎo	miu⁵	
	秋	qiū	chau¹	
⑩	秤	chèng	ching³	秤砣
	秤	chèng	ping⁴	同平（天秤）
	秣	mò	moot³	
	秧	yāng	yeung¹	
	租	zū	jo¹	
	秦	qín	chun⁴	
	秩	zhì	dit⁶	
	秘	bì	bei³	同祕（秘魯）
	秘	mì	bei³	同祕（秘密）
⑪	移	yí	yi⁴	
⑫	稍	shāo	saau²	稍微
	稍	shào	saau²	稍息
	稈 秆	gǎn	gon²	
	程	chéng	ching⁴	
	税	shuì	sui³	

	稀	xī	hei¹	
⑬	稜	léng	ling⁴	同棱
	稚	zhì	ji⁶	
	稠	chóu	chau⁴	
	稟 禀	bǐng	ban²	
	稞	kē	foh¹	
⑭	種 种	zhǒng	jung²	種子
	種 种	zhòng	jung³	種植
	稱 称	chēng	ching¹	稱呼
	稱 称	chèng	ching³	同秤
	稱 称	chèn	chan³	相稱
	稱 称	chèn	ching³	相稱
⑮	稿	gǎo	go²	
	稼	jià	ga³	
	穀 谷	gǔ	guk¹	
	稽	jī	kai¹	無稽
	稽	qǐ	kai²	稽首
	稷	jì	jik¹	
	稻	dào	do⁶	
⑯	積 积	jī	jik¹	
	穎 颖	yǐng	wing⁶	
	穆	mù	muk⁶	
	穌 稣	sū	so¹	
⑰	穗	suì	sui⁶	
⑱	穢 秽	huì	wai³	
⑲	穫 获	huò	wok⁶	
	穩 稳	wěn	wan²	

穴部

| ⑤ | 穴 | xué | yuet⁶ | |
| ⑦ | 究 | jiū | gau³ | |

⑧	空	kōng	hung¹	空泛
	空	kòng	hung¹	有空
	空	kòng	hung³	虧空
	穹	qióng	kung⁴	
⑨	穿	chuān	chuen¹	
	突	tū	dat⁶	
⑩	窄	zhǎi	jaak³	
	窈	yǎo	yiu²	
	窈	yǎo	miu⁵	
⑪	窒	zhì	jat⁶	
	窕	tiǎo	tiu⁵	
⑫	窘	jiǒng	kwan³	
	窗	chuāng	cheung¹	
	窖	jiào	gaau³	
⑬	窟	kū	fat¹	
	窟	kū	gwat⁶	
⑭	窪 洼	wā	wa¹	
	窩 窝	wō	woh¹	
⑮	窯 窑	yáo	yiu⁴	同窰
	窮 穷	qióng	kung⁴	
⑯	窺 窥	kuī	kwai¹	
⑰	窿	lóng	lung⁴	
	窿	lóng	lung¹	
⑱	竄 窜	cuàn	chuen³	
	窾 窍	qiào	hiu³	
	窾 窍	qiào	kiu³	
⑳	竇 窦	dòu	dau⁶	
㉓	竊 窃	qiè	sit³	

立部

⑤	立	lì	lap⁶	粵文讀
	立	lì	laap⁶	粵白讀
⑩	站	zhàn	jaam⁶	
⑪	竟	jìng	ging²	
	章	zhāng	jeung¹	
⑫	童	tóng	tung⁴	
	竣	jùn	jun³	
⑭	竭	jié	kit³	
	端	duān	duen¹	
⑳	競 竞	jìng	ging⁶	

竹部

⑥	竹	zhú	juk¹	
⑧	竺	zhú	juk¹	
⑨	竿	gān	gon¹	
	竽	yú	yue⁴	
⑩	笆	bā	ba¹	
	笑	xiào	siu³	
	笈	jí	kap¹	
	笏	hù	fat¹	
⑪	笠	lì	lap¹	
	笨	bèn	ban⁶	
	笛	dí	dek⁶	
	笪	dá	daat³	
	第	dì	dai⁶	
	符	fú	foo⁴	
	笙	shēng	saang¹	粵白讀
	笙	shēng	sang¹	粵文讀
	笞	chī	chi¹	
⑫	等	děng	dang²	
	策	cè	chaak³	
	筆 笔	bǐ	bat¹	

筐		kuāng	hong¹		篇		piān	pin¹	

	字	簡	拼音	粵音	備註
	筐		kuāng	hong¹	
	筒		tǒng	tung⁴	
	|答		dá	daap³	回答
	|答		dā	daap³	答應
	筍	笋	sǔn	sun²	
	筋		jīn	gan¹	
	筏		fá	fat⁶	
⑬	筷	筷	kuài	faai³	
	節	节	jié	jit³	
	|筠		yún	wan⁴	竹子
	|筠		jūn	gwan¹	專名用
	筲		shāo	saau¹	
⑭	管		guǎn	goon²	
	箕		jī	gei¹	
	箋	笺	jiān	jin¹	
	筵		yán	yin⁴	
	算		suàn	suen³	
	箝		qián	kim⁴	
	箔		bó	bok⁶	
	|箏	筝	zhēng	jaang¹	粵白讀
	|箏	筝	zhēng	jang¹	粵文讀
	箸		zhù	jue⁶	
	箇	个	gè	goh³	
⑮	箭		jiàn	jin³	
	箱		xiāng	seung¹	
	範	范	fàn	faan⁶	
	箴		zhēn	jam¹	
	|篋	箧	qiè	haap⁶	
	|篋	箧	qiè	gip²	
	篆		zhuàn	suen⁶	
	篇		piān	pin¹	
⑯	篙		gāo	go¹	
	築	筑	zhù	juk¹	
	篤	笃	dǔ	duk¹	
	篡		cuàn	saan³	
	篩	筛	shāi	sai¹	
	篦		bì	bei⁶	
⑰	簇		cù	chuk¹	
	簍	篓	lǒu	lau⁵	
	篾		miè	mit⁶	
	篷		péng	pung⁴	
	簌		sù	chuk¹	
	簋		guǐ	gwai²	
⑱	簧	簧	huáng	wong⁴	
	簪		zān	jaam¹	
	簣	篑	kuì	gwai⁶	
	簡	简	jiǎn	gaan²	
⑲	簾	帘	lián	lim⁴	
	簿		bù	bo⁶	
	簫	箫	xiāo	siu¹	
	簸		bǒ	boh³	
	簽	签	qiān	chim¹	
	|簷	檐	yán	yim⁴	同檐
	|簷	檐	yán	sim⁴	同檐
⑳	籌	筹	chóu	chau⁴	
	籃	篮	lán	laam⁴	
	籍		jí	jik⁶	
㉒	|籠	笼	lóng	lung⁴	蒸籠
	|籠	笼	lǒng	lung⁴	籠罩
	|籠	笼	lǒng	lung⁵	籠統

籟	籁	lài	laai⁶		
㉓	籤	签	qiān	chim¹	
㉕	籬	篱	lí	lei⁴	
	籮	箩	luó	loh⁴	
㉜	籲	吁	yù	yue⁶	

米部

⑥	米		mǐ	mai⁵	
⑨	籽		zǐ	ji²	
⑩	粉		fěn	fan²	
⑪	粒		lì	nap¹	
	粗		cū	cho¹	
	粕		pò	pok³	
	粘		zhān	nim⁴	粘貼
	粘		zhān	jim¹	附著
	粘		nián	nim⁴	同黏
⑫	粟		sù	suk¹	
	粥		zhōu	juk¹	
⑬	粱		liáng	leung⁴	
	粤		yuè	yuet⁶	
⑭	粹		cuì	sui⁶	
	粽		zòng	jung³	同糉
	精		jīng	jing¹	粤文讀
	精		jīng	jeng¹	粤白讀
⑮	糊		hú	woo⁴	糊塗
	糊		hù	woo⁴	糊弄
	糍		cí	chi⁴	
⑯	糕		gāo	go¹	
	糖		táng	tong⁴	
⑰	糠		kāng	hong¹	
	糜		mí	mei⁴	

	冀	粪	fèn	fan³	
	糟		zāo	jo¹	
	糙		cāo	cho³	
⑱	糧	粮	liáng	leung⁴	
⑲	糉	棕	zòng	jung³	同粽
⑳	糯		nuò	noh⁶	
	糰	团	tuán	tuen⁴	

糸部

⑦	系		xì	hai⁶	
⑧	糾	纠	jiū	gau²	
⑨	紂	纣	zhòu	jau⁶	
	紅	红	hóng	hung⁴	
	紀	纪	jì	gei²	紀律
	紀	纪	jì	gei³	紀律
	紀	纪	jǐ	gei²	姓氏
	紉	纫	rèn	yan⁶	
	紇	纥	hé	hat⁶	
	約	约	yuē	yeuk³	
	紈	纨	wán	yuen⁴	
⑩	紡	纺	fǎng	fong²	
	紗	纱	shā	sa¹	
	紋	纹	wén	man⁴	
	紊		wěn	man⁶	
	素		sù	so³	
	索		suǒ	sok³	繩索
	索		suǒ	saak³	索償
	純	纯	chún	sun⁴	
	紐	纽	niǔ	nau²	
	紕	纰	pī	pei¹	
	級	级	jí	kap¹	

繁	簡	拼音	粵音	備註
紜	纭	yún	wan⁴	
納	纳	nà	naap⁶	
紙	纸	zhǐ	ji²	
紛	纷	fēn	fan¹	
⑪ 絆	绊	bàn	boon⁶	
絃	弦	xián	yin⁴	
| 紮	扎	zhā	jaat³	駐紮
| 紮	扎	zā	jaat³	包紮
紹	绍	shào	siu⁶	
絀	绌	chù	juet³	
細	细	xì	sai³	
紳	绅	shēn	san¹	
組	组	zǔ	jo²	
| 累		lèi	lui⁶	疲累
| 累		lěi	lui⁶	累及
| 累		lěi	lui⁵	同絫（累積）
| 累		léi	lui⁴	同絫（果實累累）
終	终	zhōng	jung¹	
⑫ 統	统	tǒng	tung²	
絞	绞	jiǎo	gaau²	
| 結	结	jié	git³	結束
| 結	结	jiē	git³	結實
絨	绒	róng	yung⁴	
絕	绝	jué	juet⁶	
紫		zǐ	ji²	
絮		xù	sui⁵	
絲	丝	sī	si¹	
| 絡	络	luò	lok³	脈絡
| 絡	络	lào	lok³	絡子
| 給	给	gěi	kap¹	送給
| 給	给	jǐ	kap¹	供給
絢	绚	xuàn	huen³	
絳	绛	jiàng	gong³	
⑬ 經	经	jīng	ging¹	
絹	绢	juàn	guen³	
綑	捆	kǔn	kwan²	同捆
綁	绑	bǎng	bong²	
綏	绥	suí	sui¹	
⑭ 綻	绽	zhàn	jaan⁶	
| 綜	综	zōng	jung³	
| 綜	综	zōng	jung¹	
綽	绰	chuò	cheuk³	
綾	绫	líng	ling⁴	
| 綠	绿	lù	luk⁶	綠色
| 綠	绿	lù	luk⁶	綠林
緊	紧	jǐn	gan²	
| 綴	缀	zhuì	jui³	點綴
| 綴	缀	chuò	juet³	同輟
緋	绯	fēi	fei¹	
網	网	wǎng	mong⁵	
綱	纲	gāng	gong¹	
綺	绮	qǐ	yi²	
綢	绸	chóu	chau⁴	
綿	绵	mián	min⁴	
綵	彩	cǎi	choi²	
| 綸	纶	lún	lun⁴	綸音
| 綸	纶	guān	gwaan¹	綸巾
維	维	wéi	wai⁴	

	緒	绪	xù	sui⁵
⑮	締	缔	dì	dai³
	締	缔	dì	tai³
	練	练	liàn	lin⁶
	緯	纬	wěi	wai⁵
	緻	致	zhì	ji³
	緘	缄	jiān	gaam¹
	緬	缅	miǎn	min⁵
	緝	缉	jī	chap¹
	編	编	biān	pin¹
	緣	缘	yuán	yuen⁴
	線	线	xiàn	sin³ 同綫
	緞	缎	duàn	duen⁶
	緩	缓	huǎn	woon⁶
	緲	缈	miǎo	miu⁵
⑯	縊	缢	yì	ai³
	縈	萦	yíng	ying⁴
	縛	缚	fù	bok³
	縣	县	xiàn	yuen⁶
	縐	绉	zhòu	jau³
⑰	縮	缩	suō	suk¹
	績	绩	jì	jik¹
	繆	缪	miù	mau⁶ 同謬
	繆	缪	miào	miu⁶ 姓氏
	繆	缪	móu	mau⁴ 綢繆
	縷	缕	lǚ	lui⁵
	縷	缕	lǚ	lau⁵
	繃	绷	bēng	bang¹
	縫	缝	féng	fung⁴ 縫紉
	縫	缝	fèng	fung⁶ 裂縫

	總	总	zǒng	jung²
	縱	纵	zòng	jung¹ 縱橫
	縱	纵	zòng	jung³ 放縱
	繅	缫	sāo	so¹
	繁		fán	faan⁴
	縴	纤	qiàn	hin¹
	縹	缥	piāo	piu¹
⑱	織	织	zhī	jik¹
	繕	缮	shàn	sin⁶
	繞	绕	rào	yiu⁵
	繚	缭	liáo	liu⁴
⑲	繡	绣	xiù	sau³
	繫	系	xì	hai⁶ 維繫
	繫	系	jì	hai⁶ 繫鞋帶
	繭	茧	jiǎn	gaan²
	繹	绎	yì	yik⁶
	繩	绳	shéng	sing⁴
	繪	绘	huì	kooi²
	繳	缴	jiǎo	giu²
⑳	辮	辫	biàn	bin¹
	繽	缤	bīn	ban¹
	繼	继	jì	gai³
	纂		zuǎn	juen²
㉑	纏	缠	chán	chin⁴
	續	续	xù	juk⁶
	纍	累	lěi	lui⁵ 同累（纍積）
	纍	累	léi	lui⁴ 同累（果實纍纍）
㉓	纓	缨	yīng	ying¹

	纖	纤	xiān	chim[1]	
	纔	才	cái	choi[4]	同才（剛纔）
㉗	纜	缆	lǎn	laam[6]	

缶部

⑨	缸		gāng	gong[1]	
⑩	缺		quē	kuet[3]	
⑪	缽	钵	bō	boot[3]	
⑰	磬		qìng	hing[3]	
	罅		xià	la[3]	
⑳	罌	罂	yīng	aang[1]	
㉔	罐		guàn	goon[3]	

网［罒，⺳］部

⑦	罕		hǎn	hon[2]	
⑧	罔		wǎng	mong[5]	
⑬	置		zhì	ji[3]	
	罩		zhào	jaau[3]	
	罪		zuì	jui[6]	
	署		shǔ	chue[5]	
⑭	罰	罚	fá	fat[6]	
⑮	罵	骂	mà	ma[6]	
	罷	罢	bà	ba[6]	罷手
	罷	罢	ba	ba[6]	同吧
⑯	羅		lí	lei[4]	
⑲	羅	罗	luó	loh[4]	
㉔	羈	羁	jī	gei[1]	

羊部

⑥	羊		yáng	yeung[4]	
⑧	羌		qiāng	geung[1]	
⑨	美		měi	mei[5]	

⑩	羔		gāo	go[1]	
	羓		bā	ba[1]	
⑪	羞		xiū	sau[1]	
	羚		líng	ling[4]	
⑬	義	义	yì	yi[6]	
	羨	羡	xiàn	sin[6]	
	群		qún	kwan[4]	同羣
⑮	羯		jié	kit[3]	
⑯	羲		xī	hei[1]	
⑲	羶	膻	shān	jin[1]	
	羹		gēng	gang[1]	

羽部

⑥	羽		yǔ	yue[5]	
⑨	羿		yì	ngai[6]	
⑩	翅		chì	chi[3]	
	翁		wēng	yung[1]	
⑪	翌		yì	yik[6]	
	翎		líng	ling[4]	
	習	习	xí	jaap[6]	
⑫	翔		xiáng	cheung[4]	
⑭	翠		cuì	chui[3]	
	翡		fěi	fei[2]	
	翟		zhái	jaak[6]	姓氏
	翟		dí	dik[6]	同狄（夷翟）
⑮	翩		piān	pin[1]	
⑯	翰		hàn	hon[6]	
	翱		áo	ngo[4]	
⑰	翳		yì	ai[3]	
	翼		yì	yik[6]	

⑱	|翹	翘	qiáo	kiu⁴		翹首
	|翹	翘	qiào	kiu⁴		翹尾巴
	翻		fān	faan¹		
⑳	耀		yào	yiu⁶		

老部

⑥	老		lǎo	lo⁵	
	考		kǎo	haau²	
⑧	者		zhě	je²	
⑩	耆		qí	kei⁴	

而部

⑥	而		ér	yi⁴	
⑨	耐		nài	noi⁶	
	耍		shuǎ	sa²	

耒部

⑩	耘		yún	wan⁴	
	|耕		gēng	gaang¹	粵白讀
	|耕		gēng	gang¹	粵文讀
	耙		pá	pa⁴	
	耗		hào	ho³	
⑮	耦		ǒu	ngau⁵	

耳部

⑥	耳		ěr	yi⁵	
⑨	|耶		yē	ye⁴	耶穌
	|耶		yé	ye⁴	助詞
⑩	耽		dān	daam¹	
	耿		gěng	gang²	
⑪	聊		liáo	liu⁴	
	聆		líng	ling⁴	
⑬	聖	圣	shèng	sing³	
	聘		pìn	ping³	

⑭	聞	闻	wén	man⁴	
	聚		jù	jui⁶	
⑰	|聲	声	shēng	sing¹	粵文讀
	|聲	声	shēng	seng¹	粵白讀
	聰	聪	cōng	chung¹	
	聯	联	lián	luen⁴	
	聳	耸	sǒng	sung²	
⑱	職	职	zhí	jik¹	
	聶	聂	niè	nip⁶	
㉒	聾	聋	lóng	lung⁴	
	|聽	听	tīng	ting³	聽任
	|聽	听	tīng	ting¹	粵文讀（聽從）
	|聽	听	tīng	teng¹	粵白讀（聽從）

聿部

⑬	肅	肃	sù	suk¹	
	肆		sì	si³	
	肄		yì	yi⁶	
⑭	肇		zhào	siu⁶	

肉［月］部

⑥	肉		ròu	yuk⁶	
	|肋		lèi	lak⁶	粵文讀
	|肋		lèi	laak⁶	粵白讀
	肌		jī	gei¹	
⑦	肖		xiào	chiu³	
	肓		huāng	fong¹	
	肝		gān	gon¹	
	|肘		zhǒu	jau²	粵文讀
	|肘		zhǒu	jaau²	粵白讀

肛	gāng	gong¹	
肚	dù	to⁵	肚子
肚	dǔ	to⁵	動物的胃
⑧ 育	yù	yuk⁶	
肺	fèi	fai³	
肥	féi	fei⁴	
肢	zhī	ji¹	
肱	gōng	gwang¹	
股	gǔ	goo²	
肩	jiān	gin¹	
肴	yáo	ngaau⁴	
肪	fáng	fong¹	
肯	kěn	hang²	
⑨ 胖	pàng	boon⁶	胖子
胖	pán	poon⁴	心廣體胖
胥	xū	sui¹	
胚	pēi	pooi¹	
胃	wèi	wai⁶	
背	bèi	booi³	背叛
背	bèi	booi⁶	背誦
背	bēi	booi³	背書包
胡	hú	woo⁴	
胛	jiǎ	gaap³	
胎	tāi	toi¹	
胞	bāo	baau¹	
⑩ 胱	guāng	gwong¹	
脂	zhī	ji¹	
胰	yí	yi⁴	
脅 脋	xié	hip³	

胭		yān	yin¹	
胴		dòng	dung⁶	
脆		cuì	chui³	
胸		xiōng	hung¹	
胳		gē	gaak³	胳膊
胳		gā	gaak³	胳肢窩
脈	脉	mài	mak⁶	脈搏
脈	脉	mò	mak⁶	脈脈
能		néng	nang⁴	
脊		jǐ	jik³	粵文讀
脊		jǐ	jek³	粵白讀
胯		kuà	kwa³	
⑪ 脯		fǔ	foo²	果脯
脯		fǔ	po²	果脯
脯		pú	po²	胸脯
脖		bó	boot⁶	
脛	胫	jìng	ging³	
脣	唇	chún	sun⁴	同唇
脫		tuō	tuet³	
⑫ 腕		wàn	woon²	
腔		qiāng	hong¹	
腋		yè	yik⁶	
腑		fǔ	foo²	
腎	肾	shèn	san⁶	
脹	胀	zhàng	jeung³	
腆		tiǎn	tin²	
脾		pí	pei⁴	
腌		yān	yim¹	
腌		yān	yip³	
⑬ 腱		jiàn	gin³	

腰	yāo	yiu¹	
腸 肠	cháng	cheung⁴	
腥	xīng	sing¹	粤文讀
腥	xīng	seng¹	粤白讀
腮	sāi	soi¹	
腩	nǎn	naam⁵	
腳 脚	jiǎo	geuk³	
腫 肿	zhǒng	jung²	
腹	fù	fuk¹	
腺	xiàn	sin³	
腦 脑	nǎo	no⁵	
⑭ 腐	fǔ	foo⁶	
膀	bǎng	bong²	肩膀
膀	páng	pong⁴	膀胱
膏	gāo	go¹	
膈	gé	gaak³	
膊	bó	bok³	
腿	tuǐ	tui²	
⑮ 膛	táng	tong⁴	
膜	mó	mok⁶	
膝	xī	sat¹	
膠 胶	jiāo	gaau¹	
膚 肤	fū	foo¹	
膘	biāo	biu¹	
⑯ 膳	shàn	sin⁶	
膩	nì	nei⁶	
膨	péng	paang⁴	
⑰ 臆	yì	yik¹	
臃	yōng	yung²	
膺	yīng	ying¹	

臂	bì	bei³	
臀	tún	tuen⁴	
膿 脓	nóng	nung⁴	
臊	sāo	so¹	
膽 胆	dǎn	daam²	
臉 脸	liǎn	lim⁵	
膾 脍	kuài	kooi²	
⑱ 臍 脐	qí	chi⁴	
⑲ 臘 腊	là	laap⁶	
㉒ 臟 脏	zàng	jong⁶	

臣部

⑥ 臣	chén	san⁴	
⑧ 卧	wò	ngoh⁶	同臥
⑰ 臨 临	lín	lam⁴	

自部

⑥ 自	zì	ji⁶	
⑩ 臭	chòu	chau³	臭氣
臭	xiù	chau³	同嗅

至部

⑥ 至	zhì	ji³	
⑨ 致	zhì	ji³	
⑭ 臺 台	tái	toi⁴	同台(樓臺)
⑯ 臻	zhēn	jun¹	

臼部

⑥ 臼	jiù	kau⁵	
⑧ 臾	yú	yue⁴	
⑩ 舀	yǎo	yiu⁵	
⑪ 舂	chōng	jung¹	
⑬ 舅	jiù	kau⁵	

⑭	與	与	yǔ	yue⁵	與其
	與	与	yù	yue⁶	參與
	與	与	yú	yue⁴	同歟
⑯	興	兴	xīng	hing¹	興旺
	興	兴	xìng	hing³	高興
⑰	舉	举	jǔ	gui²	
⑱	舊	旧	jiù	gau⁶	

舌部

⑥	舌		shé	sit⁶	
⑧	舍		shè	se³	校舍
	舍		shě	se²	同捨
⑩	舐		shì	saai⁵	
⑫	舒		shū	sue¹	
⑭	舔		tiǎn	tim²	
⑮	舖	铺	pù	po¹	同鋪（床舖）
	舖	铺	pù	po³	同鋪（店舖）

舛部

⑫	舜	shùn	sun³
⑭	舞	wǔ	mo⁵

舟部

⑥	舟	zhōu	jau¹
⑨	舢	shān	saan¹
⑩	航	háng	hong⁴
	舫	fǎng	fong²
	舨	bǎn	baan²
	般	bān	boon¹
⑪	舵	duò	toh⁴
	舷	xián	yin⁴

	舶		bó	bok⁶	
	舶		bó	baak³	
	船		chuán	suen⁴	
⑬	艄		shāo	saau¹	
	艇		tǐng	ting⁵	粵文讀
	艇		tǐng	teng⁵	粵白讀
⑮	艘		sōu	sau²	
⑯	艙	舱	cāng	chong¹	
⑳	艦	舰	jiàn	laam⁶	

艮部

⑦	良		liáng	leung⁴
⑰	艱	艰	jiān	gaan¹

色部

⑥	色		sè	sik¹	色彩
	色		shǎi	sik¹	普口語
㉔	艷	艳	yàn	yim⁶	同豔

艸[艹]部

⑥	艾		ài	ngaai⁶	
⑦	芒		máng	mong⁴	光芒
	芒		máng	mong¹	芒果
	芋		yù	woo⁶	
	芍		sháo	jeuk³	
	芍		sháo	cheuk³	
⑧	芳		fāng	fong¹	
	芝		zhī	ji¹	
	芙		fú	foo⁴	
	芭		bā	ba¹	
	芽		yá	nga⁴	
	芹		qín	kan⁴	
	花		huā	fa¹	

芬	fēn	fan¹	
芥	jiè	gaai³	
芯	xīn	sam¹	燈芯
芯	xìn	sam¹	芯子
芸	yún	wan⁴	
芷	zhǐ	ji²	

⑨ 苎 苎 zhù chue⁵

范	fàn	faan⁶	
茅	máo	maau⁴	
苛	kē	hoh¹	
苦	kǔ	foo²	
茄	qié	ke⁴	茄子
茄	jiā	ga¹	雪茄
若	ruò	yeuk⁶	
茂	mào	mau⁶	
茉	mò	moot⁶	
苗	miáo	miu⁴	
英	yīng	ying¹	
茁	zhuó	juet³	
苔	tái	toi⁴	青苔
苔	tāi	toi¹	舌苔
苑	yuàn	yuen²	
苞	bāo	baau¹	
苓	líng	ling⁴	
苟	gǒu	gau²	
苯	běn	boon²	

⑩ 芻 刍 chú choh¹

茫	máng	mong⁴	
荒	huāng	fong¹	
荔	lì	lai⁶	

荊	jīng	ging¹	
茜	qiàn	sin³	茜草
茜	xī	sai¹	專名用
茸	róng	yung⁴	
荐	jiàn	jin³	同薦
草	cǎo	cho²	
茵	yīn	yan¹	
茴	huí	wooi⁴	
茲 兹	zī	ji¹	
茹	rú	yue⁴	
茶	chá	cha⁴	
茗	míng	ming⁵	
荀	xún	sun¹	
茱	zhū	jue¹	
茨	cí	chi⁴	
荃	quán	chuen⁴	

⑪ 莎 shā sa¹ 專名用

莎	suō	soh¹	莎草
莞	guǎn	goon²	專名用
莞	wǎn	woon⁵	莞爾
莘	shēn	san¹	
荸	bí	boot⁶	
莢 荚	jiá	gaap³	
莖 茎	jīng	ging³	
莖 茎	jīng	hang⁴	
荳	dòu	dau⁶	
莽	mǎng	mong⁵	
莫	mò	mok⁶	
莊 庄	zhuāng	jong¹	
莓	méi	mooi⁴	

莉	lì	lei⁶	
蒡	yǒu	yau⁵	
荷	hé	hoh⁴	荷花
荷	hè	hoh⁶	負荷
荻	dí	dik⁶	
荼	tú	to⁴	
莆	pú	po⁴	
莧 莧	xiàn	yin⁶	
⑫ 菩	pú	po⁴	
萃	cuì	sui⁶	
菸 烟	yān	yin¹	同煙（菸草）
萍	píng	ping⁴	
菠	bō	boh¹	
菅	jiān	gaan¹	
萋	qī	chai¹	
菁	jīng	jing¹	
華 华	huá	wa⁴	精華
華 华	huà	wa⁶	姓氏
華 华	huā	fa¹	同花
菱	líng	ling⁴	
著	zhù	jue³	著作
著 着	zhuó	jeuk³	同着（穿著）
著 着	zhuó	jeuk⁶	同着（著手）
著 着	zhe	jeuk⁶	同着（助詞）
萊 莱	lái	loi⁴	
萌	méng	mang⁴	
菌	jūn	kwan²	

菲	fēi	fei¹	芳菲
菲	fěi	fei²	菲薄
菇	gū	goo¹	
菊	jú	guk¹	
萎	wěi	wai²	
萄	táo	to⁴	
菜	cài	choi³	
菓	guǒ	gwoh²	同果（水菓）
⑬ 蒂	dì	dai³	
葷 荤	hūn	fan¹	
落	luò	lok⁶	落日
落	lào	lok⁶	落枕
落	là	laai⁶	丟三落四
萱	xuān	huen¹	
葵	kuí	kwai⁴	
葦 苇	wěi	wai⁵	
葫	hú	woo⁴	
葉 叶	yè	yip⁶	
葬	zàng	jong³	
葛	gé	got³	瓜葛
葛	gě	got³	姓氏
萬 万	wàn	maan⁶	
萼	è	ngok⁶	
萵 莴	wō	woh¹	
葡	pú	po⁴	
董	dǒng	dung²	
葩	pā	pa¹	
葩	pā	ba¹	
葆	bǎo	bo²	

<table>
<tr><td>葱</td><td></td><td>cōng</td><td>chung¹</td><td></td></tr>
<tr><td>⑭ 蓉</td><td></td><td>róng</td><td>yung⁴</td><td></td></tr>
<tr><td>蒿</td><td></td><td>hāo</td><td>ho¹</td><td></td></tr>
<tr><td>|蓆</td><td>席</td><td>xí</td><td>jik⁶</td><td>粵文讀</td></tr>
<tr><td>|蓆</td><td>席</td><td>xí</td><td>jek⁶</td><td>粵白讀</td></tr>
<tr><td>蓄</td><td></td><td>xù</td><td>chuk¹</td><td></td></tr>
<tr><td>|蒙</td><td></td><td>méng</td><td>mung⁴</td><td>蒙蔽</td></tr>
<tr><td>|蒙</td><td></td><td>měng</td><td>mung⁴</td><td>蒙古</td></tr>
<tr><td>萢</td><td>苙</td><td>lì</td><td>lei⁶</td><td></td></tr>
<tr><td>蒲</td><td></td><td>pú</td><td>po⁴</td><td></td></tr>
<tr><td>蒜</td><td></td><td>suàn</td><td>suen³</td><td></td></tr>
<tr><td>|蓋</td><td>盖</td><td>gài</td><td>goi³</td><td>掩蓋</td></tr>
<tr><td>|蓋</td><td>盖</td><td>gài</td><td>koi³</td><td>掩蓋</td></tr>
<tr><td>|蓋</td><td>盖</td><td>gě</td><td>gap³</td><td>姓氏</td></tr>
<tr><td>蒸</td><td></td><td>zhēng</td><td>jing¹</td><td></td></tr>
<tr><td>|蓓</td><td></td><td>bèi</td><td>pooi⁵</td><td></td></tr>
<tr><td>|蓓</td><td></td><td>bèi</td><td>pooi⁴</td><td></td></tr>
<tr><td>蒐</td><td>搜</td><td>sōu</td><td>sau¹</td><td></td></tr>
<tr><td>蒼</td><td>苍</td><td>cāng</td><td>chong¹</td><td></td></tr>
<tr><td>蓑</td><td></td><td>suō</td><td>soh¹</td><td></td></tr>
<tr><td>⑮ 蔗</td><td></td><td>zhè</td><td>je³</td><td></td></tr>
<tr><td>蔽</td><td></td><td>bì</td><td>bai³</td><td></td></tr>
<tr><td>蔚</td><td></td><td>wèi</td><td>wai³</td><td></td></tr>
<tr><td>蓮</td><td>莲</td><td>lián</td><td>lin⁴</td><td></td></tr>
<tr><td>|蔭</td><td>荫</td><td>yìn</td><td>yam³</td><td>蔭庇</td></tr>
<tr><td>|蔭</td><td>荫</td><td>yīn</td><td>yam¹</td><td>同陰</td></tr>
<tr><td>|蔓</td><td></td><td>wàn</td><td>maan⁶</td><td>藤蔓</td></tr>
<tr><td>|蔓</td><td></td><td>màn</td><td>maan⁶</td><td>蔓延</td></tr>
<tr><td>|蔓</td><td></td><td>mán</td><td>maan⁴</td><td>無蔓</td></tr>
<tr><td>蔣</td><td>蒋</td><td>jiǎng</td><td>jeung²</td><td></td></tr>
<tr><td>蔡</td><td></td><td>cài</td><td>choi³</td><td></td></tr>
<tr><td>蔔</td><td>卜</td><td>bo</td><td>baak⁶</td><td></td></tr>
<tr><td>|蓬</td><td></td><td>péng</td><td>pung⁴</td><td></td></tr>
<tr><td>|蓬</td><td></td><td>péng</td><td>fung⁴</td><td></td></tr>
<tr><td>蔑</td><td></td><td>miè</td><td>mit⁶</td><td></td></tr>
<tr><td>蔻</td><td></td><td>kòu</td><td>kau³</td><td></td></tr>
<tr><td>蔴</td><td>麻</td><td>má</td><td>ma⁴</td><td></td></tr>
<tr><td>⑯ 蔬</td><td></td><td>shū</td><td>soh¹</td><td></td></tr>
<tr><td>蕊</td><td></td><td>ruǐ</td><td>yui⁵</td><td></td></tr>
<tr><td>蕙</td><td></td><td>huì</td><td>wai⁶</td><td></td></tr>
<tr><td>蕨</td><td></td><td>jué</td><td>kuet³</td><td></td></tr>
<tr><td>蕩</td><td>荡</td><td>dàng</td><td>dong⁶</td><td></td></tr>
<tr><td>|蕃</td><td></td><td>fān</td><td>faan¹</td><td>同番</td></tr>
<tr><td>|蕃</td><td></td><td>fán</td><td>faan⁴</td><td>蕃息</td></tr>
<tr><td>蕎</td><td>荞</td><td>qiáo</td><td>kiu⁴</td><td></td></tr>
<tr><td>蕉</td><td></td><td>jiāo</td><td>jiu¹</td><td></td></tr>
<tr><td>蕪</td><td>芜</td><td>wú</td><td>mo⁴</td><td></td></tr>
<tr><td>⑰ 蕭</td><td>萧</td><td>xiāo</td><td>siu¹</td><td></td></tr>
<tr><td>薪</td><td></td><td>xīn</td><td>san¹</td><td></td></tr>
<tr><td>|薄</td><td></td><td>báo</td><td>bok⁶</td><td>厚薄</td></tr>
<tr><td>|薄</td><td></td><td>bó</td><td>bok⁶</td><td>輕薄</td></tr>
<tr><td>|薄</td><td></td><td>bò</td><td>bok⁶</td><td>薄荷</td></tr>
<tr><td>|蕾</td><td></td><td>lěi</td><td>lui⁵</td><td>花蕾</td></tr>
<tr><td>|蕾</td><td></td><td>lěi</td><td>lui⁴</td><td>芭蕾舞</td></tr>
<tr><td>薑</td><td>姜</td><td>jiāng</td><td>geung¹</td><td></td></tr>
<tr><td>薔</td><td>蔷</td><td>qiáng</td><td>cheung⁴</td><td></td></tr>
<tr><td>薯</td><td></td><td>shǔ</td><td>sue⁴</td><td></td></tr>
<tr><td>|薈</td><td>荟</td><td>huì</td><td>wai³</td><td></td></tr>
<tr><td>|薈</td><td>荟</td><td>huì</td><td>wooi⁶</td><td></td></tr>
<tr><td>薛</td><td></td><td>xuē</td><td>sit³</td><td></td></tr>
</table>

薇		wēi	mei⁴
薦 荐		jiàn	jin³
⑱ 藏		cáng	chong⁴	埋藏
藏		zàng	jong⁶	寶藏
薩 萨		sà	saat³
藍 蓝		lán	laam⁴
藐		miǎo	miu⁵
藉		jí	jik⁶	狼藉
藉 借		jiè	je⁶	憑藉
藉 借		jiè	je³	憑藉
薰		xūn	fan¹
薺 荠		qí	chai⁴
⑲ 藩		fān	faan⁴
藝 艺		yì	ngai⁶
藕		ǒu	ngau⁵
藤		téng	tang⁴
藥 药		yào	yeuk⁶
⑳ 藻		zǎo	jo²
蘊		yùn	wan²
藹 蔼		ǎi	oi²
蘑		mó	moh⁴
蘭 蔺		lìn	lun⁶
蘆 芦		lú	lo⁴
蘋 苹		píng	ping⁴
蘇 苏		sū	so¹
㉑ 蘭 兰		lán	laan⁴
蘚 藓		xiǎn	sin²
㉓ 蘸		zhàn	jaam³
蘿 萝		luó	loh⁴

虍部

⑧ 虎		hǔ	foo²
⑨ 虐		nüè	yeuk⁶
⑩ 虔		qián	kin⁴
⑪ 處 处	chǔ	chue²	處理
處 处	chù	chue³	處所
彪		biāo	biu¹
⑫ 虛 虚	xū	hui¹
⑬ 虞 虞	yú	yue⁴
虜 虏		lǔ	lo⁵
號 号	hào	ho⁶	號召
號 号	háo	ho⁴	呼號
⑰ 虧 亏	kuī	kwai¹

虫部

⑧ 虱		shī	sat¹	同蝨
⑨ 虹		hóng	hung⁴
⑩ 蚊		wén	man¹	粵白讀
蚊		wén	man⁴	粵文讀
蚪		dǒu	dau²
蚓		yǐn	yan⁵
蚤		zǎo	jo²
蚌		bàng	pong⁵
蚣		gōng	gung¹
蚜		yá	nga⁴
⑪ 蛇		shé	se⁴	蛇蠍
蛇		yí	yi⁴	委蛇
蛀		zhù	jue³
蛆		qū	chui¹
蛋		dàn	daan⁶
蚱		zhà	ja³

	蚯		qiū	yau¹			蜓	yán	yin⁴
⑫	蛟		jiāo	gaau¹			蜑	dàn	daan⁶
	蛙		wā	wa¹		⑮	螂	láng	long⁴
	蛭		zhì	jat⁶			蝴	hú	woo⁴
	蛔		huí	wooi⁴			蝶	dié	dip⁶
	蛛		zhū	jue¹			蝠	fú	fuk¹
	蛤		gé	gap³	蛤蜊		蝦 蝦	xiā	ha¹
	蛤		há	ha⁴	蛤蟆		蝸	wō	woh¹
⑬	蛹		yǒng	yung²			蝨 虱	shī	sat¹
	蜓		tíng	ting⁴			蝙	biān	bin¹
	蜈 蜈		wú	ng⁴			蝙	biān	pin¹
	蜇		zhé	jit³			蝗	huáng	wong⁴
	蜀		shǔ	suk⁶			蝌	kē	foh¹
	蛾		é	ngoh⁴		⑯	螃	páng	pong⁴
	蛻		tuì	tui³			螞 螞	mǎ	ma⁵
	蜂		fēng	fung¹			螢 螢	yíng	ying⁴
	蜃		shèn	san⁵			融	róng	yung⁴
	蜃		shèn	san⁴		⑰	蟀	shuài	sut¹
	蜆 蜆		xiǎn	hin²			蟑	zhāng	jeung¹
	蜊		lí	lei⁴			螳	táng	tong⁴
⑭	蜿		wān	yuen¹			蟒	mǎng	mong⁵
	蜜		mì	mat⁶			蟆	má	ma⁴
	蜻		qīng	ching¹			蟄 蛰	zhé	jat⁶
	蜢		měng	maang⁵			蟄 蛰	zhé	jik⁶
	蜥		xī	sik¹			螺	luó	loh⁴
	蜴		yì	yik⁶			蟈 蝈	guō	gwok³
	蜘		zhī	ji¹			蟋	xī	sik¹
	蝕 蚀		shí	sik⁶		⑱	蟬 蝉	chán	sim⁴
	蜷		quán	kuen⁴			蟲 虫	chóng	chung⁴
	蜚		fēi	fei¹		⑲	蟻 蚁	yǐ	ngai⁵

	蠅	蝇	yíng	ying⁴	
	蠍	蝎	xiē	hit³	
	蠍	蝎	xiē	kit³	
	蟹		xiè	haai⁵	
⑳	蠔	蚝	háo	ho⁴	
	蠕		rú	yuen⁵	
	蠕		rú	yue⁴	
㉑	蠣	蛎	lì	lai⁶	
	蠢		chǔn	chun²	
	蠟	蜡	là	laap⁶	
㉓	蠱	蛊	gǔ	goo²	
㉔	蠶	蚕	cán	chaam⁴	
	蠹		dù	do³	
㉕	蠻	蛮	mán	maan⁴	

血部

	血		xuè	huet³	普文讀
⑥	血		xiě	huet³	普白讀
㉑	衊	蔑	miè	mit⁶	

行部

	行		xíng	hang⁴	粵文讀（步行）
⑥	行		xíng	haang⁴	粵白讀（步行）
	行		xíng	hang⁶	品行
	行		háng	hong⁴	行列
⑨	衍		yǎn	yin⁵	
	衍		yǎn	hin²	
⑪	術	术	shù	sut⁶	
⑫	街		jiē	gaai¹	
⑬	衙		yá	nga⁴	

⑮	衛	卫	wèi	wai⁶	
	衝	冲	chōng	chung¹	衝突
	衝	冲	chòng	chung³	衝壓
⑯	衡		héng	hang⁴	
㉔	衢		qú	kui⁴	

衣［衤］部

	衣		yī	yi¹	衣服
⑥	衣		yì	yi³	衣錦還鄉
⑧	表		biǎo	biu²	
⑨	衫		shān	saam¹	
⑨	袂		mèi	mai⁶	
⑩	衰		shuāi	sui¹	
	衷		zhōng	chung¹	
	衷		zhōng	jung¹	
	袁		yuán	yuen⁴	
	被		bèi	bei⁶	被動
	被		bèi	pei⁵	棉被
	袒		tǎn	taan²	
	袖		xiù	jau⁶	
	袍		páo	po⁴	
⑪	袞	衮	gǔn	gwan²	
	袈		jiā	ga¹	
	袋		dài	doi⁶	
	袱		fú	fuk⁶	
⑫	裁		cái	choi⁴	
	裂		liè	lit⁶	
	裙		qún	kwan⁴	
	補	补	bǔ	bo²	
	裕		yù	yue⁶	
⑬	裟		shā	sa¹	

裔		yì	yui⁶	
裱		biǎo	biu²	
裘		qiú	kau⁴	
裝	装	zhuāng	jong¹	
｜裏	里	lǐ	lui⁵	同裡（表裏）
｜裏	里	li	lui⁵	同裡（這裏）
｜裏	里	lǐ	lei⁵	同裡（衣裏）
裊	嫋	niǎo	niu⁵	
褂		guà	gwa³	
裸		luǒ	loh²	
裨		bì	bei¹	
褚		zhǔ	chue²	
⑭ ｜裳		cháng	seung⁴	霓裳
｜裳		shang	seung⁴	衣裳
裴		péi	pooi⁴	
裹		guǒ	gwoh²	
製	制	zhì	jai³	
褐		hè	hot³	
複	复	fù	fuk¹	
褓		bǎo	bo²	
⑮ ｜褪		tuì	tui³	褪色
｜褪		tùn	tan³	褪下
褲	裤	kù	foo³	
褥		rù	yuk⁶	
褒		bāo	bo¹	
⑯ 褶		zhě	jip³	
襁	襁	qiǎng	keung⁵	
｜褸	褛	lǚ	lui⁵	

｜褸	褛	lǚ	lau⁵	
⑰ ｜褻	亵	xiè	sit³	
襄		xiāng	seung¹	
⑱ ｜襠	裆	dāng	dong¹	
｜襠	裆	dāng	long⁶	
襟		jīn	kam¹	
｜襖	袄	ǎo	o²	
｜襖	袄	ǎo	o³	
⑲ 襤	褴	lán	laam⁴	
⑳ 襪	袜	wà	mat⁶	
㉑ 襯	衬	chèn	chan³	
㉒ 襲	袭	xí	jaap⁶	

西部				
⑥ 西		xī	sai¹	
⑨ ｜要		yào	yiu³	重要
｜要		yāo	yiu¹	要求
⑱ ｜覆		fù	fuk¹	反覆
｜覆		fù	fau⁶	覆手

見部				
⑦ ｜見	见	jiàn	gin³	看見
｜見	见	xiàn	yin⁶	同現
⑪ 覓	觅	mì	mik⁶	
規	规	guī	kwai¹	
視	视	shì	si⁶	
⑯ ｜親	亲	qīn	chan¹	親友
｜親	亲	qìng	chan³	親家
⑰ 覬	觊	jì	gei³	
⑱ 覲	觐	jìn	gan⁶	
⑲ 覷	觑	qù	chui³	
⑳ ｜覺	觉	jué	gok³	覺悟

	覺	觉	jiào	gaau³	睡覺
㉑	覽	览	lǎn	laam⁵	
㉕	觀	观	guān	goon¹	觀念
	觀	观	guàn	goon³	道觀

角部

⑦	角		jiǎo	gok³	三角
	角		jué	gok³	角色
⑬	解		jiě	gaai²	解決
	解		jiè	gaai³	解款
	解		xiè	haai⁶	姓氏
⑱	觴	觞	shāng	seung¹	
⑳	觸	触	chù	juk¹	
	觸	触	chù	chuk¹	

言部

⑦	言		yán	yin⁴	
⑨	計	计	jì	gai³	
	訂	订	dìng	ding³	粵文讀
	訂	订	dìng	deng⁶	粵白讀
	訃	讣	fù	foo⁶	
⑩	記	记	jì	gei³	
	討	讨	tǎo	to²	
	訌	讧	hòng	hung⁴	
	訌	讧	hòng	hung³	
	訕	讪	shàn	saan³	
	訊	讯	xùn	sun³	
	託	托	tuō	tok³	
	訓	训	xùn	fan³	
	訖	讫	qì	ngat⁶	
⑪	訪	访	fǎng	fong²	
	訝	讶	yà	nga⁶	

	訣	诀	jué	kuet³	
	訥	讷	nè	nut⁶	
	訥	讷	nè	naap⁶	
	許	许	xǔ	hui²	
	設	设	shè	chit³	
	訟	讼	sòng	jung⁶	
	訛	讹	é	ngoh⁴	
⑫	註	注	zhù	jue³	
	詠	咏	yǒng	wing⁶	
	評	评	píng	ping⁴	
	証	证	zhèng	jing³	同證
	詞	词	cí	chi⁴	
	詁	诂	gǔ	goo²	
	詔	诏	zhào	jiu³	
	詛	诅	zǔ	joh³	
	詐	诈	zhà	ja³	
	詆	诋	dǐ	dai²	
	訴	诉	sù	so³	
	診	诊	zhěn	chan²	
⑬	詫	诧	chà	cha³	
	該	该	gāi	goi¹	
	詳	详	xiáng	cheung⁴	
	試	试	shì	si³	
	詩	诗	shī	si¹	
	詰	诘	jié	kit³	
	誇	夸	kuā	kwa¹	
	詼	诙	huī	fooi¹	
	詣	诣	yì	ngai⁶	
	誠	诚	chéng	sing⁴	
	話	话	huà	wa⁶	

誅	诛	zhū	jue¹	
詭	诡	guǐ	gwai²	
詢	询	xún	sun¹	
詮	诠	quán	chuen⁴	
詬	诟	gòu	gau³	
詹		zhān	jim¹	
⑭ 誦	诵	sòng	jung⁶	
誌	志	zhì	ji³	
|語	语	yǔ	yue⁵	語言
|語	语	yù	yue⁶	動詞
誣	诬	wū	mo⁴	
認	认	rèn	ying⁶	
誡	诫	jiè	gaai³	
誓		shì	sai⁶	
誤	误	wù	ng⁶	
|説	说	shuō	suet³	説話
|説	说	shuì	sui³	説服
|説	说	yuè	yuet⁶	同悦
誥	诰	gào	go³	
誨	诲	huì	fooi³	
誘	诱	yòu	yau⁵	
誑	诳	kuáng	kwong⁴	
⑮ |誼	谊	yì	yi⁶	
|誼	谊	yì	yi⁴	
諒	谅	liàng	leung⁶	
談	谈	tán	taam⁴	
諄	谆	zhūn	jun¹	
誕	诞	dàn	daan³	
|請	请	qǐng	ching²	粵文讀
|請	请	qǐng	cheng²	粵白讀

諸	诸	zhū	jue¹	
課	课	kè	foh³	
諉	诿	wěi	wai²	
諂	谄	chǎn	chim²	
|調	调	diào	diu⁶	調動
|調	调	tiáo	tiu⁴	調和
|誰	谁	shuí	sui⁴	
|誰	谁	shéi	sui⁴	
|論	论	lùn	lun⁶	討論
|論	论	lún	lun⁴	論語
諍	诤	zhèng	jaang³	
誹	诽	fěi	fei²	
諛	谀	yú	yue⁴	
⑯ 諦	谛	dì	dai³	
諺	谚	yàn	yin⁶	
諫	谏	jiàn	gaan³	
諱	讳	huì	wai⁵	
謀	谋	móu	mau⁴	
諜	谍	dié	dip⁶	
諧	谐	xié	haai⁴	
謔	谑	xuè	yeuk⁶	
諮	咨	zī	ji¹	
諾	诺	nuò	nok⁶	
謁	谒	yè	yit³	
謂	谓	wèi	wai⁶	
諷	讽	fěng	fung³	
諭	谕	yù	yue⁶	
諳	谙	ān	am¹	
⑰ 謎	谜	mí	mai⁴	
|謗	谤	bàng	pong³	

謗	谤	bàng	bong³	
謙	谦	qiān	him¹	
講	讲	jiǎng	gong²	
謊	谎	huǎng	fong¹	
謠	谣	yáo	yiu⁴	
謝	谢	xiè	je⁶	
謄	誊	téng	tang⁴	
謅	诌	zhōu	jau¹	
⑱ |謾	谩	màn	maan⁶	謾罵
|謾	谩	mán	maan⁴	欺謾
謳	讴	ōu	au¹	
謹	谨	jǐn	gan²	
謬	谬	miù	mau⁶	
謫	谪	zhé	jaak⁶	
⑲	譁	哗	huá	wa¹	
譜	谱	pǔ	po²	
識	识	shí	sik¹	
證	证	zhèng	jing³	
譚	谭	tán	taam⁴	
譏	讥	jī	gei¹	
⑳	議	议	yì	yi⁵	
譬		pì	pei³	
警		jǐng	ging²	
譯	译	yì	yik⁶	
㉑	譴	谴	qiǎn	hin²	
護	护	hù	woo⁶	
譽	誉	yù	yue⁶	
辯	辩	biàn	bin⁶	
㉒ |讀	读	dú	duk⁶	讀書
|讀	读	dòu	dau⁶	句讀

㉓	讌	讌	yàn	yin³	同宴
變	变	biàn	bin³	
㉔	讓	让	ràng	yeung⁶	
讒	谗	chán	chaam⁴	
讖	谶	chèn	cham³	
㉖	讚	赞	zàn	jaan³	

谷部				
⑦	谷		gǔ	guk¹	
⑰ |豁		huò	koot³	豁達
|豁		huō	koot³	豁口

豆部				
⑦	豆		dòu	dau⁶	
⑩	豈	岂	qǐ	hei²	
⑪	豉		chǐ	si⁶	
⑮	豌		wān	woon²	
豎	竖	shù	sue⁶	
⑱	豐	丰	fēng	fung¹	
㉘	豔	艳	yàn	yim⁶	同艷

豕部				
⑪	豚		tún	tuen⁴	
⑫	象		xiàng	jeung⁶	
⑬	豢		huàn	waan⁶	
⑭	豪		háo	ho⁴	
⑮	豬	猪	zhū	jue¹	
⑯	豫		yù	yue⁶	

豸部				
⑩	豺		chái	chaai⁴	
豹		bào	paau³	
⑫	貂		diāo	diu¹	
⑬	貉		hé	hok⁶	

⑭	貌	貌	mào	maau⁶	
⑯	|貓	猫	māo	maau¹	花貓

貝部

⑦	貝	贝	bèi	booi³	
⑨	貞	贞	zhēn	jing¹	
	負	负	fù	foo⁶	
⑩	財	财	cái	choi⁴	
	貢	贡	gòng	gung³	
⑪	販	贩	fàn	faan³	
	責	责	zé	jaak³	
	貫	贯	guàn	goon³	
	貨	货	huò	foh³	
	貪	贪	tān	taam¹	
	貧	贫	pín	pan⁴	
⑫	貯	贮	zhù	chue⁵	
	貼	贴	tiē	tip³	
	貳	贰	èr	yi⁶	同二
	貽	贻	yí	yi⁴	
	|費	费	fèi	fai³	費用
	|費	费	fèi	bei³	姓氏
	賀	贺	hè	hoh⁶	
	貴	贵	guì	gwai³	
	買	买	mǎi	maai⁵	
	貶	贬	biǎn	bin²	
	貿	贸	mào	mau⁶	
	貸	贷	dài	taai³	
⑬	賊	贼	zéi	chaak⁶	
	資	资	zī	ji¹	
	|賈	贾	jiǎ	ga²	姓氏
	|賈	贾	gǔ	goo²	商賈

	賄	贿	huì	kooi²	
	賃	赁	lìn	yam⁶	
	賂	赂	lù	lo⁶	
⑭	賓	宾	bīn	ban¹	
	賑	赈	zhèn	jan³	
	賒	赊	shē	se¹	
⑮	賠	赔	péi	pooi⁴	
	賞	赏	shǎng	seung²	
	賦	赋	fù	foo³	
	賤	贱	jiàn	jin⁶	
	賬	账	zhàng	jeung³	
	賭	赌	dǔ	do²	
	賢	贤	xián	yin⁴	
	賣	卖	mài	maai⁶	
	賜	赐	cì	chi³	
	|質	质	zhì	jat¹	物質
	|質	质	zhì	ji³	人質
⑯	賴	赖	lài	laai⁶	
⑰	賺	赚	zhuàn	jaan⁶	
	賽	赛	sài	choi³	
	|購	购	gòu	gau³	
	|購	购	gòu	kau³	
⑱	贅	赘	zhuì	jui⁶	
⑲	贈	赠	zèng	jang⁶	
	贊	赞	zàn	jaan³	
	贋	赝	yàn	ngaan⁶	
⑳	|贏	赢	yíng	ying⁴	粵文讀
	|贏	赢	yíng	yeng⁴	粵白讀
	贍	赡	shàn	sim⁶	
㉑	臟	赃	zāng	jong¹	

㉒	贖 贖	shú	suk⁶	
㉔	贛 贛	gàn	gam³	

赤部

⑦	｜赤	chì	chik³	粵文讀
	｜赤	chì	chek³	粵白讀
⑪	赦	shè	se³	
⑭	赫	hè	haak¹	

走部

⑦	走	zǒu	jau²	
⑨	赴	fù	foo⁶	
	赳	jiū	gau²	
⑩	起	qǐ	hei²	
⑫	越	yuè	yuet⁶	
	超	chāo	chiu¹	
	趁	chèn	chan³	
⑭	趙 趙	zhào	jiu⁶	
	趕 赶	gǎn	gon²	
⑮	趟	tàng	tong³	
	趣	qù	chui³	
⑰	趨 趋	qū	chui¹	

足部

⑦	足	zú	juk¹	
⑨	趴	pā	pa¹	
⑪	趾	zhǐ	ji²	
⑫	跎	tuó	toh⁴	
	距	jù	kui⁵	
	跋	bá	bat⁶	
	跚	shān	saan¹	
	｜跑	pǎo	paau²	跑步
	｜跑	páo	paau⁴	虎跑泉
	跌	diē	dit³	
	｜跛	bǒ	boh²	
	｜跛	bǒ	bai¹	
	跆	tái	toi⁴	
⑬	跡 迹	jì	jik¹	同蹟（古跡）
	跟	gēn	gan¹	
	跨	kuà	kwa¹	
	路	lù	lo⁶	
	跳	tiào	tiu³	
	跺	duò	doh²	
	跪	guì	gwai⁶	
	跤	jiāo	gaau¹	
⑭	踉	liàng	long⁴	
⑮	踐 践	jiàn	chin⁵	
	踝	huái	wa⁵	
	踢	tī	tek³	
	｜踏	tà	daap⁶	踐踏
	｜踏	tā	daap⁶	踏實
	踩	cǎi	chaai²	
	踞	jù	gui³	
⑯	蹄	tí	tai⁴	
	踱	duó	dok⁶	
	踴 踊	yǒng	yung²	
	蹂	róu	yau⁴	
	踵	zhǒng	jung²	
⑰	蹉	cuō	choh¹	
	｜蹋	tà	daap⁶	
	｜蹋	tà	taap³	
	蹈	dǎo	do⁶	

	蹌	跄	qiàng	cheung³
	蹊		xī	hai⁴	獨闢蹊徑
	蹊		qī	kai¹	蹊蹺
⑱	蹠		zhí	jek³
	蹩		bié	bit⁶
	蹟	迹	jì	jik¹	同跡（古蹟）
	蹙		cù	chuk¹
	蹣	蹒	pán	poon⁴
	蹣	蹒	pán	moon⁴
	蹦		bèng	bang¹
	蹤	踪	zōng	jung¹
⑲	蹲		dūn	jun¹
	蹲		dūn	dun¹
	蹰		chú	chue⁴
	蹶		jué	kuet³
	蹬		dēng	dang¹
	蹺	跷	qiāo	hiu¹
	蹴		cù	chuk¹
⑳	躉	趸	dǔn	dan²
	躁		zào	cho³
	躂	跶	dá	taat³
㉑	躊	踌	chóu	chau⁴
	躍	跃	yuè	yeuk⁶
	躍	跃	yuè	yeuk³
㉕	躡	蹑	niè	nip⁶
㉗	躪	躏	lìn	lun⁶

身部

⑦	身		shēn	san¹
⑩	躬		gōng	gung¹

⑬	躲		duǒ	doh²
⑮	躺		tǎng	tong²
⑱	軀	躯	qū	kui¹

車部

⑦	車	车	chē	che¹	車廂
	車	车	jū	gui¹	象棋棋子
⑧	軋	轧	zhá	jaat³	軋鋼
	軋	轧	yà	jaat³	軋棉花
⑨	軍	军	jūn	gwan¹
	軌	轨	guǐ	gwai²
⑩	軒	轩	xuān	hin¹
⑪	軛	轭	è	aak¹
	軟	软	ruǎn	yuen⁵
⑫	軻	轲	kē	oh¹
	軸	轴	zhóu	juk⁶	軸心
	軸	轴	zhòu	juk⁶	壓軸
	軼	轶	yì	yat⁶
⑬	較	较	jiào	gaau³
	載	载	zài	joi³	載重
	載	载	zǎi	joi³	記載
	載	载	zǎi	joi²	一年半載
	軾	轼	shì	sik¹
	輋	輋	shē	che⁴
⑭	輔	辅	fǔ	foo⁶
	輒	辄	zhé	jip³
	輕	轻	qīng	hing¹	粤文讀
	輕	轻	qīng	heng¹	粤白讀
	輓	挽	wǎn	waan⁵
⑮	輛	辆	liàng	leung⁶
	輟	辍	chuò	juet³

輩	辈	bèi	booi³	
輝	辉	huī	fai¹	
輪	轮	lún	lun⁴	
輜	辎	zī	ji¹	
⑯ 輻	辐	fú	fuk¹	
輯	辑	jí	chap¹	
輸	输	shū	sue¹	
⑰ 轄	辖	xiá	hat⁶	
輾	辗	zhǎn	jin²	
轅	辕	yuán	yuen⁴	
輿	舆	yú	yue⁴	
⑱ 轆	辘	lù	luk¹	
|轉	转	zhuǎn	juen²	轉變
|轉	转	zhuàn	juen³	轉盤
⑲ 轍	辙	zhé	chit³	
|轎	轿	jiào	giu⁶	
|轎	轿	jiào	kiu²	
㉑ 轟	轰	hōng	gwang¹	

辛部

⑦ 辛		xīn	san¹	
⑫ 辜		gū	goo¹	
⑬ |辟		bì	bik¹	復辟
|辟		pì	pik¹	同闢
⑭ 辣		là	laat⁶	
⑯ 辨		biàn	bin⁶	
辦		bàn	baan⁶	
⑲ 辭	辞	cí	chi⁴	

辰部

⑦ 辰		chén	san⁴	
⑩ 辱		rǔ	yuk⁶	

⑬ 農	农	nóng	nung⁴	

辵［辶］部

⑦ 迂		yū	yue¹	
迅		xùn	sun³	
迄		qì	ngat⁶	
巡		xún	chun⁴	同廵
⑧ 迎		yíng	ying⁴	
返		fǎn	faan²	
|近		jìn	gan⁶	粵文讀
|近		jìn	kan⁵	粵白讀
⑨ 述		shù	sut⁶	
迦		jiā	ga¹	
迢		tiáo	tiu⁴	
迪		dí	dik⁶	
迥		jiǒng	gwing²	
迭		dié	dit⁶	
|迫		pò	bik¹	迫害
|迫		pǎi	bik¹	迫擊砲
迤		yǐ	yi⁴	
⑩ |逆		nì	yik⁶	粵文讀
|逆		nì	ngaak⁶	粵白讀
送		sòng	sung³	
迷		mí	mai⁴	
退		tuì	tui³	
迴	回	huí	wooi⁴	
逃		táo	to⁴	
追		zhuī	jui¹	
逅		hòu	hau⁶	
迸		bèng	bing³	
⑪ 逑		qiú	kau⁴	

這	这	zhè	je³	這裡
這	这	zhèi	je³	這些
逍		xiāo	siu¹	
通		tōng	tung¹	
逗		dòu	dau⁶	
連	连	lián	lin⁴	
速		sù	chuk¹	
逝		shì	sai⁶	
逐		zhú	juk⁶	
逕	径	jìng	ging³	
逞		chěng	ching²	
造		zào	jo⁶	創造
造		zào	cho³	造詣
透		tòu	tau³	
逢		féng	fung⁴	
逛		guàng	gwaang⁶	
逛		guàng	kwaang³	
途		tú	to⁴	
⑫ 逮		dǎi	dai⁶	逮住
逮		dài	dai⁶	逮捕
週	周	zhōu	jau¹	
逸		yì	yat⁶	
進	进	jìn	jun³	
逶		wēi	wai¹	
⑬ 運	运	yùn	wan⁶	
遊	游	yóu	yau⁴	
道		dào	do⁶	
遂		suì	sui⁶	遂願
遂		suí	sui⁶	半身不遂
達	达	dá	daat⁶	

逼		bī	bik¹	
違	违	wéi	wai⁴	
遐		xiá	ha⁴	
遇		yù	yue⁶	
遏		è	aat³	
過	过	guò	gwoh³	
遍		biàn	pin³	
遑		huáng	wong⁴	
逾		yú	yue⁴	
遁		dùn	dun⁶	
⑭ 遠	远	yuǎn	yuen⁵	
遜	逊	xùn	sun³	
遣		qiǎn	hin²	
遙		yáo	yiu⁴	
遞	递	dì	dai⁶	
⑮ 適	适	shì	sik¹	
遮		zhē	je¹	
遨		áo	ngo⁴	
遭		zāo	jo¹	
遷	迁	qiān	chin¹	
⑯ 遵		zūn	jun¹	
遴		lín	lun⁴	
選	选	xuǎn	suen²	
遲	迟	chí	chi⁴	
遼	辽	liáo	liu⁴	
遺	遗	yí	wai⁴	
⑰ 避		bì	bei⁶	
遽		jù	gui⁶	
還	还	huán	waan⁴	歸還
還	还	hái	waan⁴	還有

邁	迈	mài	maai⁶
邂		xiè	haai⁶
邀		yāo	yiu¹
⑲ 邊	边	biān	bin¹
㉓ 邏	逻	luó	loh⁴

邑［阝］部

⑦ 邑	yì	yap¹	
邢	xíng	ying⁴	
|邪	xié	che⁴	邪惡
|邪	xié	ye²	莫邪
邦	bāng	bong¹	
|那	nà	na⁵	那裡
|那	nèi	na⁵	那些
邨	cūn	chuen¹	同村
⑧ 邵	shào	siu⁶	
邯	hán	hon⁴	
邸	dǐ	dai²	
邱	qiū	yau¹	
⑨ 郊	jiāo	gaau¹	
郎	láng	long⁴	
郁	yù	yuk¹	
⑩ 郡	jùn	gwan⁶	
郝	hǎo	kok³	
⑪ 部	bù	bo⁶	
郭	guō	gwok³	
|都	dōu	do¹	都是
|都	dū	do¹	首都
⑫ 鄂	è	ngok⁶	
郵	邮	yóu	yau⁴
鄉	乡	xiāng	heung¹

⑬ 鄒	邹	zōu	jau¹
⑭ 鄙		bǐ	pei²
⑮ 鄰	邻	lín	lun⁴
鄭	郑	zhèng	jeng⁶
鄧	邓	dèng	dang⁶
鄲	郸	dān	daan¹
|鄱		pó	poh⁴
|鄱		pó	boh³
⑱ 酈	郦	kuàng	kwong³

酉部

⑦ 酉	yǒu	yau⁵	
⑨ 酋	qiú	yau⁴	
酊	dǐng	ding²	
⑩ 酒	jiǔ	jau²	
配	pèi	pooi³	
酌	zhuó	jeuk³	
⑪ 酗	xù	yue³	
酚	fēn	fan¹	
⑫ 酣	hān	ham⁴	
酢	cù	jok⁶	
酥	sū	so¹	
⑬ 酬	chóu	chau⁴	
酪	lào	lo⁶	
酩	mǐng	ming⁵	
⑭ |酵	jiào	gaau³	
|酵	jiào	haau¹	
酸	suān	suen¹	
酷	kù	huk⁶	
⑮ 醇	chún	sun⁴	
醉	zuì	jui³	

	醋	cù	cho³	
	｜醃	腌 yān	yim¹	
	｜醃	腌 yān	yip³	
⑯	｜醒	xǐng	sing²	粵文讀
	｜醒	xǐng	seng²	粵白讀
⑰	｜醞	酝 yùn	wan²	
	｜醞	酝 yùn	wan⁵	
	醜	丑 chǒu	chau²	
⑱	醫	医 yī	yi¹	
	醬	酱 jiàng	jeung³	
⑲	醮	jiào	jiu³	
㉑	醺	xūn	fan¹	
㉔	釀	酿 niàng	yeung⁶	
㉕	釁	衅 xìn	yan⁶	

采部

⑧	采	cǎi	choi²
⑬	釉	yòu	yau⁶
⑳	釋	释 shì	sik¹

里部

⑦	里	lǐ	lei⁵	
⑨	｜重	chóng	chung⁴	重複
	｜重	zhòng	chung⁵	重量
	｜重	zhòng	jung⁶	重視
⑪	野	yě	ye⁵	
⑫	｜量	liáng	leung⁴	估量
	｜量	liàng	leung⁶	數量
⑱	釐	厘 lí	lei⁴	

金部

⑧	金	jīn	gam¹

⑩	｜釘	钉 dīng	ding¹	名詞 / 粵文讀
	｜釘	钉 dīng	deng¹	名詞 / 粵白讀
	｜釘	钉 dìng	ding¹	動詞 / 粵文讀
	｜釘	钉 dìng	deng¹	動詞 / 粵白讀
	針	针 zhēn	jam¹	
	釗	钊 zhāo	chiu¹	
	釜	fǔ	foo²	
⑪	釵	钗 chāi	chaai¹	
	釣	钓 diào	diu³	
⑫	鈔	钞 chāo	chaau¹	
	鈦	钛 tài	taai³	
	鈕	钮 niǔ	nau²	
	鈣	钙 gài	koi³	
	鈉	钠 nà	naap⁶	
	鈞	钧 jūn	gwan¹	
	鈍	钝 dùn	dun⁶	
	鈎	钩 gōu	ngau¹	
⑬	鉗	钳 qián	kim⁴	
	鈸	钹 bó	bat⁶	
	鉀	钾 jiǎ	gaap³	
	鈾	铀 yóu	yau⁴	
	鉛	铅 qiān	yuen⁴	
	鉑	铂 bó	bok⁶	
	鈴	铃 líng	ling⁴	
	鉅	钜 jù	gui⁶	
⑭	銬	铐 kào	kaau³	
	銀	银 yín	ngan⁴	

銅	铜	tóng	tung^4	
銘	铭	míng	ming^4	
銘	铭	míng	ming^5	
銖	铢	zhū	jue^1	
銓	铨	quán	chuen^4	
銜	衔	xián	haam^4	
⑮ 鋅	锌	xīn	san^1	
銻	锑	tī	tai^1	
銷	销	xiāo	siu^1	
鋪	铺	pū	po^1	鋪張
鋪	铺	pù	po^3	同舖（店鋪）
鋤	锄	chú	choh^4	
鋁	铝	lǔ	lui^5	
銳	锐	ruì	yui^6	
銹	锈	xiù	sau^3	同鏽
銼	锉	cuò	choh^3	
鋒	锋	fēng	fung^1	
鋇	钡	bèi	booi^3	
鋰	锂	lǐ	lei^5	
⑯ 錠	锭	dìng	ding^3	
錶	表	biǎo	biu^1	
鋸	锯	jù	gui^3	粵文讀
鋸	锯	jù	geuh^3	粵白讀
錳	锰	měng	maang^5	
錯	错	cuò	choh^3	錯誤
錯	错	cuò	chok^3	交錯
錢	钱	qián	chin^4	
鋼	钢	gāng	gong^3	鋼琴
鋼	钢	gàng	gong^3	動詞

錫	锡	xī	sik^3	粵文讀
錫	锡	xī	sek^3	粵白讀
錄	录	lù	luk^6	
錚	铮	zhēng	jaang^1	粵白讀
錚	铮	zhēng	jang^1	粵文讀
錐	锥	zhuī	jui^1	
錦	锦	jǐn	gam^2	
錮	锢	gù	goo^3	
⑰ 鍍	镀	dù	do^6	
鎂	镁	měi	mei^5	
錨	锚	máo	maau^4	
錨	锚	máo	naau^4	
鍵	键	jiàn	gin^6	
鍊	炼	liàn	lin^6	
鍥	锲	qiè	kit^3	
鍘	铡	zhá	jaap^6	
鍋	锅	guō	woh^1	
鍾	锺	chuí	chui^4	
鍾	钟	zhōng	jung^1	
鍬	锹	qiāo	chiu^1	
鍛	锻	duàn	duen^3	
鍔	锷	è	ngok^6	
⑱ 鎔	镕	róng	yung^4	
鎊	镑	bàng	bong^6	
鎖	锁	suǒ	soh^2	
鎢	钨	wū	woo^1	
鎳	镍	niè	nip^6	
鎚	锤	chuí	chui^4	同錘
鎮	镇	zhèn	jan^3	
鎬	镐	gǎo	go^2	鎬頭

	鎬	镐	hào	ho⁶	鎬京
	鎗	枪	qiāng	cheung¹	同槍
⑲	鏡	镜	jìng	geng³	
	鏟	铲	chǎn	chaan²	
	鏈	链	liàn	lin⁴	
	鏈	链	liàn	lin⁶	
	鏢	镖	biāo	biu¹	
	鏘	锵	qiāng	cheung¹	
	鏗	铿	kēng	hang¹	
⑳	鐘	钟	zhōng	jung¹	
	鐐	镣	liào	liu⁴	
㉑	鏽	锈	xiù	sau³	同銹
	鐮	镰	lián	lim⁴	
	鐳	镭	léi	lui⁴	
	鐵	铁	tiě	tit³	
	鐺	铛	dāng	dong¹	
	鐸	铎	duó	dok⁶	
	鐲	镯	zhuó	juk⁶	
㉒	鑄	铸	zhù	jue³	
	鑒	鉴	jiàn	gaam³	同鑑
	鑊	镬	huò	wok⁶	
㉓	鑣	镳	biāo	biu¹	
	鑠	铄	shuò	seuk³	
㉔	鑫		xīn	yam¹	
㉕	鑲	镶	xiāng	seung¹	
	鑰	钥	yào	yeuk⁶	
㉖	鑷	镊	niè	nip⁶	
㉗	鑽	钻	zuàn	juen³	鑽石
	鑽	钻	zuān	juen¹	鑽研
	鑾	銮	luán	luen⁴	

	鑼	锣	luó	loh⁴	
㉘	鑿	凿	záo	jok⁶	

長部

⑧	長	长	cháng	cheung⁴	長度
	長	长	zhǎng	jeung²	長大

門部

⑧	門	门	mén	moon⁴	
⑨	閂	闩	shuān	saan¹	
⑩	閃	闪	shǎn	sim²	
⑪	閉	闭	bì	bai³	
⑫	閏	闰	rùn	yun⁶	
	開	开	kāi	hoi¹	
	閑	闲	xián	haan⁴	
	間	间	jiān	gaan¹	中間
	間	间	jiàn	gaan³	間接
	閒	闲	xián	haan⁴	
⑬	閘	闸	zhá	jaap⁶	
⑭	閡	阂	hé	hat⁶	
	閨	闺	guī	gwai¹	
	閩	闽	mǐn	man⁵	
	閣	阁	gé	gok³	
	閥	阀	fá	fat⁶	
⑮	閱	阅	yuè	yuet⁶	
⑯	閻	阎	yán	yim⁴	
	閹	阉	yān	yim¹	
⑰	闊	阔	kuò	foot³	同濶
	闋	阕	què	kuet³	
	闌	阑	lán	laan⁴	
	闆	板	bǎn	baan²	
⑱	闔	阖	hé	hap⁶	

闖	闯	chuǎng	chong²
闋	阕	quē	kuet³
⑲ 關	关	guān	gwaan¹
⑳ 闡	阐	chǎn	chin²
闡	阐	chǎn	jin²
闡	阐	chǎn	sin⁶
㉑ 闢	辟	pì	pik¹

阜[阝]部

⑥ 阡	qiān	chin¹	
⑦ 防	fáng	fong⁴	
阮	ruǎn	yuen⁵	
阮	ruǎn	yuen²	
阱	jǐng	jing⁶	粵文讀
阱	jǐng	jeng⁶	粵白讀
阪	bǎn	baan²	
⑧ 阜	fù	fau⁶	
陀	tuó	toh⁴	
阿	ā	a³	阿姨
阿	ē	oh¹	阿諛
阻	zǔ	joh²	
附	fù	foo⁶	
⑨ 限	xiàn	haan⁶	
陋	lòu	lau⁶	
陌	mò	mak⁶	
降	jiàng	gong³	降落
降	xiáng	hong⁴	投降
⑩ 院	yuàn	yuen²	
陣 阵	zhèn	jan⁶	
陡	dǒu	dau²	
陛	bì	bai⁶	

陝 陕	shǎn	sim²	
除	chú	chui⁴	
⑪ 陪	péi	pooi⁴	
陵	líng	ling⁴	
陳 陈	chén	chan⁴	
陸 陆	lù	luk⁶	陸地
陸 陆	liù	luk⁶	同六
陰 阴	yīn	yam¹	
陶	táo	to⁴	
陷	xiàn	ham⁶	粵文讀
陷	xiàn	haam⁶	粵白讀
⑫ 隊 队	duì	dui⁶	
階 阶	jiē	gaai¹	
隋	suí	chui⁴	
陽 阳	yáng	yeung⁴	
隅	yú	yue⁴	
隆	lóng	lung⁴	
隍	huáng	wong⁴	
陲	chuí	sui⁴	
⑬ 隘	ài	aai³	
隔	gé	gaak³	
隕 陨	yǔn	wan⁵	
隙	xì	gwik¹	
⑭ 障	zhàng	jeung³	
際 际	jì	jai³	
⑯ 隧	suì	sui⁶	
隨 随	suí	chui⁴	
險 险	xiǎn	him²	
⑰ 隱 隐	yǐn	yan²	
⑲ 隴 陇	lǒng	lung⁵	

隶部

⑰ 隸 隶 lì dai⁶

隹部

⑩ 隻 只 zhī jek³
⑪ 雀 què jeuk³
⑫ 雁 yàn ngaan⁶
　 雅 yǎ nga⁵
　 雄 xióng hung⁴
　 集 jí jaap⁶
⑬ 雍 yōng yung¹
　|雋 隽 jùn jun³ 雋秀
　|雋 隽 juàn suen⁵ 雋永
　 雉 zhì ji⁶
⑭ 雌 cí chi¹
⑯ 雕 diāo diu¹
⑰ 雖 虽 suī sui¹
⑱ 雙 双 shuāng seung¹
　 雜 杂 zá jaap⁶
　|雛 雏 chú choh⁴
　|雛 雏 chú choh¹
　 雞 鸡 jī gai¹
⑲ 離 离 lí lei⁴
　|難 难 nán naan⁴ 困難
　|難 难 nàn naan⁶ 災難

雨部

⑧ 雨 yǔ yue⁵
⑪ 雪 xuě suet³
⑫ 雯 wén man⁴
　 雲 云 yún wan⁴
⑬ 雷 léi lui⁴

電 电 diàn din⁶
雹 báo bok⁶
零 líng ling⁴
⑭ 需 xū sui¹
⑮ 霄 xiāo siu¹
　 霆 tíng ting⁴
　 震 zhèn jan³
　 霉 méi mooi⁴
⑯ 霎 shà saap³
　 霑 沾 zhān jim¹
　 霖 lín lam⁴
　 霍 huò fok³
　 霓 ní ngai⁴
　 霏 fēi fei¹
⑰ 霜 shuāng seung¹
　 霞 xiá ha⁴
⑲ 霧 雾 wù mo⁶
㉑ 霸 bà ba³
　 霹 pī pik¹
　|露 lù lo⁶ 普文讀
　|露 lòu lo⁶ 普白讀
㉒ 霾 mái maai⁴
㉔|靂 雳 lì lik⁶
　|靂 雳 lì lik¹
　|靈 灵 líng ling⁴ 粵文讀
　|靈 灵 líng leng⁴ 粵白讀
　 靄 霭 ǎi oi²

青部

⑧|青 qīng ching¹ 粵文讀

｜青	qīng	cheng¹	粵白讀
⑬ 靖	jìng	jing⁶	
⑮ 靚 靓	liàng	leng³	
⑯ 靛	diàn	din⁶	
靜 静	jìng	jing⁶	

非部

⑧ 非	fēi	fei¹	
⑮ 靠	kào	kaau³	
⑱ ｜靡	mí	mei⁴	靡爛
｜靡	mǐ	mei⁵	萎靡

面部

⑨ 面	miàn	min⁶	
⑯ 靦 靦	miǎn	min⁵	
㉓ 靨 靥	yè	yip³	

革部

⑨ 革	gé	gaak³	
⑬ 靴	xuē	heuh¹	
靶	bǎ	ba²	
⑭ 靼	dá	daat³	
鞅	yāng	yeung¹	
⑮ 鞍	ān	on¹	
鞋	xié	haai⁴	
鞏 巩	gǒng	gung²	
⑯ 鞘	qiào	chiu³	
⑰ 鞠	jū	guk¹	
⑱ 鞦 秋	qiū	chau¹	
鞭	biān	bin¹	
㉒ 韃 鞑	dá	taat³	
韁 缰	jiāng	geung¹	
㉔ 韉 千	qiān	chin¹	

韋部

⑨ ｜韋 韦	wéi	wai⁴	
｜韋 韦	wéi	wai⁵	
⑫ ｜韌 韧	rèn	yan⁶	粵文讀
｜韌 韧	rèn	ngan⁶	粵白讀
⑰ 韓 韩	hán	hon⁴	
⑲ 韜 韬	tāo	to¹	

韭部

⑨ 韭	jiǔ	gau²	

音部

⑨ 音	yīn	yam¹	
⑭ 韶	sháo	siu⁴	
⑲ ｜韻 韵	yùn	wan⁶	
｜韻 韵	yùn	wan⁵	
㉑ 響 响	xiǎng	heung²	

頁部

⑨ 頁 页	yè	yip⁶	
⑪ ｜頂 顶	dǐng	ding²	粵文讀
｜頂 顶	dǐng	deng²	粵白讀
頃 顷	qǐng	king²	
⑫ 項 项	xiàng	hong⁶	
順 顺	shùn	sun⁶	
須 须	xū	sui¹	
⑬ 預 预	yù	yue⁶	
頑 顽	wán	waan⁴	
頓 顿	dùn	dun⁶	
頒 颁	bān	baan¹	
頌 颂	sòng	jung⁶	
⑭ 頗 颇	pō	poh²	
｜領 领	lǐng	ling⁵	粵文讀

領	领	lǐng	leng⁵	粤白讀
⑮ 頡	颉	jié	kit³	
⑯ 頰	颊	jiá	gaap³	
頸	颈	jǐng	geng²	
頻	频	pín	pan⁴	
頭	头	tóu	tau⁴	
頹	颓	tuí	tui⁴	
頤	颐	yí	yi⁴	
⑰ 顆	颗	kē	foh²	
⑱ 額	额	é	ngaak⁶	
顏	颜	yán	ngaan⁴	
題	题	tí	tai⁴	
顎	颚	è	ngok⁶	
⑲ 類	类	lèi	lui⁶	
願	愿	yuàn	yuen⁶	
顛	颠	diān	din¹	
㉑ 顧	顾	gù	goo³	
㉒ 顫	颤	chàn	jin³	顫動
顫	颤	zhàn	jin³	顫慄
㉓ 顯	显	xiǎn	hin²	
㉔ 顰	颦	pín	pan⁴	
㉕ 顱	颅	lú	lo⁴	
㉖ 顴	颧	quán	kuen⁴	

風部

⑨ 風	风	fēng	fung¹	
⑭ 颯	飒	sà	saap³	
颱	台	tái	toi⁴	
⑮ 颳	刮	guā	gwaat³	
⑰ 颶	飓	jù	gui⁶	
⑱ 颼	飕	sōu	sau¹	

⑳ 飄	飘	piāo	piu¹	

飛部

⑨ 飛	飞	fēi	fei¹	

食部

⑨ 食		shí	sik⁶	
⑩ 飢	饥	jī	gei¹	同饑
⑫ 飧		sūn	suen¹	
飪	饪	rèn	yam⁶	
飯	饭	fàn	faan⁶	
飩	饨	tún	tan⁴	粤文讀
飩	饨	tún	tan¹	粤白讀
飲	饮	yǐn	yam²	
飭	饬	chì	chik¹	
飫	饫	yù	yue³	
⑬ 飼	饲	sì	ji⁶	
飴	饴	yí	yi⁴	
飽	饱	bǎo	baau²	
飾	饰	shì	sik¹	
⑭ 餃	饺	jiǎo	gaau²	
餅	饼	bǐng	beng²	
餌	饵	ěr	nei⁶	
餉	饷	xiǎng	heung²	
⑮ 養	养	yǎng	yeung⁵	
餓	饿	è	ngoh⁶	
餒	馁	něi	nui⁵	
餘	余	yú	yue⁴	
⑯ 餚	肴	yáo	ngaau⁴	
餐		cān	chaan¹	
館	馆	guǎn	goon²	
餞	饯	jiàn	jin³	

餛	馄	hún	wan⁴
餡	馅	xiàn	haam⁶
⑰ 餬	馎	hú	woo⁴
餵	喂	wèi	wai³
餿	馊	sōu	sau¹
⑱ 餾	馏	liú	lau⁶
⑲ 饃	馍	mó	moh⁴
|饅	馒	mán	maan⁴
|饅	馒	mán	maan⁶
饉	馑	jǐn	gan²
⑳ 饒	饶	ráo	yiu⁴
饑	饥	jī	gei¹ 同飢
饋	馈	kuì	gwai⁶
㉕ 饞	馋	chán	chaam⁴

首部

⑨ 首	shǒu	sau²

香部

⑨ 香	xiāng	heung¹
⑱ 馥	fù	fuk¹
⑳ 馨	xīn	hing¹

馬部

⑩ 馬	马	mǎ	ma⁵
⑫ 馮	冯	féng	fung⁴
馭	驭	yù	yue⁶
⑬ 馳	驰	chí	chi⁴
馱	驮	tuó	toh⁴
馴	驯	xùn	sun⁴
⑭ 駁	驳	bó	bok³
⑮ 駝	驼	tuó	toh⁴
駐	驻	zhù	jue³

駟	驷	sì	si³	
駛	驶	shǐ	sai²	
駕	驾	jià	ga³	
駒	驹	jū	kui¹	
駙	驸	fù	foo⁶	
⑯ 駭	骇	hài	haai⁵	
|駢	骈	pián	pin⁴	
|駢	骈	pián	ping⁴	
|駱	骆	luò	lok³	
|駱	骆	luò	lok⁶	
⑰ 騁	骋	chěng	ching²	
駿	骏	jùn	jun³	
⑱ |騎	骑	qí	kei⁴	騎馬
|騎	骑	qí	ke⁴	騎馬
|騎	骑	jì	kei³	鐵騎
⑲ 騖	骛	wù	mo⁶	
騙	骗	piàn	pin³	
⑳ 騫	骞	qiān	hin¹	
騰	腾	téng	tang⁴	
騷	骚	sāo	so¹	
㉑ 驅	驱	qū	kui¹	
驀	蓦	mò	mak⁶	
|騾	骡	luó	loh⁴	
|騾	骡	luó	lui⁴	
㉒ 驕	骄	jiāo	giu¹	
㉓ |驚	惊	jīng	ging¹	粵文讀
|驚	惊	jīng	geng¹	粵白讀
驛	驿	yì	yik⁶	
驗	验	yàn	yim⁶	
㉔ |驟	骤	zhòu	jau⁶	粵文讀

	驟 骤	zhòu	jaau⁶	粵白讀
㉖	驢 驴	lú	lui⁴	
	驢 驴	lú	lo⁴	
	驥 骥	jì	kei³	

骨部

⑩	骨	gū	gwat¹	骨碌
	骨	gǔ	gwat¹	骨頭
⑭	骯	āng	ong¹	
	骰	tóu	tau⁴	
	骰	tóu	sik¹	
⑮	骷	kū	foo¹	
⑯	骸	hái	haai⁴	
	骼	gé	gaak³	
⑱	髀	bì	bei²	
㉑	髏 髅	lóu	lau⁴	
㉓	髓	suǐ	sui⁵	
	體 体	tǐ	tai²	
	髒 脏	zāng	jong¹	
	髑	dú	duk⁶	
㉕	髖 髋	kuān	foon¹	

高部

⑩	高	gāo	go¹

髟部

⑭	髦	máo	mo⁴	
⑮	髮 发	fà	faat³	
	髯	rán	yim⁴	
⑯	髻	jì	gai³	
⑱	鬃	zōng	jung¹	
	鬆 松	sōng	sung¹	
⑲	鬍 胡	hú	woo⁴	

㉒	鬚 须	xū	so¹	
㉔	鬢 鬓	bìn	ban³	

鬥部

⑩	鬥 斗	dòu	dau³
⑮	鬧 闹	nào	naau⁶

鬯部

⑩	鬯	chàng	cheung³
㉙	鬱 郁	yù	wat¹

鬼部

⑩	鬼	guǐ	gwai²	
⑭	魁	kuí	fooi¹	
	魂	hún	wan⁴	
⑮	魅	mèi	mei⁶	
	魄	bó	bok⁶	落魄
	魄	pò	paak³	魄力
⑱	魏	wèi	ngai⁶	
㉑	魔	mó	moh¹	

魚部

⑪	魚 鱼	yú	yue⁴	
⑮	魷 鱿	yóu	yau⁴	
	魯 鲁	lǔ	lo⁵	
⑯	鮑 鲍	bào	baau¹	
	鮑 鲍	bào	baau⁶	
⑰	鮮 鲜	xiān	sin¹	新鮮
	鮮 鲜	xiǎn	sin²	鮮有
	鮭 鲑	guī	gwai¹	
⑱	鯊 鲨	shā	sa¹	
	鯉 鲤	lǐ	lei⁵	
	鯽 鲫	jì	jik¹	
	鯇 鲩	huàn	waan⁵	

⑲	鯨	鲸	jīng	king⁴
	｜鯪	鲮	líng	ling⁴ 粵文讀
	｜鯪	鲮	líng	leng⁴ 粵白讀
	鯰	鲶	nián	nim⁴
⑳	鰓	鳃	sāi	soi¹
	｜鰂	鲗	zéi	chaak⁶ 同賊（烏鰂）
	｜鰂	鲗	zéi	jak¹ 鰂魚
	鰍	鳅	qiū	chau¹
㉑	鰭	鳍	qí	kei⁴
	鰥	鳏	guān	gwaan¹
㉒	鱉	鳖	biē	bit³
	鰾	鳔	biào	piu⁵
	鰻	鳗	mán	maan⁴
	鰲	鳌	áo	ngo⁴
㉓	鱔	鳝	shàn	sin⁵
	鱗	鳞	lín	lun⁴
	鱘	鲟	xún	cham⁴
㉗	鱷	鳄	è	ngok⁶
	鱸	鲈	lú	lo⁴

鳥部

⑪	鳥	鸟	niǎo	niu⁵
⑬	鳩	鸠	jiū	gau¹
⑭	鳴	鸣	míng	ming⁴
	鳶	鸢	yuān	yuen¹
	鳳	凤	fèng	fung⁶
⑮	鴉	鸦	yā	a¹
	鴇	鸨	bǎo	bo²
⑯	鴕	鸵	tuó	toh⁴
	鴣	鸪	gū	goo¹

	鴦	鸯	yāng	yeung¹
	鴨	鸭	yā	aap³
	鴛	鸳	yuān	yuen¹
⑰	鴻	鸿	hóng	hung⁴
	｜鴿	鸽	gē	gap³ 粵文讀
	｜鴿	鸽	gē	gaap³ 粵白讀
⑱	鵑	鹃	juān	guen¹
	鵝	鹅	é	ngoh⁴
	鵠	鹄	hú	huk⁶
⑲	｜鶉	鹑	chún	sun⁴
	｜鶉	鹑	chún	chun¹
	鵡	鹉	wǔ	mo⁵
	｜鵲	鹊	què	cheuk³
	｜鵲	鹊	què	jeuk³
	鵪	鹌	ān	am¹
	鵬	鹏	péng	paang⁴
	鵰	雕	diāo	diu¹
⑳	鶩	鹜	wù	mo⁶
㉑	鶯	莺	yīng	ang¹
	鶴	鹤	hè	hok⁶
㉒	鷓	鹧	zhè	je³
	鷗	鸥	ōu	au¹
㉓	鷲	鹫	jiù	jau⁶
	鷸	鹬	yù	wat⁶
㉔	鷹	鹰	yīng	ying¹
	鷺	鹭	lù	lo⁶
㉘	鸚	鹦	yīng	ying¹
㉙	鸛	鹳	guàn	goon³
㉚	鸞	鸾	luán	luen⁴
	鸝	鹂	lí	lei⁴

鹵部

⑪	鹵	卤	lǔ	lo⁵	
⑳	鹹	咸	xián	haam⁴	
㉔	鹼	碱	jiǎn	gaan²	
	鹽	盐	yán	yim⁴	

鹿部

⑪	鹿		lù	luk⁶	
⑰	麋		mí	mei⁴	
⑲	麒		qí	kei⁴	
	麗	丽	lí	lai⁶	高麗
	麗	丽	lì	lai⁶	美麗
	麓		lù	luk¹	
㉑	麝		shè	se⁶	
㉓	麟		lín	lun⁴	

麥部

⑪	麥	麦	mài	mak⁶	
⑮	麩	麸	fū	foo¹	
⑳	麵	麵	miàn	min⁶	同麪

麻部

| ⑪ | 麻 | | má | ma⁴ | |
| ⑮ | 麾 | | huī | fai¹ | |

黃部

| ⑫ | 黃 | 黄 | huáng | wong⁴ | |

黍部

⑫	黍		shǔ	sue²	
⑮	黎		lí	lai⁴	
⑰	黏		nián	nim⁴	
	黏		nián	nim¹	
㉓	黐		chī	chi¹	

黑部

⑫	黑		hēi	hak¹	粵文讀
	黑		hēi	haak¹	粵白讀
⑯	黔		qián	kim⁴	
	默		mò	mak⁶	
⑰	點	点	diǎn	dim²	
	黜		chù	jut¹	
	黜		chù	juet⁶	
	黝		yǒu	yau²	
	黛		dài	doi⁶	
⑱	黠		xiá	hat⁶	
	黠		xiá	kit³	
⑳	黨	党	dǎng	dong²	
㉑	黯		àn	am²	
㉗	黷	黩	dú	duk⁶	

鼎部

| ⑬ | 鼎 | | dǐng | ding² | |

鼓部

| ⑬ | 鼓 | | gǔ | goo² | |

鼠部

| ⑬ | 鼠 | | shǔ | sue² | |
| ㉒ | 鼴 | 鼹 | yǎn | yin² | |

鼻部

| ⑭ | 鼻 | | bí | bei⁶ | |
| ⑰ | 鼾 | | hān | hon⁴ | |

齊部

| ⑭ | 齊 | 齐 | qí | chai⁴ | |
| ⑰ | 齋 | 斋 | zhāi | jaai¹ | |

齒部

| ⑮ | 齒 | 齿 | chǐ | chi² | |

⑳	齣 出	chū	chut¹
	齡 龄	líng	ling⁴
	齙 龅	bāo	baau⁶
㉑	齦 龈	yín	ngan⁴

龍部

⑯	龍 龙	lóng	lung⁴
⑲	龐 庞	páng	pong⁴

㉒	龔 龚	gōng	gung¹
	龕 龛	kān	ham¹
	龕 龛	kān	am¹

龠部

㉒	龢	hé	woh⁴	同和

龜部

⑱	龜 龟	guī	gwai¹

第二部分

漢語拼音
檢字表

漢語拼音檢字表

ɑ			
ā	a¹	啊	表讚歎
	a³	阿	阿姨
	oh³	啊	表讚歎
á	a²	啊	表疑問
ǎ	a²	啊	表疑惑
à	a³	啊	表醒悟
ɑ	a³	啊	助詞
āi	aai¹	埃	
		哎	
		唉	唉聲嘆氣
		噯 噯	同哎
		挨	挨近
	ai¹	哎	
	oi¹	埃	
		哀	
ái	ngaai⁴	挨	挨罵
		捱	
	ngaam⁴	癌	
	ngoi⁴	皚 皑	
		獃 呆	
ǎi	ai²	矮	
	oi²	噯 噯	表否定
		藹 蔼	
		靄 霭	
ài	aai¹	噯 噯	表悔恨
	aai³	隘	
	aai⁶	唉	嘆詞

	ngaai⁶	艾	
	ngoi⁶	礙 碍	
	oi²	嬡 嫒	
	oi³	嬡 嫒	
		愛 爱	
		噯 噯	
ān	am¹	庵	
		諳 谙	
		鵪 鹌	
	on¹	安	
		鞍	
		氨	
ǎn	yim³	俺	
àn	am²	黯	
	am³	暗	
	ngon⁶	岸	
	on³	案	
		按	
āng	ong¹	骯	
áng	ngong⁴	昂	
àng	ong³	盎	
āo	aau³	凹	
	nap¹	凹	
	ngo⁴	熬	熬菜
áo	ngo⁴	熬	熬夜
		遨	
		翱	
		鰲 鳌	

ǎo	aau²	|拗	拗斷
	o²	|襖 襖	
	o³	|襖 襖	
ào	aau³	坳	
		|拗	拗口
	ngo⁶	傲	
	o³	奧	
		懊	
		澳	

b

bā	ba¹	叭	
		|吧	酒吧
		巴	
		笆	
		疤	
		芭	
		羓	
	baat³	八	
		捌	同八
	pa¹	|扒	扒開
bá	bat⁶	拔	
		跋	
bǎ	ba²	|把	把握
		靶	
bà	ba¹	爸	
	ba²	|把	刀把
	ba³	壩 坝	
		霸	
	ba⁶	|罷 罢	罷手
ba	ba⁶	|吧	助詞
		|罷 罢	同吧

bāi	baai¹	掰	同擘
bái	baak⁶	白	
bǎi	baai²	擺 摆	
	baak³	|伯	大伯子
		百	
		佰	
		|柏	柏樹
bài	baai³	拜	
	baai⁶	敗 败	
bān	baan¹	斑	
		班	
		頒 颁	
	baan²	扳	
	boon¹	搬	
		般	
bǎn	baan²	板	
		阪	
		版	
		舨	
		闆 板	
bàn	baan³	|扮	打扮
	baan⁶	|扮	扮演
		|瓣	
		辦	
	boon³	半	
	boon⁶	|伴	粵文讀
		拌	
		絆 绊	
	faan⁶	|瓣	
	poon⁵	|伴	粵白讀
bāng	bong¹	梆	

		幫	帮
		邦	
bǎng	bong²	榜	
		綁	绑
		|膀	肩膀
bàng	bong³	|謗	谤
	bong⁶	|傍	依傍
		|磅	重量單位
		鎊	镑
	paang⁵	棒	
	pong³	|謗	谤
	pong⁴	|傍	傍晚
	pong⁵	蚌	
bāo	baau¹	包	
		孢	
		胞	
		苞	
	baau⁶	齙	龅
	bo¹	煲	
		褒	
	mok¹	|剝	剥 剝花生
báo	bok⁶	|薄	厚薄
		雹	
bǎo	baau²	飽	饱
	bo²	保	
		堡	
		寶	宝
		葆	
		褓	
		鴇	鸨
bào	baau¹	|鮑	鲍

baau³	爆	
baau⁶		鮑	鲍
bo³	報	报
bo⁶		暴	暴力
buk⁶		暴	同曝
paau³	豹	
paau⁴		刨	名詞
po⁵	抱	

bēi	bei¹	卑		
		悲		
		碑		
	booi¹	杯		
		盃	杯	
	booi³	|背		背書包
běi	bak¹	北		
bèi	baai⁶	|憊	惫	
	bei⁶	備	备	
		|憊	惫	
		|被		被動
	booi³	狽	狈	
		|背		背叛
		貝	贝	
		輩	辈	
		鋇	钡	
	booi⁶	焙		
		悖		
		|背		背誦
	pei⁵	|被		棉被
	pooi⁴	|蓓		
	pooi⁵	倍		
		|蓓		

bēn	ban¹	奔	奔走
běn	boon²	本	
		苯	
bèn	ban¹	奔	奔頭
	ban⁶	笨	
bēng	bang¹	崩	
		繃	绷
béng	bang²	甭	
bèng	bam¹	泵	
	bang¹	蹦	
	bing³	迸	
bī	bik¹	逼	
bí	bei⁶	鼻	
	boot⁶	荸	
bǐ	bat¹	筆	笔
	bei²	俾	
		彼	
		比	比例
	bei³	匕	
	bei⁶	妣	
		比	比鄰
	pei²	鄙	
bì	bai³	蔽	
		閉	闭
	bai⁶	幣	币
		弊	
		敝	
		斃	毙
		陛	
	bat¹	畢	毕
	bat⁶	弼	

	bei¹	裨	
	bei²	髀	
	bei³	庇	
		痹	
		祕	同秘（祕魯）
		秘	同祕（秘魯）
		臂	
	bei⁶	篦	
		避	
	bek³	壁	粵白讀
	bik¹	壁	粵文讀
		愎	
		璧	
		碧	
		辟	復辟
	bit¹	必	
	pei⁵	婢	
biān	bin¹	蝙	
		邊	边
		鞭	
	pin¹	蝙	
		編	编
biǎn	bin²	匾	
		扁	扁平
		貶	贬
biàn	bin¹	辮	辫
	bin³	變	变
	bin⁶	卞	
		汴	
		便	方便

		辨	
		辯	辩
	pin³	遍	
biāo	biu¹	彪	
		標	标
		膘	镖
		鏢	镖
		鑣	镳
biǎo	biu¹	錶	表
	biu²	婊	
		表	
		裱	
biào	piu⁵	鰾	鳔
biē	bit³	憋	
		鱉	鳖
bié	bit⁶	別	分別
		蹩	
biě	bit⁶	瘪	瘪
biè	bit³	別	同彆（別扭）
		彆	别
bīn	ban¹	彬	
		斌	
		賓	宾
		濱	滨
		繽	缤
	ban³	儐	傧
	pan⁴	瀕	濒
bìn	ban³	殯	殡
		鬢	鬓
bīng	ban¹	檳	槟
	bing¹	兵	

		冰	
bǐng	ban²	稟	禀
	beng²	餅	饼
	beng³	柄	粤白讀
	bing²	丙	
		屏	屏絕
		炳	
		秉	
	bing³	柄	粤文讀
bìng	beng⁶	病	粤白讀
	bing²	摒	
	bing³	併	并
		并	
		摒	
	bing⁶	並	并
		併	并
		并	
		病	粤文讀
	ping³	併	并
bō	boh¹	波	
		菠	
		玻	
	boh³	播	
	boot³	缽	钵
	boot⁶	撥	拨
	mok¹	剝	剥 剥削
bó	baak³	伯	伯父
		舶	
	baak⁶	帛	
	bat⁶	鈸	钹
	bok³	博	

<table>
<tr><td></td><td></td><td>搏</td><td></td></tr>
</table>

		搏	
		膊	
		駁	驳
	bok⁶	|泊	漂泊
		|薄	輕薄
		|魄	落魄
		礴	礴
		箔	
		鉑	铂
		|舶	
	boot⁶	勃	
		渤	
		脖	
	paak³	|泊	停泊
		|柏	柏林
bǒ	bai¹	|跛	
	boh²	|跛	
	boh³	簸	
bò	bok⁶	|薄	薄荷
bo	baak⁶	蔔	卜
bǔ	bo²	補	补
	bo⁶	哺	
		捕	
	buk¹	卜	
bù	bat¹	不	
	bo³	布	
		佈	
		|埔	大埔
		怖	
	bo⁶	埗	
		|埠	埠頭

		步	
		簿	
		部	
	fau⁶	|埠	外埠

c

cā	chaat³	擦	擦
cāi	chaai¹	猜	
cái	choi⁴	才	
		材	
		裁	
		纔	才 同才（剛纔）
		財	财
cǎi	chaai²	踩	
	choi²	彩	
		採	采
		睬	
		采	
		綵	彩
cài	choi³	菜	
		蔡	
cān	chaam¹	|參	参 參加
	chaan¹	餐	
cán	chaam⁴	慚	惭
		蠶	蚕
	chaan⁴	殘	残
cǎn	chaam²	慘	惨
càn	chaan³	燦	灿
		璨	
cāng	chong¹	倉	仓
		滄	沧

		蒼	苍		
		艙	舱		
cáng	chong⁴	∣藏		埋藏	
cāo	cho¹	∣操		操心	
	cho³	∣操		操守	
		糙			
cáo	cho⁴	嘈			
		漕			
		曹			
		槽			
cǎo	cho²	草			
cè	chaak¹	∣惻	恻	粤白讀	
		∣測	测	粤白讀	
	chaak³	冊			
		策			
	chak¹	∣惻	恻	粤文讀	
		∣測	测	粤文讀	
	chi³	廁	厕		
	jak¹	∣側	侧	側面	
cēn	chaam¹	∣參	参	參差	
	cham¹	∣參	参	參差	
cén	sam⁴	岑			
céng	chang⁴	層	层		
		∣曾		曾經	
chā	cha¹	∣叉		叉腰	
		∣差		差錯	
	chaap³	插			
chá	cha¹	∣叉		叉住	
	cha⁴	∣查		檢查	
		搽			
		茶			

	chaat³	察			
chǎ	cha¹	∣叉		叉着腿	
chù	cha¹	∣差		差不多	
	cha³	岔			
		詫	诧		
	chaat³	∣剎		剎那	
	saat³	∣剎		剎那	
chāi	chaai¹	∣差		差事	
		釵	钗		
	chaak³	拆			
chái	chaai⁴	儕	侪		
		柴			
		豺			
chān	chaam¹	摻	掺	同攙（掺扶）	
		攙	搀		
chán	chaam⁴	讒	谗		
		饞	馋		
	chin⁴	纏	缠		
	saan⁴	孱			
		潺			
	sim⁴	嬋	婵		
		蟬	蝉		
		∣禪	禅	禪師	
	sin⁴	∣單	单	單于	
chǎn	chaan²	產	产		
		鏟	铲		
	chim²	諂	谄		
	chin²	闡	阐		
	jin²	∣闡	阐		
	sin⁶	∣闡	阐		
chàn	chaam³	懺	忏		

<table>
<tr><td></td><td>jin³</td><td>｜顫</td><td>颤</td><td>顫動</td></tr>
<tr><td>chāng</td><td>cheung¹</td><td>倀</td><td>伥</td><td></td></tr>
<tr><td></td><td></td><td>｜倡</td><td></td><td>倡優</td></tr>
<tr><td></td><td></td><td>娼</td><td></td><td></td></tr>
<tr><td></td><td></td><td>昌</td><td></td><td></td></tr>
<tr><td></td><td></td><td>猖</td><td></td><td></td></tr>
<tr><td>cháng</td><td>cheung⁴</td><td>｜場</td><td>场</td><td>一場病</td></tr>
<tr><td></td><td></td><td>腸</td><td>肠</td><td></td></tr>
<tr><td></td><td></td><td>｜長</td><td>长</td><td>長度</td></tr>
<tr><td></td><td>seung⁴</td><td>償</td><td>偿</td><td></td></tr>
<tr><td></td><td></td><td>嘗</td><td>尝</td><td></td></tr>
<tr><td></td><td></td><td>嚐</td><td>尝</td><td></td></tr>
<tr><td></td><td></td><td>嫦</td><td></td><td></td></tr>
<tr><td></td><td></td><td>常</td><td></td><td></td></tr>
<tr><td></td><td></td><td>｜裳</td><td></td><td>霓裳</td></tr>
<tr><td>chǎng</td><td>cheung⁴</td><td>｜場</td><td>场</td><td>市場</td></tr>
<tr><td></td><td>chong²</td><td>廠</td><td>厂</td><td></td></tr>
<tr><td></td><td></td><td>敞</td><td></td><td></td></tr>
<tr><td>chàng</td><td>cheung³</td><td>｜倡</td><td></td><td>提倡</td></tr>
<tr><td></td><td></td><td>唱</td><td></td><td></td></tr>
<tr><td></td><td></td><td>悵</td><td>怅</td><td></td></tr>
<tr><td></td><td></td><td>鬯</td><td></td><td></td></tr>
<tr><td></td><td></td><td>暢</td><td>畅</td><td></td></tr>
<tr><td>chāo</td><td>chaau¹</td><td>抄</td><td></td><td></td></tr>
<tr><td></td><td></td><td>鈔</td><td>钞</td><td></td></tr>
<tr><td></td><td>cheuk³</td><td>焯</td><td></td><td></td></tr>
<tr><td></td><td>chiu¹</td><td>超</td><td></td><td></td></tr>
<tr><td>cháo</td><td>chaau⁴</td><td>巢</td><td></td><td></td></tr>
<tr><td></td><td>chiu⁴</td><td>晁</td><td></td><td></td></tr>
<tr><td></td><td></td><td>｜朝</td><td></td><td>朝代</td></tr>
<tr><td></td><td></td><td>潮</td><td></td><td></td></tr>
</table>

<table>
<tr><td></td><td>jaau¹</td><td>嘲</td><td></td><td></td></tr>
<tr><td>chǎo</td><td>chaau²</td><td>吵</td><td></td><td></td></tr>
<tr><td></td><td></td><td>炒</td><td></td><td></td></tr>
<tr><td>chē</td><td>che¹</td><td>｜車</td><td>车</td><td>車廂</td></tr>
<tr><td>chě</td><td>che²</td><td>扯</td><td></td><td></td></tr>
<tr><td>chè</td><td>chit³</td><td>徹</td><td>彻</td><td></td></tr>
<tr><td></td><td></td><td>撤</td><td></td><td></td></tr>
<tr><td></td><td></td><td>澈</td><td></td><td></td></tr>
<tr><td></td><td>jai³</td><td>掣</td><td></td><td></td></tr>
<tr><td>chén</td><td>cham⁴</td><td>｜沈</td><td></td><td>同沈</td></tr>
<tr><td></td><td></td><td>沉</td><td></td><td></td></tr>
<tr><td></td><td>chan⁴</td><td>塵</td><td>尘</td><td></td></tr>
<tr><td></td><td></td><td>陳</td><td>陈</td><td></td></tr>
<tr><td></td><td>sam⁴</td><td>忱</td><td></td><td></td></tr>
<tr><td></td><td>san⁴</td><td>晨</td><td></td><td></td></tr>
<tr><td></td><td></td><td>臣</td><td></td><td></td></tr>
<tr><td></td><td></td><td>辰</td><td></td><td></td></tr>
<tr><td>chèn</td><td>cham³</td><td>讖</td><td>谶</td><td></td></tr>
<tr><td></td><td>chan³</td><td>｜稱</td><td>称</td><td>相稱</td></tr>
<tr><td></td><td></td><td>趁</td><td></td><td></td></tr>
<tr><td></td><td></td><td>襯</td><td>衬</td><td></td></tr>
<tr><td></td><td>ching³</td><td>｜稱</td><td>称</td><td>相稱</td></tr>
<tr><td>chēng</td><td>chaang¹</td><td>撐</td><td>撑</td><td></td></tr>
<tr><td></td><td></td><td>瞠</td><td></td><td></td></tr>
<tr><td></td><td>ching¹</td><td>｜稱</td><td>称</td><td>稱呼</td></tr>
<tr><td>chéng</td><td>chaang⁴</td><td>橙</td><td></td><td></td></tr>
<tr><td></td><td>ching⁴</td><td>呈</td><td></td><td></td></tr>
<tr><td></td><td></td><td>｜成</td><td></td><td>粵白讀（成數）</td></tr>
<tr><td></td><td></td><td>程</td><td></td><td></td></tr>
<tr><td></td><td></td><td>懲</td><td>惩</td><td></td></tr>
<tr><td></td><td></td><td>｜澄</td><td></td><td>澄澈</td></tr>
</table>

國音	粵音	字	簡體	備註
	seng4	｜城		粵白讀
		｜成		粵白讀
	sing4	丞		
		｜乘		乘車
		｜城		粵文讀
		｜成		粵文讀
		承		
		｜盛		盛載
		誠	诚	
chěng	ching2	逞		
		騁	骋	
chèng	ching3	｜秤		秤砣
		｜稱	称	同秤
	ping4	｜秤		同平（天秤）
chī	chi1	嗤		
		痴		同癡
		癡	痴	同痴
		答		
		黐		
	hek3	吃		
chí	chi2	｜弛		
	chi4	｜匙		湯匙
		｜弛		
		持		
		池		
		遲	迟	
		馳	驰	
chǐ	chek3	呎		
		尺		
	chi2	侈		
		恥	耻	

國音	粵音	字	簡體	備註
		齒	齿	
	si6	豉		
chì	chek3	｜赤		粵白讀
	chi3	啻		
		熾	炽	
		翅		
	chik1	叱		
		斥		
		飭	饬	
	chik3	｜赤		粵文讀
chōng	chung1	充		
		憧		
		｜衝	冲	衝突
		沖		
		涌		
	jung1	舂		
chóng	chung4	｜重		重複
		蟲	虫	
	sung4	崇		
chǒng	chung2	寵	宠	
chòng	chung3	｜衝	冲	衝壓
chōu	chau1	抽		
chóu	chau4	疇	畴	
		稠		
		惆		
		綢	绸	
		籌	筹	
		躊	踌	
		酬		
	sau4	｜仇		仇恨
		愁		

chǒu	chau²	丑		
		瞅		
		醜	丑	
chòu	chau³	|臭		臭氣
chū	choh¹	初		
	chut¹	出		
		齣	出	
chú	choh¹	|雛	雏	
		芻	刍	
	choh⁴	鋤	锄	
		|雛	雏	
	chue⁴	|廚	厨	
		櫥	橱	
		躇		
	chui⁴	|廚	厨	
		除		
chǔ	choh²	楚		
		礎	础	
	chue²	杵		
		|處	处	處理
	chue⁵	儲	储	
chù	chue³	|處	处	處所
	chuk¹	|畜		家畜
		搐		
		矗		
		|觸	触	
	juet³	絀	绌	
	juet⁶	|黜		
	juk¹	|觸	触	
		|黜		
chuǎi	chuen²	|揣		

	chui²	|揣		
chuān	chuen¹	川		
		穿		
chuán	chuen⁴	|傳	传	傳染
	suen⁴	船		
chuǎn	chuen²	喘		
chuàn	chuen³	串		
chuāng	cheung¹	|囪		同窗
		窗		
	chong¹	|創	创	創傷
		瘡	疮	
chuáng	chong⁴	床		同牀
		牀	床	同床
chuǎng	chong²	闖	闯	
chuàng	chong³	|創	创	創造
		愴	怆	
chuī	chui¹	吹		
		炊		
chuí	chui⁴	槌		
		捶		
		鎚	锤	同錘
		錘	锤	
	sui⁴	垂		
		陲		
chūn	chun¹	春		
chún	chun¹	|鶉	鹑	
	sun⁴	唇		同脣
		淳		
		純	纯	
		脣	唇	同唇
		醇		

		鶉	鶉			淙	
chǔn	chun²	蠢				叢	丛
chuō	cheuk³	戳			sung¹	從	从 從容
	chok³	戳		còu	chau³	湊	凑
chuò	cheuk³	綽	绰	cū	cho¹	粗	
	juet³	啜		cù	jok⁶	酢	
		綴	缀 同輟		cho³	醋	
		輟	辍		chuet³	猝	
cī	chi¹	差	參差		chuk¹	促	
		疵				簇	
cí	chi¹	雌				蹙	
	chi⁴	慈				蹴	
		瓷		cuàn	chuen³	竄	窜
		磁			saan³	篡	
		祠		cuī	chui¹	催	
		糍				崔	
		辭	辞			摧	
		茨		cuǐ	chui¹	璀	
		詞	词		chui²	璀	
cǐ	chi²	此		cuì	chui³	淬	
cì	chi³	刺	刺目			脆	
		次				翠	
		賜	赐		sui⁵	悴	
	chik³	刺	行刺		sui⁶	悴	
	si⁶	伺	伺候			瘁	
	sik³	刺	行刺			粹	
cōng	chung¹	囪	煙囪			萃	
		匆	同忽	cūn	chuen¹	村	
		蔥				邨	同村
		聰	聪	cún	chuen⁴	存	
cóng	chung⁴	從	从 從事	cǔn	chuen²	忖	

cùn	chuen³	吋		
		寸		
cuō	choh¹	磋		
		搓		
		蹉		
	chuet³	｜撮		撮要
cuò	cho³	措		
	choh³	挫		
		銼	锉	
		｜錯	错	錯誤
	chok³	｜錯	错	交錯

d

dā	daap³	搭		
		｜答		答應
dá	da¹	｜打		量詞
	daap³	瘩		
		｜答		回答
	daat³	笪		
		靼		
	daat⁶	達	达	
	taat³	躂	跶	
		韃	鞑	
dǎ	da²	｜打		打扮
dà	daai⁶	｜大		大小
dāi	daai¹	｜呆		
		｜獃	呆	
	ngoi⁴	｜呆		
dǎi	daai²	歹		
	dai⁶	｜逮		逮住
dài	daai³	帶	带	
		戴		

	daai⁶	｜大		大夫
	dai⁶	｜逮		逮捕
	doi⁶	代		
		岱		
		待		
		玳		
		袋		
		黛		
	taai³	貸	贷	
	toi⁵	怠		
		殆		
dān	daam¹	｜擔	担	擔任
		眈		
		耽		
	daan¹	丹		
		｜單	单	簡單
		鄲	郸	
dǎn	daam²	膽	胆	
dàn	daam³	｜石		一石米
		｜擔	担	擔子
	daam⁶	啖		
		氮		
		｜淡		粵文讀
	daan²	｜旦		花旦
	daan³	｜旦		元旦
		誕	诞	
	daan⁶	但		
		｜彈	弹	槍林彈雨
		憚	惮	
		蛋		
		蜑		

	taam⁵	淡		粵白讀	de	dak¹	得		助詞
dāng	dong¹	噹	当			dei⁶	地		慢慢地
		當	当	當代		dik¹	的		助詞
		襠	裆		děi	dak¹	得		必須
		鐺	铛		dēng	dang¹	燈	灯	
	long⁶	襠	裆				登		
dǎng	dong²	擋	挡				蹬		
		黨	党		děng	dang²	等		
dàng	dong²	檔	档	檔案	dèng	dang¹	瞪		
	dong³	檔	档	搭檔		dang³	凳		同櫈
		當	当	上當		dang⁶	澄		把水澄清
	dong⁶	宕					鄧	邓	
		盪	荡		dī	dai¹	低		
		蕩	荡			dik¹	滴		
	tam⁵	氹				dik⁶	滴		
dāo	do¹	刀				tai⁴	堤		
		叨		叨嘮			提		提防
dǎo	do²	倒		倒閉	dí	dek⁶	笛		
		島	岛			dik¹	的		的確
		搗	捣				嫡		
	do⁶	導	导			dik⁶	嘀		
		蹈					敵	敌	
	to²	禱	祷				狄		
dào	do³	到					迪		
		倒		倒掛			滌	涤	
	do⁶	悼					荻		
		盜	盗				翟		同狄（夷翟）
		稻			dǐ	dai²	底		
		道					抵		
dé	dak¹	得		得到			砥		
		德					邸		

		諗	诋	
dì	dai³	帝		
		締	缔	
		蒂		
		諦	谛	
	dai⁶	弟		
		棣		
		娣		
		第		
		遞	递	
	dei⁶	地		天地
	dik¹	的		目的
	tai³	締	缔	
diǎ	de²	嗲		
diān	dim¹	掂		
	din¹	癲	癫	
		巔	巅	
		顛	颠	
	tin⁴	滇		
diǎn	dim²	點	点	
	din²	典		
		碘		
diàn	dim³	店		
		惦		
		坫		
	din³	墊	垫	
	din⁶	佃		
		奠		
		甸		
		靛		
		殿		

		澱	淀	
		電	电	
diāo	diu¹	凋		
		刁		
		叼		
		貂		
		雕		
		碉		
		鵰	雕	
diǎo	diu²	屌		
diào	diu³	吊		
		弔	吊	
		釣	钓	
	diu⁶	掉		
		調	调	調動
diē	de¹	爹		
	dit³	跌		
dié	dip⁶	喋		
		牒		
		疊	迭	
		蝶		
		碟		
		諜	谍	
	dit⁶	迭		
dīng	deng¹	叮		粤白讀
		釘	钉	名詞/粤白讀
	ding¹	丁		
		仃		
		叮		
		盯		粤文讀

		釘	釘	名詞／粵文讀	
dǐng	deng²	頂	项	粵白讀	
	ding²	頂	项	粵文讀	
		鼎			
		酊			
dìng	deng¹	釘	钉	動詞／粵白讀	
	deng⁶	訂	订	粵白讀	
	ding¹	釘	钉	動詞／粵文讀	
	ding³	訂	订	粵文讀	
		錠	锭		
	ding⁶	定			
diū	diu¹	丟			
dōng	dung¹	冬			
		咚			
		東	东		
dǒng	dung²	懂			
		董			
dòng	dung³	凍	冻		
		棟	栋		
	dung⁶	棟	栋		
		動	动		
		恫			
		洞			
		胴			
dōu	dau¹	兜			
	do¹	都		都是	
dǒu	dau²	斗			
		抖			
		蚪			

dòu	dau³	陡 鬥	斗		
	dau⁶	痘			
		竇	窦		
		荳			
		豆			
		逗			
		讀	读	句讀	
dū	do¹	都		首都	
		嘟			
dú	duk¹	督			
	duk⁶	毒			
		牘	牍		
		犢	犊		
		獨	独		
		瀆	渎		
		讀	读	讀書	
		髑			
		黷	黩		
dǔ	do²	堵			
		睹			
		賭	赌		
	duk¹	篤	笃		
	to⁵	肚		動物的胃	
dù	do³	妒			
		蠹			
	do⁶	度		溫度	
		杜			
		鍍	镀		
		渡			
	to⁵	肚		肚子	

duān	duen¹	端	
duǎn	duen²	短	
duàn	duen³	|斷　断	斷定
		鍛　锻	
	duen⁶	|斷　断	粵文讀（折斷）
		段	
		緞　缎	
	tuen⁵	|斷　断	粵白讀（折斷）
duī	dui¹	堆	
duì	dui³	兌	
		對　对	
	dui⁶	隊　队	
dūn	dan²	|墩	
	dun¹	噸　吨	
		|墩	
		敦	
		惇	
		|蹲	
	jun¹	|蹲	
dǔn	dan²	薹　乻	
	dun⁶	盹	
dùn	dan⁶	燉　炖	
	dun⁶	遁	
		沌	
		頓　顿	
		鈍　钝	
	tun⁵	盾	
duō	doh¹	多	
	dut¹	|咄	
	juet³	|咄	
duó	dok⁶	|度	猜度
		踱	
		鐸　铎	
	duet⁶	奪　夺	
duǒ	doh²	朵	
		躲	
duò	doh²	剁	
		跺	
	doh⁶	墮　堕	
		惰	
	toh⁴	舵	

e

ē	oh¹	|阿	阿諛
		婀	
é	ngaak⁶	額　额	
	ngoh⁴	|哦	吟哦
		娥	
		蛾	
		峨	
		俄	
		訛　讹	
		鵝　鹅	
ě	ok³	噁　恶	
è	aak¹	|厄	粵白讀
		|扼	粵白讀
		軛　轭	
	aat³	遏	
	ak¹	|厄	粵文讀
		呃	
		|扼	粵文讀
	ngoh⁶	餓　饿	

國音	粵音	字	簡	註
	ngok⁶	噩		
		愕		
		萼		
		鄂		
		顎	颚	
		鍔	锷	
		鱷	鳄	
	ok³	⎮惡	恶	醜惡
ēn	yan¹	恩		
ér	yi⁴	兒	儿	
		而		
ěr	nei⁵	⎮洱		普洱
	nei⁶	餌	饵	
	yi⁵	⎮洱		洱海
		耳		
		爾	尔	
èr	yi⁶	二		
		貳	贰	同二

f

國音	粵音	字	簡	註
fā	faat³	發	发	
fá	fat⁶	乏		
		伐		
		閥	阀	
		筏		
		罰	罚	
fǎ	faat³	法		
		砝		
fà	faat³	琺	珐	
		髮	发	
fān	faan¹	⎮番		番邦
		翻		
		⎮蕃		同番
	faan⁴	帆		
		藩		
fán	faan⁴	凡		
		樊		
		煩	烦	
		礬	矾	
		⎮蕃		蕃息
		繁		
fǎn	faan²	反		
		返		
fàn	faan³	氾	泛	同泛（氾濫）
		泛		
		販	贩	
	faan⁴	⎮梵		
	faan⁶	⎮梵		
		犯		
		範	范	
		飯	饭	
		范		
fāng	fong¹	⎮坊		牌坊
		方		
		芳		
fáng	fong¹	⎮坊		作坊
		肪		
	fong⁴	⎮坊		同防（堤坊）
		妨		
		房		
		防		
fǎng	fong²	仿		

		彷		彷彿
		紡	纺	
		舫		
		訪	访	
fàng	fong³	放		
fēi	fe¹	啡		
	fei¹	啡		
		妃		
		扉		
		蜚		
		菲		芳菲
		緋	绯	
		霏		
		非		
		飛	飞	
féi	fei⁴	肥		
fěi	fei²	匪		
		菲		菲薄
		斐		
		翡		
		誹	诽	
fèi	bei³	費	费	姓氏
	fai³	廢	废	
		沸		
		肺		
		費	费	費用
	fai⁶	吠		
		痱		
fēn	fan¹	分		分寸
		吩		
		氛		

fén	fan⁴	芬		
		紛	纷	
		酚		
		墳	坟	
		焚		
		汾		
fěn	fan²	粉		
fèn	fan³	糞	粪	
	fan⁵	奮	奋	
		忿		忿怒
		憤	愤	
	fan⁶	分		本分
		份		
		忿		不忿
fēng	fung¹	封		
		峰		同峯
		楓	枫	
		烽		
		瘋	疯	
		蜂		
		豐	丰	
		鋒	锋	
		風	风	
féng	fung⁴	馮	冯	
		縫	缝	縫紉
		逢		
fěng	fung³	諷	讽	
fèng	fung²	俸		
	fung⁶	奉		
		縫	缝	裂縫
		鳳	凤	

fó	fat⁶	|佛	佛教			斧		
fǒu	fau²	否				|甫		驚魂甫定
fū	foo¹	伕				|脯		果脯
		孵				腑		
		|夫	夫妻			釜		
		敷			foo⁶	腐		
		膚	肤			輔	辅	
		麩	麸		po²	|甫		專名用
fú	baak⁶	匐				|脯		果脯
	fat¹	|佛	仿佛	fù	bok³	縛	缚	
		弗			fau⁶	|復	复	復還
		氟				|覆		覆手
		佛	佛			阜		
		拂			foo³	富		
	fau⁴	浮				副		
	foo¹	俘				咐		
		孚				賦	赋	
	foo⁴	|夫	助詞		foo⁵	婦	妇	
		扶			foo⁶	付		
		符				傅		
		芙				父		
	fuk¹	幅				赴		
		蝠				負	负	
		福				駙	驸	
		輻	辐			訃	讣	
	fuk⁶	伏				附		
		|服	服務		fuk¹	複	复	
		袱				腹		
fǔ	foo²	俯				|覆		反覆
		府				馥		
		撫	抚		fuk⁶	|復	复	恢復

			服		一服藥

g

拼音	粵拼	繁	簡	例
gā	ga¹	伽		
	ga³	|咖		咖哩
	gaak³	|胳		胳肢窩
gà	gaai³	尬		
gāi	goi¹	該	该	
gǎi	goi²	改		
gài	goi³	|蓋	盖	掩蓋
	koi³	丐		
		概		
		溉		
		|蓋	盖	掩蓋
		鈣	钙	
gān	gaam¹	|尷	尴	
	gaam³	|尷	尴	
	gam¹	柑		
		甘		
	gon¹	|乾	干	乾枯
		干		
		杆		
		竿		
		肝		
gǎn	gaam³	|橄		
	gam²	感		
		敢		
		|橄		
	gon¹	桿	杆	
	gon²	稈	秆	
		趕	赶	
gàn	gam³	灨	贛	
		贛	贛	
	gon³	幹	干	
gāng	gong¹	剛	刚	
		岡	冈	
		杠		
		|扛		雙手舉物
		綱	纲	
		缸		
		肛		
	gong³	|鋼	钢	鋼琴
gǎng	gong¹	崗	岗	
	gong²	港		
gàng	ngong⁶	|戇	戆	戆頭戆腦
	gong³	|槓	杠	抬槓
		|鋼	钢	動詞
	gung³	|槓	杠	槓桿
gāo	go¹	睪		
		糕		
		篙		
		膏		
		羔		
		高		
gǎo	gaau²	搞		
	go²	稿		
		|鎬	镐	鎬頭
gào	go³	|告		告別
		誥	诰	
	guk¹	|告		忠告
gē	gaak³	|胳		胳膊
	gaap³	|鴿	鸽	粵白讀
	gap³	|鴿	鸽	粵文讀

	goh¹	哥			
		歌			
	gok³	擱	搁		
	got³	割			
	gwoh¹	戈			
	ngat⁶	疙			
gé	gaak³	嗝			
		格			
		隔			
		革			
		膈			
		骼			
	gap³	|蛤		蛤蜊	
	gok³	閣	阁		
	got³	|葛		瓜葛	
gě	gap³	|蓋	盖	姓氏	
	goh³	|個	个	自個兒	
	got³	|葛		姓氏	
gè	goh³	|個	个	個人	
		箇	个		
	gok³	各			
gěi	kap¹	|給	给	送給	
gēn	gan¹	根			
		跟			
gēng	gaang¹	|更		三更	
		|耕		粤白讀	
	gang¹	庚			
		|更		更改	
		羹			
		|耕		粤文讀	
gěng	gang²	埂			

		哽			
		梗			
		耿			
gèng	gang³	|更		更好	
gōng	gung¹	|供		供應	
		公			
		功			
		宮			
		工			
		弓			
		恭			
		攻			
		蚣			
		躬			
		龔	龚		
	gwang¹	肱			
gǒng	gung²	拱			
		鞏	巩		
	hung³	|汞			
	hung⁶	|汞			
gòng	gung³	|供		供奉	
		貢	贡		
	gung⁶	共			
gōu	kau¹	溝	沟		
	ngau¹	勾			
		|鈎	钩		
gǒu	gau²	枸			
		狗			
		苟			
gòu	gau³	垢			
		夠		同够	

		｜媾		
		｜構	构	
		｜購	购	
		詬	诟	
	kau¹	｜媾		
	kau³	｜構	构	
		｜購	购	
gū	goo¹	咕		
		｜呱		呱呱大哭
		姑		
		孤		
		沽		
		菇		
		鴣	鸪	
		辜		
	goo²	｜估		估計
	gwat¹	｜骨		骨碌
gǔ	goo²	古		
		蠱	蛊	
		股		
		｜賈	贾	商賈
		詁	诂	
		鼓		
	guk¹	穀	谷	
		谷		
	gwat¹	｜骨		骨頭
gù	goo³	｜估		估衣
		僱	雇	
		固		
		故		
		錮	锢	

		顧	顾	
	guk¹	梏		
guā	gwa¹	｜呱		頂呱呱
		瓜		
	gwaat³	刮		
		颳	刮	
guǎ	gwa²	寡		
guà	gwa³	卦		
		掛	挂	
		褂		
guāi	gwaai¹	乖		
	gwaak³	｜摑	掴	
guǎi	gwaai²	枴	拐	
		拐		
guài	gwaai³	怪		
guān	goon¹	｜冠		皇冠
		倌		
		官		
		棺		
		｜觀	观	觀念
	gwaan¹	｜綸	纶	綸巾
		關	关	
		鰥	鳏	
guǎn	goon²	管		
		館	馆	
		｜莞		專名用
guàn	goon³	｜冠		冠軍
		灌		
		盥		
		罐		
		｜觀	观	道觀

		貫	贯
		鸛	鹳
	gwaan³	慣	惯
guāng	gwong¹	光	
		胱	
guǎng	gwong²	廣	广
		獷	犷
guàng	gwaang⁶	｜逛	
	kwaang³	｜逛	
guī	gwai¹	皈	
		歸	归
		硅	
		｜瑰	瑰麗
		閨	闺
		鮭	鲑
		龜	龟
	gwai³	｜瑰	玫瑰
	kwai¹	規	规
guǐ	gwai²	晷	
		簋	
		詭	诡
		軌	轨
		鬼	
	gwai³	癸	
guì	gwai³	桂	
		貴	贵
	gwai⁶	櫃	柜
		跪	
		劊	刽
	kooi²		
gǔn	gwan²	滾	滚
		袞	衮

gùn	gwan³	棍	
guō	gwok³	蟈	蝈
		郭	
	woh¹	鍋	锅
guó	gwaak³	｜摑	掴
	gwok³	國	国
		幗	帼
guǒ	gwoh²	果	
		菓	同果（水菓）
		裹	
guò	gwoh³	過	过

h

hā	ha¹	哈		
há	ha⁴	｜蛤		蛤蟆
hāi	haai¹	嗨		
hái	haai⁴	孩		
		骸		
	waan⁴	｜還	还	還有
hǎi	hoi²	海		
hài	haai⁵	駭	骇	
	hoi⁶	亥		
		害		
		氦		
hān	ham⁴	酣		
	hon⁴	鼾		
hán	haam⁴	函		
		涵		
	ham⁴	含		
	hon⁴	寒		
		｜汗		可汗

<table>
<tr><td></td><td></td><td>韓</td><td>韩</td></tr>
<tr><td></td><td></td><td>邯</td><td></td></tr>
<tr><td>hǎn</td><td>haam³</td><td>喊</td><td></td></tr>
<tr><td></td><td>hon²</td><td>罕</td><td></td></tr>
<tr><td>hàn</td><td>ham⁶</td><td>憾</td><td></td></tr>
<tr><td></td><td></td><td>撼</td><td></td></tr>
<tr><td></td><td>hon³</td><td>漢</td><td>汉</td></tr>
<tr><td></td><td>hon⁵</td><td>|悍</td><td></td></tr>
<tr><td></td><td></td><td>|捍</td><td></td></tr>
<tr><td></td><td></td><td>旱</td><td></td></tr>
<tr><td></td><td>hon⁶</td><td>焊</td><td></td></tr>
<tr><td></td><td></td><td>|悍</td><td></td></tr>
<tr><td></td><td></td><td>|捍</td><td></td></tr>
<tr><td></td><td></td><td>|汗</td><td>血汗</td></tr>
<tr><td></td><td></td><td>瀚</td><td></td></tr>
<tr><td></td><td></td><td>翰</td><td></td></tr>
<tr><td>háng</td><td>hong⁴</td><td>|吭</td><td>引吭高歌</td></tr>
<tr><td></td><td></td><td>|行</td><td>行列</td></tr>
<tr><td></td><td></td><td>杭</td><td></td></tr>
<tr><td></td><td></td><td>航</td><td></td></tr>
<tr><td>hāo</td><td>ho¹</td><td>蒿</td><td></td></tr>
<tr><td>háo</td><td>ho⁴</td><td>壕</td><td></td></tr>
<tr><td></td><td></td><td>嚎</td><td></td></tr>
<tr><td></td><td></td><td>濠</td><td></td></tr>
<tr><td></td><td></td><td>蠔</td><td>蚝</td></tr>
<tr><td></td><td></td><td>毫</td><td></td></tr>
<tr><td></td><td></td><td>豪</td><td></td></tr>
<tr><td></td><td></td><td>|號</td><td>号 呼號</td></tr>
<tr><td>hǎo</td><td>ho²</td><td>|好</td><td>好壞</td></tr>
<tr><td></td><td>kok³</td><td>郝</td><td></td></tr>
<tr><td>hào</td><td>ho³</td><td>|好</td><td>愛好</td></tr>
</table>

<table>
<tr><td>ho⁶</td><td>耗</td><td></td><td></td></tr>
<tr><td></td><td>昊</td><td></td><td></td></tr>
<tr><td></td><td>浩</td><td></td><td></td></tr>
<tr><td></td><td>皓</td><td></td><td></td></tr>
<tr><td></td><td>|號</td><td>号</td><td>號召</td></tr>
<tr><td></td><td>|鎬</td><td>镐</td><td>鎬京</td></tr>
<tr><td>hē</td><td>hoh¹</td><td>呵</td><td></td></tr>
<tr><td></td><td>hot³</td><td>|喝</td><td>喝水</td></tr>
<tr><td>hé</td><td>hap⁶</td><td>合</td><td></td></tr>
<tr><td></td><td></td><td>盒</td><td></td></tr>
<tr><td></td><td></td><td>闔</td><td>阖</td></tr>
<tr><td></td><td>hat⁶</td><td>劾</td><td></td></tr>
<tr><td></td><td></td><td>|核</td><td>核心</td></tr>
<tr><td></td><td></td><td>紇</td><td>纥</td></tr>
<tr><td></td><td></td><td>閡</td><td>阂</td></tr>
<tr><td></td><td>hoh⁴</td><td>何</td><td></td></tr>
<tr><td></td><td></td><td>河</td><td></td></tr>
<tr><td></td><td></td><td>|荷</td><td>荷花</td></tr>
<tr><td></td><td>hok⁶</td><td>貉</td><td></td></tr>
<tr><td></td><td>kok³</td><td>涸</td><td></td></tr>
<tr><td></td><td>woh⁴</td><td>|和</td><td>和諧</td></tr>
<tr><td></td><td></td><td>禾</td><td></td></tr>
<tr><td></td><td></td><td>龢</td><td>同和</td></tr>
<tr><td>hè</td><td>haak¹</td><td>赫</td><td></td></tr>
<tr><td></td><td>haak³</td><td>|嚇</td><td>吓 恐嚇</td></tr>
<tr><td></td><td>hoh⁶</td><td>|荷</td><td>負荷</td></tr>
<tr><td></td><td></td><td>賀</td><td>贺</td></tr>
<tr><td></td><td>hok⁶</td><td>鶴</td><td>鹤</td></tr>
<tr><td></td><td>hot³</td><td>|喝</td><td>喝采</td></tr>
<tr><td></td><td></td><td>褐</td><td></td></tr>
<tr><td></td><td>kok³</td><td>壑</td><td></td></tr>
</table>

	woh⁶		和		附和				猴	
hēi	haak¹	|黑		粵白讀	hǒu	haau¹	|吼		
	hak¹	|黑		粵文讀		hau³	|吼		
	hei¹	嘿				hòu	hau⁵	厚		
hén	han⁴	痕					hau⁶	候		
hěn	han²	很						后		
		狠						後	后	
hèn	han⁶	恨						逅		
hēng	hang¹	亨				hū	fat¹	忽		
			哼		哼唱			惚		
héng	hang⁴	恆	恒				foo¹	呼		
		衡					foo⁴	乎		
	waang⁴		橫	横	橫行	hú	fat¹	囫		
	waang⁶		橫	横	橫逆		huk⁶	斛		
hng	hng⁶		哼		嘆詞			鵠	鹄	
hōng	gwang¹	轟	轰				wat⁶	|核		棗核
	hung¹		哄		亂哄哄		woo⁴	壺	壶	
			烘					弧		
	hung³		烘					湖		
hóng	hung⁴	洪						狐		
		虹						|和		和牌
		紅	红					蝴		
		鴻	鸿					瑚		
	wang⁴	宏						|糊		糊塗
		弘						葫		
hǒng	hung³		哄		哄騙			胡		
hòng	hung³		哄		起哄			餬	馉	
			訌	讧				鬍	胡	
	hung⁴		訌	讧		hǔ	foo²	唬		
hóu	hau⁴	侯						虎		
		喉						琥		

		簧	簧				wai³	|薈	荟	
		遑						穢	秽	
		隍					wai⁵	諱	讳	
		黃	黃				wai⁶	|彗		
huǎng	fong¹	謊	谎					|彙	汇	
	fong²	幌						惠		
		恍						慧		
		|晃		閃過				蕙		
huàng	fong²	|晃		搖動		wooi⁵	|會	会	懂得
huī	fai¹	徽				wooi⁶		會	会	會面
		揮	挥					匯	汇	同滙
		暉	晖					燴	烩	
		麾						|彙	汇	
		輝	辉					滙	汇	同匯
	fooi¹	灰						|薈	荟	
		恢				hūn	fan¹	昏		
		詼	诙					婚		
huí	wooi⁴	回						葷	荤	
		迴	回			hún	wan⁴	|混		同渾（混水摸魚）
		蛔						|渾	浑	渾水摸魚
		茴						魂		
huǐ	fooi³	悔						餛	馄	
	wai²	燬	毁				wan⁶	|渾	浑	渾濁
		毁				hùn	wan⁶	|混		混合
huì	fooi³	喙				huō	koot³	|豁		豁口
		晦				huó	woh⁴	|和		和泥
		誨	诲				woot⁶	活		
	kooi²	賄	贿			huǒ	foh²	伙		
		繪	绘					火		
	kooi³	檜	桧					夥	伙	
	wai²	卉				huò	foh³	貨	货	

fok³	霍		
koot³	|豁		豁達
waak⁶	惑		
	或		
woh⁶	禍	祸	
wok⁶	獲	获	
	穫	获	
	鑊	镬	

j

jī	chap¹	緝	缉	
	gai¹	雞	鸡	
	gei¹	几		
		嘰	叽	
		基		
		|奇		奇數
		姬		
		|幾	几	幾乎
		機	机	
		璣	玑	
		|畸		
		箕		
		羈	羁	
		肌		
		譏	讥	
		飢	饥	同饑
		饑	饥	同飢
	gik¹	擊	击	
		激		
	jik¹	唧		
		積	积	
	kai¹	|稽		無稽

	kei¹	|畸		
	kek⁶	屐		
	saap³	圾		
jí	chap¹	輯	辑	
	gap¹	急		
	gat¹	吉		
	gik¹	亟		
		棘		
	gik⁶	極	极	
	jaap⁶	集		
	jat⁶	嫉		
		疾		
	jek³	|瘠		粤白讀
	jik¹	即		
	jik³	|瘠		粤文讀
	jik⁶	籍		
		|藉		狼藉
	kap¹	岌		
		笈		
		汲		
		級	级	
	kap⁶	及		
jǐ	gei²	己		
		|幾	几	幾多
		|紀	纪	姓氏
	gik¹	戟		
	jai¹	擠	挤	
	jek³	|脊		粤白讀
	jik³	|脊		粤文讀
	kap¹	|給	给	供給
jì	gai³	繼	继	

		計	计	
		髻		
	gei[2]	|紀	纪	紀律
	gei[3]	寄		
		既		
		|紀	纪	紀律
		記	记	
		覬	觊	
	gei[6]	伎		
		妓		
		忌		
		技		
	gwai[3]	季		
		悸		
	hai[6]	|繫	系	繫鞋帶
	jai[1]	劑	剂	
	jai[2]	|濟	济	濟濟一堂
	jai[3]	|濟	济	經濟
		祭		
		際	际	
	jik[1]	稷		
		績	绩	
		跡	迹	同蹟（古跡）
		蹟	迹	同跡（古蹟）
		鯽	鲫	
	jik[6]	寂		
	kei[3]	冀		
		暨		
		|騎	骑	鐵騎
		驥	骥	
jiā	ga[1]	傢	家	
		家		
		加		
		枷		
		嘉		
		迦		
		痂		
		|茄		雪茄
		袈		
	gaai[1]	佳		
	gaap[3]	|夾	夹	夾攻
		|挾	挟	同夾（挾帶）
jiá	gaap[3]	|夾	夹	夾被
		莢	荚	
		頰	颊	
jiǎ	ga[2]	|假		真假
		|賈	贾	姓氏
	gaap[3]	甲		
		胛		
		鉀	钾	
jià	ga[3]	|假		假期
		價	价	
		嫁		
		架		
		稼		
		駕	驾	
jiān	chim[1]	殲	歼	
	gaam[1]	|監	监	監視
		緘	缄	
	gaan[1]	奸		
		姦	奸	

		艱	艰	
		菅		
		|間	间	中間
	gim¹	兼		
	gin¹	堅	坚	
		肩		
	jim¹	尖		
	jin¹	煎		
		箋	笺	
jiǎn	gaam²	減	减	
	gaan²	揀	拣	
		柬		
		簡	简	
		繭	茧	
		鹼	碱	
	gim²	撿	捡	
		檢	检	
	gim⁶	儉	俭	
	jin²	剪		
jiàn	chim³	|僭		
	chin⁵	踐	践	
	gaam³	|監	监	太監
		鑒	鉴	同鑑
	gaan³	澗	涧	
		|間	间	間接
		諫	谏	
	gim³	劍	剑	
	gin³	建		
		|見	见	看見
		腱		
		|毽		

	gin⁶	件		
		健		
		鍵	键	
	jim³	|僭		
	jim⁶	漸	渐	
	jin³	濺	溅	
		箭		
		荐		同薦
		薦	荐	
		餞	饯	
	jin⁶	賤	贱	
	laam⁶	艦	舰	
	yin²	|毽		
jiāng	geung¹	僵		
		姜		
		疆		
		殭		
		薑	姜	
		韁	缰	
	gong¹	江		
	jeung¹	|將	将	將來
		漿	浆	
jiǎng	gong²	講	讲	
	jeung²	獎	奖	
		槳	桨	
		蔣	蒋	
jiàng	gong³	|降		降落
		絳	绛	
	jeung³	|將	将	將領
		醬	酱	
	jeung⁶	匠		

keung^{5} |強 强 倔強

jiāo gaau^{1} 交

蛟

膠 胶

跤

郊

gaau^{2} 姣

gaau^{3} |教 傳授

giu^{1} 嬌 娇

|澆 浇

驕 骄

hiu^{1} |澆 浇

jiu^{1} 椒

焦

礁

蕉

jiáo jeuk^{3} |嚼 嚼舌

jiǎo gaau^{2} 狡

皎

攪 搅

絞 绞

餃 饺

geuk^{3} 腳 脚

giu^{2} 矯 矫

繳 缴

gok^{3} |角 三角

hiu^{1} 僥 侥

jiu^{2} 剿

jiào gaau^{3} 滘

|教 教育

|校 校對

|覺 觉 睡覺

窖

較 较

|酵

giu^{3} 叫

giu^{6} |轎 轿

haau^{1} |酵

jiu^{3} 醮

kiu^{2} |轎 轿

jiē gaai^{1} 皆

街

階 阶

git^{3} |結 结 結實

je^{1} 嗟

jip^{3} 接

kit^{3} 揭

jié gat^{1} |桔 桔梗

gip^{3} 劫

git^{3} 潔 洁

拮

|結 结 結束

git^{6} 傑 杰

杰 同傑

jit^{3} |捷

|睫

節 节

jit^{6} 截

|捷

|睫

kit^{3} 孑

竭

		頡	頡
		羯	
		詰	诘
jiě	gaai²	|解	解決
	je²	姐	
jiè	gaai³	介	
		屆	届
		戒	
		界	
		疥	
		芥	
		|解	解款
		誡	诫
	je³	借	
		|藉	憑藉
	je⁶	|藉	憑藉
jīn	gam¹	今	
		金	
	gan¹	巾	
		斤	
		筋	
	ging¹	矜	
	jun¹	津	
	kam¹	|禁	弱不禁風
		襟	
jǐn	gam²	錦	锦
	gan²	僅	仅
		瑾	
		緊	紧
		饉	馑
		謹	谨

	jun²	儘	尽
jìn	gam³	噤	
		|禁	禁忌
	gan⁶	|近	粵文讀
		覲	觐
	ging³	|勁	劲 勁頭
	jam³	浸	
	jun³	晉	晋
		進	进
	jun⁶	燼	烬
		盡	尽
	kam⁵	妗	
	kan⁵	|近	粵白讀
jīng	geng¹	|驚	惊 粵白讀
	ging¹	京	
		兢	
		涇	泾
		荊	
		經	经
		|驚	惊 粵文讀
	ging³	|莖	茎
	hang⁴	|莖	茎
	jeng¹	|精	粵白讀
	jing¹	晶	
		睛	
		|精	粵文讀
		菁	
	king⁴	鯨	鲸
jǐng	geng²	頸	颈
	ging²	景	
		憬	

		警		
	jeng²	井		粵白讀
	jeng⁶	阱		粵白讀
	jing²	井		粵文讀
	jing⁶	阱		粵文讀
jìng	geng³	鏡	镜	
	ging²	境		
		竟		
	ging³	徑	径	
		敬		
		逕	径	
		脛	胫	
	ging⁶	勁	劲	勁旅
		競	竞	
		痙	痉	
	jeng⁶	淨	净	粵白讀
	jing⁶	淨	净	粵文讀
		靖		
		靜	静	
jiǒng	gwing²	冏		
		炯		
		迥		
	kwan³	窘		
jiū	gau¹	鳩	鸠	
	gau²	糾	纠	
		赳		
	gau³	究		
	jau¹	啾		
		揪		
jiǔ	gau²	久		
		九		

		玖	同九	
		韭		
	gau³	灸		
	jau²	酒		
jiù	gau³	咎		
		廄	厩	
		救		
		疚		
	gau⁶	柩		
		舊	旧	
	jau⁶	就		
		鷲	鹫	
	kau⁵	臼		
		舅		
jū	gui¹	居		
		据		
		車	车	象棋棋子
	guk¹	鞠		
	jui¹	狙		
		疽		
	kui¹	拘		
		駒	驹	
jú	gat¹	桔	同橘	
	guk¹	菊		
	guk⁶	侷		
		局		
		焗		
	gwat¹	橘		
jǔ	gui²	矩		
		舉	举	
	jui²	咀	咀嚼	

		沮		
jù	geuh³	｜鋸	锯	粤白讀
	gui³	句		
		據	据	
		踞		
		｜鋸	锯	粤文讀
	gui⁶	具		
		巨		
		懼	惧	
		炬		
		鉅	钜	
		遽		
		颶	飓	
	jui⁶	聚		
	kek⁶	劇	剧	
	kui¹	俱		
	kui⁵	拒		
		距		
juān	guen¹	娟		
		捐		
		涓		
		鵑	鹃	
juǎn	guen²	捲	卷	
juàn	guen²	卷		
	guen³	眷		
		絹	绢	
	guen⁶	倦		
		｜圈		豬圈
	suen⁵	｜雋		雋永
juē	kuet³	｜撅		撅尾巴
jué	fok³	攫		

		gok³	｜覺	觉	覺悟
			｜角		角色
		gwat⁶	｜倔		倔強
			崛		
			掘		
			｜撅		同掘
		jeuk³	｜嚼		咀嚼
			爵		
		juet⁶	絕	绝	
		keuk⁶	｜噱		大笑
		kuet³	厥		
			決	决	
			孑		
			獗		
			抉		
			蹶		
			蕨		
			訣	诀	
juè	gwat⁶		｜倔		倔頭倔腦
jūn	gwan¹		君		
			均		
			｜筠		地名用
			軍	军	
			鈞	钧	
	kwan²		菌		
jùn	gwan⁶		郡		
	jun³		俊		
			峻		
			竣		
			駿	骏	
			｜雋	隽	雋秀

		k	

kā	ga³	丨咖	咖啡
	haak³	丨喀	
	ka³	丨喀	
kǎ	ka¹	丨卡	卡車
	lok³	咯	
kāi	haai¹	揩	
	hoi¹	開	开
kǎi	hoi²	凱	凯
		愷	恺
	kaai²	楷	
	koi³	慨	
kān	am¹	丨龕	龛
	ham¹	堪	
		丨龕	龛
	ham³	勘	
	hon¹	丨刊	
		丨看	看守
	hon²	丨刊	
kǎn	ham¹	丨坎	
	ham²	丨坎	
		砍	
	hon²	侃	
	laam⁶	檻	槛
kàn	ham³	磡	
		瞰	
	hon³	丨看	看見
kāng	hong¹	康	
		丨慷	
		糠	
	hong²	丨慷	

káng	gong¹	丨扛	扛槍
kàng	kong³	亢	
		伉	
		抗	
		炕	
kǎo	haau¹	丨拷	
		丨烤	
	haau²	考	
		丨拷	
		丨烤	
kào	kaau³	銬	铐
		靠	
kē	foh¹	科	
		稞	
		蝌	
	foh²	棵	
		顆	颗
	hap¹	丨瞌	粵白讀
	hap⁶	丨瞌	粵文讀
		磕	
	hoh¹	苛	
	oh¹	柯	
		痾	疴
		軻	轲
ké	hok³	丨殼	壳 貝殼
	kat¹	咳	
kě	hoh¹	丨坷	
	hoh²	丨可	可以
		丨坷	
	hot³	渴	
kè	foh³	課	课

	haak¹	｜克		粵白讀
		｜刻		粵白讀
		｜剋	克	粵白讀
	haak³	客		
	hak¹	｜克		粵文讀
		｜刻		粵文讀
		｜剋	克	粵文讀
		｜可		可汗
	hap⁶	嗑		
		溘		
kěn	han²	墾	垦	
		懇	恳	
	hang²	｜啃		
		肯		
	kang²	｜啃		
kēng	haang¹	坑		
	hang¹	｜吭		一聲不吭
		鏗	铿	
kōng	hung¹	｜空		空泛
kǒng	hung²	孔		
		恐		
kòng	hung¹	｜空		有空
	hung³	控		
		｜空		虧空
kǒu	hau²	口		
kòu	kau³	叩		
		扣		
		寇		
		蔻		
kū	fat¹	｜窟		
	foo¹	枯		

		骷		
	gwat⁶	｜窟		
	huk¹	哭		
kǔ	foo²	苦		
kù	foo³	庫	库	
		褲	裤	
	huk⁶	酷		
kuā	kwa¹	夸		
		誇	夸	
kuǎ	kwa¹	垮		
kuà	kwa¹	跨		
	kwa³	胯		
kuài	faai³	塊	块	
		快		
		筷	筷	
	kooi²	儈	侩	
		｜會	会	會計
		膾	脍	
	wooi⁶	｜會	会	會計
kuān	foon¹	寬	宽	
		髖	髋	
kuǎn	foon²	款		
kuāng	hong¹	匡		
		筐		
kuáng	kwong⁴	狂		
		誑	诳	
kuàng	fong³	況	况	
	hong¹	｜框		
		｜眶		
	kwaang¹	｜框		
		｜眶		

kwōng³		曠	旷	
		礦	矿	
		鄺	邝	
kuī	kwai¹	盔		
		窺	窥	
		虧	亏	
kuí	fooi¹	奎		
		魁		
	kwai⁴	睽		
		葵		
kuǐ	faai³	傀		
kuì	gwai⁶	匱	匮	
		簣	篑	
		饋	馈	
	kooi²	潰	溃	
	kwai³	｜愧		
	kwai⁵	｜愧		
kūn	kwan¹	坤		
		崑		
		昆		
kǔn	kwan²	梱		
		捆		
		綑	捆	同捆
kùn	kwan³	困		
		睏	困	
kuò	foot³	潤	阔	同闊
		闊	阔	同潤
	koot³	括		
	kwok³	廓		
		｜擴	扩	
	kwong³	｜擴	扩	

l

lā	la¹	啦		
	laai¹	拉		
	laap⁶	垃		
lǎ	la¹	｜喇	喇嘛	
	la³	｜喇	喇叭	
là	laai³	癩	癞	
	laai⁶	｜落	丟三落四	
	laap⁶	蠟	蜡	
		臘	腊	
	laat⁶	剌		
		辣		
lái	loi⁴	來		
		徠	徕	
		萊	菜	
lài	laai⁶	賴	赖	
		籟	籁	
	loi⁶	睞	睐	
lán	laam⁴	婪		
		嵐	岚	
		籃	篮	
		藍	蓝	
		襤	褴	
	laan⁴	欄	栏	
		斕	斓	
		攔	拦	
		瀾	澜	
		闌	阑	
		蘭	兰	
lǎn	laam⁵	欖	榄	
		攬	揽	

		覽	览		lak⁶	｜勒	粵文讀（勒令）
	laam⁶	纜	缆		lok⁶	樂 乐	快樂
	laan⁵	懶	懒	le	liu⁵	｜了	助詞
làn	laam⁶	濫	滥	lēi	laak⁶	｜勒	粵白讀（勒緊）
	laan⁶	爛	烂		lak⁶	｜勒	粵文讀（勒緊）
láng	long⁴	廊		léi	lui⁴	｜累	同纍（果實累累）
		狼				｜纍 累	同纍（果實纍纍）
		琅				｜擂	研磨
		瑯				鐳 镭	
		榔				雷	
		螂		lěi	lui⁴	｜蕾	芭蕾舞
		郎			lui⁵	儡	
lǎng	long⁵	朗				｜累	同纍（累積）
làng	long⁶	浪				｜纍 累	同累（纍積）
lāo	laau⁴	｜撈 捞	打撈			壘 垒	
	lo¹	｜撈 捞	撈一把			磊	
láo	lo⁴	勞 劳				｜蕾	花蕾
		嘮 唠			lui⁶	｜累	累及
		嶗 崂		lèi	laak⁶	｜肋	粵白讀
		牢			lak⁶	｜肋	粵文讀
		癆 痨			lui⁴	｜擂	擂台
lǎo	lo²	佬			lui⁶	淚 泪	
	lo⁵	姥				｜累	疲累
		｜潦	積水			類 类	
		老		léng	ling⁴	棱	同稜
lào	lo⁶	澇 涝				稜	同棱
		酪		lěng	laang⁵	冷	
	lok³	｜烙	烙印				
		｜絡 络	絡子				
	lok⁶	｜落	落枕				
lè	laak⁶	｜勒	粵白讀（勒令）				

lèng	ling⁴	愣		
	ling⁶	愣		
lí	lai⁴	犁		
		黎		
	lai⁶	麗	丽	高麗
	lei¹	喱		
	lei⁴	厘		
		梨		
		狸		
		璃		
		漓		
		灘	漓	
		蜊		
		籬	篱	
		罹		
		鰲	厘	
		離	离	
		鸝	鹂	
lǐ	lai⁵	禮	礼	
	lei⁵	俚		
		哩		英里
		李		
		娌		
		浬		
		理		
		裏	里	同裡（衣裏）
		里		
		鋰	锂	
		鯉	鲤	
	lui⁵	裏	里	同裡（表裏）

lì	dai⁶	隸	隶	
	laap⁶	立		粵白讀
	lai⁶	例		
		儷	俪	
		厲	厉	
		勵	励	
		蠣	蛎	
		礪	砺	
		荔		
		麗	丽	美麗
	lap¹	笠		
	lap⁶	立		粵文讀
	lei⁶	俐		
		利		
		吏		
		痢		
		莉		
		茘	苈	
	lik¹	礫	砾	
		靂	雳	
	lik⁶	力		
		歷	历	
		曆	历	
		瀝	沥	
		靂	雳	
	lui⁶	唳		
		戾		
	lut⁶	栗		
		慄		
	nap¹	粒		
li	le¹	哩		助詞

拼音	粤音	繁	简	备注
	lui⁵	｜裏	里	同裡（這裏）
liǎ	leung⁵	｜倆	倆	咱倆
lián	lim⁴	廉		
		濂		
		帘		
		簾	帘	
		鐮	鐮	
	lin⁴	憐	怜	
		連	连	
		漣	涟	
		蓮	莲	
	luen⁴	聯	联	
liǎn	lim⁵	斂	敛	
		臉	脸	
liàn	lim⁶	殮	殓	
	lin⁴	｜鏈	链	
	lin⁶	煉	炼	
		練	练	
		鍊	炼	
		｜鏈	链	
	luen²	戀	恋	
liáng	leung⁴	梁		
		樑	梁	
		涼	凉	
		粱	粮	
		糧	粮	
		良		
		｜量		估量
liǎng	leung²	｜兩	两	斤兩
	leung⁵	｜倆	俩	伎倆
		｜兩	两	兩岸

拼音	粤音	繁	简	备注
liàng	leng³	靚	靓	
	leung⁶	亮		
		諒	谅	
		輛	辆	
		｜量		數量
	long⁴	踉		
	long⁶	晾		
liāo	liu¹	｜撩		撩起
liáo	liu⁴	僚		
		寥		
		寮		
		嘹		
		獠		
		燎		
		｜撩		撩撥
		｜潦		潦草
		療	疗	
		繚	缭	
		聊		
		遼	辽	
	lo⁵	｜潦		潦倒
liǎo	liu⁵	｜了	了	了斷
		｜瞭	了	明瞭
liào	liu⁴	｜瞭		瞭望
		鐐	镣	
	liu⁶	廖		
		料		
liè	lip⁶	獵	猎	
	lit⁶	列		
		列		
		烈		

國音	粵音	字		
		捩		
		裂		
	luet³	劣		
	luet⁶	劣		
līn	ling¹	拎		
lín	lam⁴	林		
		淋		
		琳		
		臨	临	
		霖		
	lun⁴	嶙		
		磷		
		遴		
		鄰	邻	
		鱗	鳞	
		麟		
lǐn	lam⁵	凜	凛	
		懍	懔	
lìn	lun⁶	吝		
		躪	躏	
		藺	蔺	
	yam⁶	賃	赁	
líng	leng⁴	|靈	灵	粤白讀
		|鯪	鲮	粤白讀
	ling⁴	伶		
		凌		
		囹		
		玲		
		綾	绫	
		苓		
		菱		

國音	粵音	字		
		鈴	铃	
		聆		
		羚		
		翎		
		陵		
		零		
		|靈	灵	粤文讀
		|鯪	鲮	粤文讀
		齡	龄	
lǐng	leng⁵	|嶺	岭	粤白讀
		|領	领	粤白讀
	ling⁵	|嶺	岭	粤文讀
		|領	领	粤文讀
lìng	ling⁶	令		
		另		
liū	lau⁶	|溜		溜冰
	liu¹	|溜		溜之大吉
liú	lau⁴	劉	刘	
		榴		
		琉		
		瘤		
		流		
		瀏	浏	
		硫		
		留		
	lau⁶	餾	馏	
liǔ	lau⁵	柳		
liù	lau⁶	|溜		檐溜
	luk⁶	六		
		|陸	陆	同六
lóng	lung¹	|窿		

	lung⁴	矓	咙	
		隆		
		矓	眬	
		瓏	珑	
		｜癃		
		聾	聋	
		｜籠	笼	蒸籠
		朧	胧	
		龍	龙	
lǒng	lung⁴	｜籠	笼	籠罩
	lung⁵	壟	垄	
		隴	陇	
		攏	拢	
		｜籠	笼	籠統
lōu	lau⁴	｜摟	摟	摟柴火
lóu	lau⁴	僂	偻	
		嘍	喽	
		樓	楼	
		髏	髅	
lǒu	lau²	｜摟	摟	摟抱
	lau⁵	｜摟	摟	摟抱
		簍	篓	
lòu	lau⁶	漏		
		陋		
	lo⁶	｜露		普白讀
lū	lo¹	嚕	噜	
lú	lo⁴	廬	庐	
		爐	炉	
		盧	卢	
		蘆	芦	
		顱	颅	

		鱸	鲈	
lǔ	lo⁵	櫓	橹	
		滷	卤	
		擄	掳	
		虜	虏	
		魯	鲁	
		鹵	卤	
lù	lo⁶	賂	赂	
		路		
		｜露		普文讀
		鷺	鹭	
	luk¹	碌	碌	
		轆	辘	
		麓		
	luk⁶	戮		
		祿	禄	
		｜綠	绿	綠林
		錄	录	
		｜陸	陆	陸地
		鹿		
lú	lo⁴	｜驢	驴	
	lui⁴	櫚	榈	
		｜驢	驴	
lǚ	lau⁵	｜褸	褛	
		｜縷	缕	
	lei⁵	｜履		
	luet³	｜捋		捋鬍鬚
	lui⁵	侶		
		呂	吕	
		屢	屡	
		｜履		

國音	粵音	字		
		旅		
		|縷	缕	
		|褸	褛	
		鋁	铝	
lù	lui⁶	濾	滤	
		慮	虑	
	luk⁶	氯	氯	
		|綠	绿	綠色
	lut⁶	律		
		|率		速率
luán	luen⁴	孿	孪	
		戀	峦	
		攣	挛	
		鑾	銮	
		鸞	鸾	
luǎn	lun⁵	卵		
luàn	luen⁶	亂	乱	
lüè	leuk⁶	掠		
		略		同畧
lūn	lun⁴	掄	抡	
lún	lun⁴	侖	仑	
		倫	伦	
		圇	囵	
		崙	仑	
		淪	沦	
		|綸	纶	綸音
		|論	论	論語
		輪	轮	
lùn	lun⁶	|論	论	討論
luō	loh¹	|囉	啰	囉唆
	luet³	|捋		捋衣袖

國音	粵音	字		
luó	loh⁴	|囉	啰	嘍囉
		籮	箩	
		螺		
		羅	罗	
		蘿	萝	
		鑼	锣	
		|騾	骡	
		邏	逻	
	lui⁴	|騾	骡	
luǒ	loh²	裸		
luò	lok³	洛		
		|烙		炮烙
		|絡	络	脈絡
		|駱	骆	
	lok⁶	|落		落日
		|駱	骆	
luo	loh³	|囉	啰	助詞

m

國音	粵音	字		
mā	ma¹	媽	妈	
	maat³	|抹		抹布
má	ma¹	|嗎	吗	幹嗎
	ma⁴	麻		
		痲		
		蔴	麻	
		蟆		
mǎ	ma⁵	瑪	玛	
		螞	蚂	
		碼	码	
		馬	马	
mà	ma⁶	罵	骂	
ma	ma¹	|嗎	吗	助詞

	ma³	嘛		助詞
	ma⁴	嘛		喇嘛
mái	maai⁴	埋		埋葬
		霾		
mǎi	maai⁵	買	买	
mài	maai⁶	賣	卖	
		邁	迈	
	mak⁶	脈	脉	脈搏
		麥	麦	
mán	maai⁴	埋		埋怨
	maan⁴	蠻	蛮	
		蔓		蕪蔓
		謾	谩	欺謾
		饅	馒	
		鰻	鳗	
	maan⁶	饅	馒	
	moon⁴	瞞	瞒	
mǎn	moon⁵	滿	满	
màn	maan⁶	幔		
		慢		
		曼		
		漫		
		蔓		蔓延
		謾	谩	謾罵
máng	maang⁴	盲		
	man⁴	氓		
	mong¹	杧		同芒
		芒		芒果
	mong⁴	忙		
		芒		光芒
		茫		

mǎng	mong⁵	蟒		
		莽		
māo	maau¹	貓	猫	花貓
máo	maau⁴	矛		
		茅		
		錨	锚	
	mo⁴	毛		
		髦		
	naau⁴	錨	锚	
mǎo	maau⁵	卯		
mào	maau⁶	貌		
	mau⁶	懋		
		茂		
		貿	贸	
	mo⁶	冒		
		帽		
		瑁		
	mooi⁶	瑁		
me	moh¹	麼	么	
méi	mei⁴	嵋		
		楣		
		湄		
		眉		
	mooi⁴	媒		
		枚		
		梅		
		煤		
		玫		
		莓		
		霉		
	moot⁶	沒	没	沒有

měi	mei⁵	美		
		鎂	镁	
	mooi⁵	每		
mèi	mai⁶	袂		
	mei⁴	｜媚		
	mei⁶	｜媚		
		寐		
		魅		
	mooi⁶	妹		
		昧		
mēn	moon⁶	｜悶	闷	悶熱
mén	moon⁴	捫	扪	
		門	门	
mèn	man¹	｜燜	焖	
	moon⁶	懣	懑	
		｜燜	焖	
		｜悶	闷	煩悶
men	moon⁴	們	们	
mēng	mung⁴	｜矇	蒙	欺騙
méng	mang⁴	盟		
		萌		
	mung¹	｜檬		
	mung⁴	｜檬		
		｜矇		失明
		濛		
		｜蒙		蒙蔽
		朦		
měng	maang⁵	猛		
		蜢		
		錳	锰	
	mung²	｜懵		懵懂
	mung⁴	｜懵		懵然
		｜蒙		蒙古
	mung⁵	｜懵		懵懂
mèng	maang⁶	孟		
	mung⁶	夢	梦	
mī	mei¹	咪		
		瞇	眯	
mí	mai⁴	迷		
		謎	谜	
	mei⁴	獼	猕	
		｜彌	弥	
		｜瀰	弥	
		麋		
		麛		
		｜靡		靡爛
	nei⁴	｜彌	弥	
		｜瀰	弥	
mǐ	mai⁵	米		
	mei⁵	｜靡		萎靡
mì	bei³	泌		
		｜秘		同祕（秘密）
		｜祕		同秘（祕密）
	mat⁶	密		
		蜜		
	mik⁶	幎		
		汩		
		覓	觅	
mián	min⁴	棉		
		眠		
		綿	绵	

miǎn	min⁵	免				名	
		冕				明	
		勉				|瞑	
		娩				|銘	铭
		緬	缅			鳴	鸣
		靦	觍		ming⁵	|冥	
miàn	min⁶	面				|瞑	
		麵	麺	同麪		茗	
miáo	miu⁴	描				|銘	铭
		瞄			mǐng	ming⁵	酩	
		苗			mìng	meng⁶		命	粵白讀
miǎo	miu⁵	渺				ming⁶		命	粵文讀
		藐			miù	mau⁶	|繆	缪	同謬
		秒					謬	谬
		緲	缈		mō	moh²	摸	
miào	miu⁶	廟	庙		mó	mo⁴		模	模型
		妙					摹	
			繆	缪	姓氏		moh¹	摩	
miè	mit⁶	滅	灭				魔	
		蔑				moh⁴		磨	磨滅
		蠛	蔑				蘑	
		篾					饃	馍
mín	man⁴	民				mok⁶	膜	
		岷			mǒ	moot³		抹	塗抹
mǐn	man⁵	泯			mò	mak⁶	墨	
		抿					陌	
		敏					|脈	脉	脈脈
		憫	悯				驀	蓦
		閩	闽				默	
	ming⁵	皿				moh⁴		磨	磨麵
míng	ming⁴	|冥				moh⁶	|磨	石磨

	mok⁶	冪	
		漠	
		莫	
	moot³	抹	抹灰
		秣	
	moot⁶	末	
		歿 殁	
		沒	沒落
		沫	
		茉	
móu	mau⁴	牟	
		眸	
		繆 繆	綢繆
		謀 謀	
mǒu	mau⁵	某	
mú	mo⁴	模	模樣
mǔ	maau⁵	牡	
	mau⁵	畝 亩	
	mo⁵	姆	
		拇	
		母	
mù	mo⁶	募	
		墓	
		慕	
		暮	
	mok⁶	幕	
	muk⁶	木	
		沐	
		牧	
		目	
		睦	

n

ná	na⁴	拿		
nǎ	na⁵	哪		哪怕
nà	na⁴	娜		人名
	na⁵	那		那裡
	naap⁶	吶		
		納	纳	
		鈉	钠	
	naat⁶	捺		
	noh⁴	娜		人名
nǎi	naai⁵	乃		
		奶		
		氖		
nài	noi⁶	奈		
		耐		
nán	naam⁴	南		
		喃		
		楠		
		男		
	naan⁴	難	难	困難
nǎn	naam⁵	腩		
nàn	naan⁶	難	难	災難
náng	nong⁴	囊		
náo	naau⁴	撓	挠	
nǎo	no⁵	惱	恼	
		瑙		
		腦	脑	
nào	naau⁶	鬧	闹	
né	na⁴	哪		哪吒
nè	naap⁶	訥	讷	

	nut⁶	訥 讷	
ne	ne¹	呢	助詞
něi	na⁵	哪	哪個
	nui⁵	餒 馁	
nèi	na⁵	那	那些
	noi⁶	內	
nèn	nuen⁶	嫩	
néng	nang⁴	能	
ńg	ng²	嗯	表疑問
ňg	ng⁵	嗯	表意外
ǹg	ng⁶	嗯	表答應
nī	nei⁴	妮	
ní	nai⁴	泥	泥土
	nei⁴	呢	呢絨
		怩	
		尼	
	ngai⁴	倪	
		霓	
nǐ	nei⁵	你	
		妳	
	yi⁵	擬 拟	
nì	nei⁶	泥	拘泥
		膩	
	ngaak⁶	逆	粵白讀
	nik¹	匿	
		暱 昵	
		溺	
	nik⁶	溺	
	yik⁶	逆	粵文讀
niān	nim¹	拈	
nián	nim¹	黏	

	nim⁴	粘	同黏
		黏	
		鯰 鲶	
	nin⁴	年	
niǎn	jin²	碾	
	lin⁵	攆 撵	
	nin²	捻	同撚
		撚 捻	
niàn	nim⁶	念	
		唸	
	ya⁶	廿	
	ye⁶	廿	
niáng	neung⁴	娘	
		孃 娘	
niàng	yeung⁶	釀 酿	
niǎo	niu⁵	嫋 嬝	
		裊 袅	
		鳥 鸟	
niào	niu⁶	尿	
niē	nip⁶	捏	
		捻	用手指捏
niè	nip⁶	聶 聂	
		躡 蹑	
		鎳 镍	
		鑷 镊	
	yip⁶	孽	
	yit⁶	蘗	
nín	nei⁵	您	
níng	ning⁴	寧 宁	寧靜
		嚀 咛	
		獰 狞	

國音	粵音	字	簡	備註
		檸	柠	
		擰	拧	擰手巾
	ying⁴	凝		
nǐng	ning⁶	擰	拧	擰螺絲釘
nìng	ning⁴	寧	宁	寧可
		濘	泞	
	ning⁶	擰	拧	倔強
		濘	泞	
niū	nau²	妞		
niú	ngau⁴	牛		
niǔ	nau²	扭		
		忸		
		紐	纽	
		鈕	钮	
niù	aau³	拗		執拗
nóng	nung⁴	儂	侬	
		濃	浓	
		膿	脓	
		農	农	
nòng	lung⁶	弄		
nú	no⁴	奴		
nǔ	no⁵	努		
		弩		
nù	no⁶	怒		
nǚ	nui⁵	女		
nuǎn	nuen⁵	暖		
nüè	yeuk⁶	瘧	疟	
		虐		
nuó	noh⁴	挪		
	noh⁵	娜		婀娜
nuò	noh⁶	懦		

國音	粵音	字	簡	備註
		糯		
	nok⁶	諾	诺	

o

國音	粵音	字	簡	備註
ō	o³	噢		
	oh¹	噢		
ó	oh²	哦		表驚疑
ò	oh⁴	哦		表領悟
ōu	au¹	區	区	姓氏
		歐	欧	
		謳	讴	
		鷗	鸥	
	au²	毆	殴	
ǒu	au²	嘔	呕	
	ngau⁵	偶		
		藕		
		耦		

p

國音	粵音	字	簡	備註
pā	ba¹	葩		
	pa¹	葩		
		趴		
	paak¹	啪		
pá	pa⁴	扒		扒手
		杷		
		琶		
		爬		
		耙		
pà	pa³	怕		
	paak³	帕		
pāi	paak³	拍		
pái	paai⁴	排		
		牌		

	pooi⁴	徘	
pǎi	bik¹	|迫	迫擊砲
pài	baai³	|湃	
	paai³	派	
		|湃	
pān	paan¹	攀	
	poon¹	潘	
		|番	番禺
pán	moon⁴	|蹣 蹣	
	poon⁴	盤 盆	
		磐 盆	
		|胖	心廣體胖
		|蹣 蹣	
pàn	boon⁶	叛	
		畔	
	paan³	盼	
	poon³	判	
		拚	
pāng	bam¹	|乓	
	pong¹	|乒	
		|滂	
	pong⁴	|滂	
páng	pong⁴	|彷	同徬（彷徨）
		徬 彷	
		旁	
		|磅	磅礴
		螃	
		|膀	膀胱
		龐 庞	
pàng	boon⁶	|胖	胖子
pāo	paau¹	抛	

		|泡	豆腐泡兒
páo	paau³	|炮	炮製
	paau⁴	|刨	動詞
		咆	
		庖	
		|炮	炮製
		|跑	虎跑泉
	po⁴	袍	
pǎo	paau²	|跑	跑步
pào	paau³	|炮	炮彈
		砲	同炮
		|泡	泡茶
	po⁵	|泡	泡沫
pēi	pei¹	呸	
	pooi¹	胚	
péi	pooi⁴	培	
		賠 赔	
		陪	
		裴	
pèi	pooi³	佩	
		沛	
		珮	
		配	
pēn	pan³	|噴 喷	噴泉
pén	poon⁴	盆	
pèn	pan³	|噴 喷	噴香
pēng	paang¹	烹	
	ping¹	怦	
		抨	
		|砰	砰然
	ping⁴	|砰	專名用

péng	fung⁴	蓬					疋	同匹
	paang⁴	彭			pik¹	癖		
		棚		pì	bei²	媲		
		硼	粵白讀		pei³	媲		
		澎				屁		
		膨				譬		
		鵬 鹏			pik¹	僻		
	pang⁴	朋				辟	同闢
		硼	粵文讀			闢	辟
	pung⁴	蓬		piān	pin¹	偏		
		篷				扁	扁舟
pěng	pung²	捧				篇		
pèng	pung³	碰				翩		
pī	pai¹	批			pin³	片	唱片
	pei¹	丕		pián	pin⁴	便	便宜
		披				骈 骈	
		砒			ping⁴	骈 骈	
		紕 纰		piàn	pin³	片	片斷
	pek³	劈	粵白讀			騙 骗	
	pik¹	劈	粵文讀	piāo	piu¹	漂	漂流
		霹				縹 缥	
	pooi¹	坏				飄 飘	
pí	be¹	啤			piu⁵	剽	
	pei⁴	枇		piáo	piu⁴	朴	姓氏
		毗				嫖		
		琵				瓢		
		疲		piǎo	piu³	漂	漂白
		皮			piu⁵	瞟	
		脾		piào	piu³	漂	漂亮
pǐ	mau¹	痞				票		
	pat¹	匹		piē	pit³	撇	撇下

拼音	粵音	字	簡	註
		瞥		
piě	pit³	|撇		撇開
pīn	ping¹	姘		
		|拼		
	ping³	|拼		
pín	ban³	|嬪	嫔	
	pan⁴	貧	贫	
		|嬪	嫔	
		頻	频	
		顰	颦	
pǐn	ban²	品		
pìn	ping³	聘		
pīng	bing¹	|乒		
	ping¹	|乒		
		娉		
píng	pang⁴	憑	凭	
	peng⁴	|平		粵口語
	ping⁴	坪		
		|屏		屏風
		|平		
		瓶		
		萍		
		蘋	苹	
		評	评	
pō	boh¹	坡		
	bok⁶	|泊		湖泊
	poh²	頗	颇	
	poot³	潑	泼	
pó	boh³	|鄱		
	poh⁴	婆		
		|鄱		

拼音	粵音	字	簡	註
pǒ	poh²	叵		
pò	bik¹	|迫		迫害
	paak³	珀		
		|魄		魄力
	poh³	破		
	pok³	|朴		朴樹
		粕		
pōu	fau²	|剖		
	pau²	|剖		
pū	foo⁶	|仆		粵文讀
	po¹	|鋪	铺	鋪張
	pok³	噗		
		撲	扑	
	puk¹	|仆		粵白讀
pú	buk⁶	僕	仆	
	po²	|脯		胸脯
	po⁴	匍		
		菩		
		莆		
		葡		
		蒲		
	pok³	璞		
pǔ	bo³	|埔		黃埔
	po²	圃		
		普		
		浦		
		溥		
		譜	谱	
	pok³	樸	朴	
pù	bo⁶	|曝		
	buk⁶	|曝		

拼音	粵音	字	簡	備註
		瀑		
po¹		|舖	铺	同鋪（床舖）
po³		|舖	铺	同鋪（店舖）
		|鋪	铺	同鋪（店舖）

q

拼音	粵音	字	簡	備註
qī	chai¹	妻		
		棲	栖	
		悽		
		淒	凄	
		萋		
	chai³	沏		
	chat¹	七		
		柒		同七
		漆		
	chik¹	戚		
		慼	戚	
	hei¹	欺		
	kai¹	|蹊		蹺蹊
	kei⁴	期		
qí	chai⁴	齊	齐	
		薺	荠	
	chi⁴	臍	脐	
	ke⁴	|騎	骑	騎馬
	kei¹	|崎		崎嶇
	kei⁴	其		
		|奇		奇怪
		岐		
		|崎		長崎
		棋		
		旗		
		琪		
		淇		
		歧		
		|祇		神祇
		祁		
		祈		
		祺		
		耆		
		|騎	骑	騎馬
		鰭	鳍	
		麒		
qǐ	kwai⁴	睚		
	gei²	杞		
	hat¹	乞		
	hei²	豈	岂	
		起		
	kai²	啟	启	同啓
		|稽		稽首
	kei⁵	企		
	yi²	綺	绮	
qì	chai³	砌		
	hei³	器		
		憩		
		棄	弃	
		氣	气	
		汽		
	kai³	|契		契約
	kit³	|契		契丹
	ngat⁶	迄		
		訖	讫	

	yap¹	泣		
qiā	haap³	揩		
qiǎ	ka¹	├卡		卡住
qià	hap¹	恰		
		├洽		
	hap⁶	├洽		
qiān	chim¹	簽	签	
		籤	签	
	chin¹	千		
		仟		
		阡		
		韆	千	
		遷	迁	
	haan¹	慳	悭	
	him¹	謙	谦	
	hin¹	牽	牵	
		騫	骞	
	yuen⁴	鉛	铅	
qián	chim⁴	潛	潜	
	chin⁴	前		
		錢	钱	
	kim⁴	箝		
		鉗	钳	
		黔		
	kin⁴	├乾		乾坤
		虔		
qiǎn	chin²	淺	浅	
	hin²	遣		
		譴	谴	
qiàn	chim³	塹	堑	
	ham⁶	嵌		

	him³	欠		
	hin¹	縴	纤	
	hip³	歉		
	sin³	倩		
		├茜		茜草
qiāng	cheung¹	├嗆	呛	嗆咳
		槍	枪	
		鎗	枪	同槍
		鏘	锵	
	geung¹	羌		
	hong¹	腔		
qiáng	cheung⁴	墻	墙	同牆
		牆	墙	
		薔	蔷	
	keung⁴	├強	强	富強
qiǎng	cheung²	搶	抢	
	keung⁵	├強	强	強詞奪理
		襁	褓	
qiàng	cheung³	├嗆	呛	夠嗆
		蹌	跄	
qiāo	chiu¹	鍫	锹	
	chiu²	├悄		靜悄悄
	chiu⁵	├悄		靜悄悄
	haau¹	敲		
	hiu¹	橇		
		蹺	跷	
qiáo	chiu⁴	樵		
		憔		
		瞧		
	kiu⁴	僑	侨	
		喬	乔	

		橋	桥
		蕎	荞
		|翹	翘	翹首
qiǎo	chiu²	|悄		悄然無聲
	chiu⁵	|悄		悄然無聲
	haau²	巧	
qiào	chiu³	俏	
		峭	
		鞘	
	giu⁶	撬	
	hiu³	|竅	窍
	hok³	|殻	壳	地殻
	kiu³	|竅	窍
	kiu⁴	|翹	翘	翹尾巴
qiē	chit³	|切		切開
qié	ke⁴	|茄		茄子
qiě	che²	且	
qiè	chai³	|切		一切
	chip³	妾	
	chit³	|切		密切
	gip²	|篋	箧
	haap⁶	|篋	箧
	hip³	怯	
		愜	惬
	kit³	挈	
		鍥	锲
	sit³	竊	窃
qīn	cham¹	侵	
	chan¹	|親	亲	親友
	yam¹	欽	钦
qín	chun⁴	秦	

kam⁴		擒	
		琴	
		禽	
kan⁴		勤	
		芹	
qǐn	cham²	寢	寝
qìn	gam⁶	撳	揿
	sam³	沁	
qīng	cheng¹	|青		粵白讀
	ching¹	清	
		蜻	
		|青		粵文讀
	heng¹	|輕	轻	粵白讀
	hing¹	卿	
		氫	氢
		|輕	轻	粵文讀
	king¹	傾	倾
qíng	ching⁴	情	
		晴	
	king⁴	擎	
qǐng	cheng²	|請	请	粵白讀
	ching²	|請	请	粵文讀
	king²	頃	顷
qìng	chan³	|親	亲	親家
	hing³	慶	庆
		磬	
		罄	
qióng	king⁴	瓊	琼
	kung⁴	穹	
		窮	穷
qiū	chau¹	秋	

		鞦	秋
		鰍	鰍
	yau¹	丘	
		蚯	
		邱	
qiú	chau⁴	囚	
	kau⁴	|仇	姓氏
		求	
		球	
		裘	
		逑	
	yau⁴	酉	
qū	chui¹	蛆	
		趨 趋	
	kui¹	|區 区	區域
		嶇 岖	
		軀 躯	
		驅 驱	
	kuk¹	|曲	彎曲
	wat¹	屈	
qú	kui⁴	渠	
		瞿	
		衢	
qǔ	chui²	取	
		|娶	
	chui³	|娶	
	kuk¹	|曲	歌曲
qù	chui³	趣	
		覷 觑	
	hui³	去	
quān	huen¹	|圈	圓圈

quán	chuen⁴	全	
		痊	
		泉	
		荃	
		銓 铨	
		詮 诠	
	kuen⁴	權 权	
		拳	
		蜷	
		顴 颧	
quǎn	huen²	犬	
quàn	guen³	|券	
	huen³	|券	
		勸 劝	
quē	kuet³	缺	
		闕 阙	
qué	ke⁴	瘸	
què	cheuk³	|鵲 鹊	
	jeuk³	|鵲 鹊	
	jeuk³	雀	
	keuk³	卻 却	
	kok³	榷	
		確 确	
	kuet³	闋 阕	
qún	kwan⁴	群	同羣
		裙	

r

rán	yim⁴	髯	
	yin⁴	然	
		燃	

國音	粵音	字		註
rǎn	yim⁵	冉		
		染		
rāng	yeung⁶	|嚷		嚷嚷
ráng	nong⁴	瓤		
rǎng	yeung⁴	|攘		熙來攘往
	yeung⁵	|攘		擾攘
	yeung⁶	|嚷		叫嚷
		壤		
		|攘		擾攘
ràng	yeung⁶	讓	让	
ráo	yiu⁴	嬈	娆	
		饒	饶	
rǎo	yiu²	|擾	扰	
	yiu⁵	|擾	扰	
rào	yiu⁵	繞	绕	
rě	ye⁵	惹		
rè	yit⁶	熱	热	
rén	yam⁴	|任		姓氏
		壬		
	yan⁴	人		
		仁		
rěn	yan²	忍		
rèn	ngan⁶	|韌	韧	粤白讀
	yam⁴	|妊		
	yam⁶	|任		任何
		|妊		
		餁	饪	
	yan⁶	仞		

國音	粵音	字		註
		刃		
		紉	纫	
		|韌	韧	粤文讀
	ying⁶	認	认	
rēng	wing¹	|扔		
	ying⁴	|扔		
réng	ying⁴	仍		
rì	yat⁶	日		
róng	wing⁴	嶸	嵘	
		榮	荣	
	yung⁴	容		
		榕		
		戎		
		熔		
		溶		
		茸		
		蓉		
		融		
		絨	绒	
		鎔	镕	
rǒng	yung²	冗		
róu	yau⁴	柔		
		揉		
		蹂		
ròu	yuk⁶	肉		
rú	yue⁴	儒		
		孺		

如
濡
茹
|蠕
|蠕

	yuen⁵		
rǔ	yue⁵	乳	
		汝	
	yuk⁶	辱	
rù	yap⁶	入	
	yuk⁶	褥	
ruǎn	yuen²	|阮	
	yuen⁵	|阮	
		軟	软
ruǐ	yui⁵	蕊	
ruì	sui⁶	瑞	
	yui⁶	睿	
		銳	锐
rùn	yun⁶	潤	润
		閏	闰
ruò	ye⁶	偌	
	yeuk⁶	弱	
		若	

S

sā	saat³		撒		撒網
sǎ	sa²	灑	洒	
	saat³		撒		撒種
sà	sa¹	卅		
	saap³	颯	飒	

	saat³	薩	萨	
sāi	sak¹	|塞		活塞
	soi¹	腮		
		鰓	鰓	
sài	choi³	|塞		塞外
		賽	赛	
sān	saam¹	|三		數目
		叁		同三
	saam³	|三		三思
sǎn	saan²	|散		散漫
	saan³	傘	伞	
sàn	saan³	|散		散步
sāng	song¹	|喪	丧	喪事
		桑		
sǎng	song¹	|嗓		
	song²	|嗓		
sàng	song³	|喪	丧	喪命
sāo	so¹	繅	缫	
		搔		
		臊		
		騷	骚	
sǎo	so²	嫂		
	so³	|掃	扫	打掃
sào	so³	|掃	扫	掃帚
sè	gip³	|澀	涩	
	saap³	|澀	涩	
	sak¹	|塞		充塞
	sap¹	|澀	涩	
	sat¹	瑟		
	sik¹	嗇	啬	
		|色		色彩

sēn	sam¹	森		
sēng	jang¹	僧		
shā	sa¹	沙		
		砂		
		紗	纱	
		莎		專名用
		裟		
		鯊	鲨	
	saam¹	|杉		杉木
	saat³	|剎		剎車
		|煞		煞住
		殺	杀	
shá	sa²	啥		
shǎ	soh⁴	傻		
shà	ha⁶	|廈	厦	大廈
	saap³	霎		
	saat³	|煞		煞費苦心
shāi	sai¹	篩	筛	
shǎi	sik¹	|色		普口語
shài	saai³	曬	晒	
shān	chaam³	|杉		杉樹
	jin¹	羶	膻	
	saam¹	衫		
	saan¹	刪		
		山		
		姍		
		|柵		柵極
		珊		
		舢		
		跚		
	sin³	煽		

shǎn	sim²	閃	闪	
		陝	陕	
shàn	saan³	疝		
		汕		
		訕	讪	
	sim⁶	贍	赡	
	sin³	扇		
	sin⁵	鱔	鳝	
	sin⁶	善		
		|單	單	姓氏
		|禪	禪	禪讓
		擅		
		繕	缮	
		膳		
shāng	seung¹	傷	伤	
		商		
		殤	殇	
		觴	觞	
shǎng	heung²	晌		
	seung²	賞	赏	
	seung⁵	|上		上聲
shàng	seung⁵	|上		上車
	seung⁶	|上		上面
		尚		
shang	seung⁴	|裳		衣裳
shāo	saau¹	梢		
		捎		
		艄		
		筲		
	saau²	|稍		稍微
	siu¹	燒	烧	

sháo	cheuk³	芍		
	jeuk³	勺		
		芍		
	siu⁴	韶		
shǎo	siu²	少		多少
shào	saau²	稍		稍息
	saau³	哨		
	siu³	少		少年
	siu⁶	紹	绍	
		邵		
shē	che¹	奢		
	che⁴	崝	峯	
	se¹	賒	賒	
shé	se⁴	佘		
		蛇		蛇蠍
	sit⁶	舌		
shě	se²	捨	舍	
		舍		同捨
shè	chit³	設	设	
	se³	舍		校舍
		赦		
	se⁵	社		
	se⁶	射		
		麝		
	sip³	涉		
		懾	慑	
		攝	摄	
shéi	sui⁴	誰	谁	
shēn	sam¹	參	参	人參
		深		
	san¹	伸		

		呻		
		娠		
		砷		
		申		
		身		
		莘		
		紳	绅	
shén	sam⁶	什		同甚
		甚	什	甚麼
	san⁴	神		
shěn	chan²	哂		
	sam²	審	审	
		嬸	婶	
		沈		姓氏
		瀋	沈	
shèn	sam³	滲	渗	
	sam⁶	甚		甚至
	san⁴	蜃		
	san⁵	蜃		
	san⁶	慎		
		腎	肾	
shēng	saang¹	牲		粵白讀
		生		粵白讀
		甥		粵白讀
		笙		粵白讀
	sang¹	牲		粵文讀
		生		粵文讀
		甥		粵文讀
		笙		粵文讀
	seng¹	聲	声	粵白讀
	sing¹	升		

國音	粵音	字	簡	備註
		昇	升	同升
		聲	声	粤文讀
shéng	sing⁴	繩	绳	
shěng	saang²	省		省份
shèng	jing⁶	剩		
	sing¹	勝	胜	勝任
	sing³	勝	胜	勝利
		聖	圣	
	sing⁶	乘		千乘之國
		剩		
		盛		盛大
shī	sap¹	濕	湿	
	sat¹	失		
		虱		同蝨
		蠱	虱	
	si¹	尸		
		屍	尸	
		師	师	
		施		
		獅	狮	
		詩	诗	
shí	sap⁶	十		
		拾		
	sat⁶	實	实	
	sek⁶	石		石頭
	si⁴	時	时	
	sik¹	識	识	
	sik⁶	蝕	蚀	
		食		
shǐ	chi²	始		
		矢		

國音	粵音	字	簡	備註
	sai²	使		粤白讀（使用）
		駛	驶	
	si²	使		粤文讀（使用）
		史		
		屎		
	si³	使		大使
shì	chi⁵	似		似的
		柿		
		恃		
	saai⁵	舐		
	sai³	世		
		勢	势	
	sai⁶	噬		
		逝		
		誓		
	sat¹	室		
	si³	嗜		
		弒		
		試	试	
	si⁵	市		
	si⁶	事		
		仕		
		侍		
		士		
		是		
		氏		
		示		
		視	视	
		式		
	sik¹	拭		

		釋	释
		軾	轼
		適	适
		飾	饰
shi	si⁴	匙	鑰匙
shōu	sau¹	收	
shóu	suk⁶	熟	普白讀
shǒu	sau²	守	守衛
		手	
		首	
shòu	sau³	守	太守
		狩	
		獸	兽
		瘦	
	sau⁶	受	
		售	
		壽	寿
		授	
shū	soh¹	梳	
		疏	疏忽
		蔬	
	soh³	疏	注疏
	sue¹	樞	枢
		抒	
		書	书
		舒	
		輸	输
	sue⁴	殊	
	suk¹	倏	
		叔	
	suk⁶	淑	

shú	suk⁶	孰		
		塾		
		熟		普文讀
		贖	赎	
shǔ	chue⁵	曙		
		署		
	so²	數	数	數一數二
	sue²	暑		
		黍		
		鼠		
	sue⁴	薯		
	suk⁶	屬	属	
		蜀		
shù	chuk¹	束		
	sau³	漱		
	so³	漱		
		數	数	數目
	sue³	庶		
		戍		
		恕		
	sue⁶	樹	树	
		豎	竖	
	sui⁵	墅		
	sut⁶	術	术	
		述		
shuā	chaat³	刷		刷新
shuǎ	sa²	耍		
shuà	saat³	刷		刷白
shuāi	sui¹	衰		
	sut¹	摔		
shuǎi	lat¹	甩		

shuài	sui³	帥 帅	
	sut¹	｜率	率直
		蟀	
shuān	saan¹	栓	
		拴	
		閂 闩	
shuàn	saan³	涮	
shuāng	seung¹	孀	
		雙 双	
		霜	
shuǎng	song²	爽	
shuí	sui⁴	｜誰 谁	
shuǐ	sui²	水	
shuì	sui³	稅	
		｜說 说	說服
	sui⁶	睡	
shǔn	suen⁵	吮	
shùn	sun³	瞬	
		舜	
	sun⁶	順 顺	
shuō	suet³	｜說 说	說話
shuò	jeuk³	灼	
	sek⁶	碩 硕	
	seuk³	爍 烁	
		鑠 铄	
	sok³	｜數 数	屢次
		朔	
sī	sai¹	｜嘶	
	si¹	廝 厮	
		司	
		｜嘶	

		斯	
		｜思	思想
		撕	
		私	
		絲 丝	
	si³	｜思	不好意思
sǐ	sei²	死	
sì	chi⁵	｜似	相似
	ji⁶	｜伺	伺機
		俟	
		巳	
		嗣	
		寺	
		祀	
		飼 饲	
	sei³	四	
	si³	肆	
		駟 驷	
sōng	chung⁴	松	
	sung¹	嵩	
		忪	
		鬆 松	
sǒng	sung²	悚	
		慫 怂	
		聳 耸	
sòng	jung⁶	訟 讼	
		誦 诵	
		頌 颂	
	sung³	宋	
		送	
sōu	sau¹	蒐 搜	

		颸	飔	
		餿	馊	
	sau²	搜		
		艘		
sǒu	sau²	叟		
		擻	擞	
sòu	sau³	嗽		
sū	so¹	嗉	苏	
		甦	苏	
		穌	稣	
		蘇	苏	
		酥		
sú	juk⁶	俗		
sù	chuk¹	簌		
		速		
	so³	|塑		
		溯		
		素		
		訴	诉	
	sok³	|塑		
	suk¹	|宿		住宿
		夙		
		粟		
		肅	肃	
suān	suen¹	酸		
suàn	suen³	算		
		蒜		
suī	sui¹	雖	虽	
suí	chui⁴	隋		
		隨	随	
	sui¹	綏	绥	

	sui⁶	|遂		半身不遂
suǐ	sui⁵	髓		
suì	sui³	歲	岁	
		碎		
	sui⁶	|彗		
		穗		
		燧		
		祟		
		|遂		遂願
		隧		
sūn	suen¹	孫	孙	
		飧		
sǔn	suen²	損	损	
	sun²	筍	笋	
suō	soh¹	唆		
		嗦		
		娑		
		梭		
		|莎		莎草
		蓑		
	suk¹	縮	缩	
suǒ	saak³	|索		索價
	soh²	嗩	唢	
		所		
		瑣	琐	
		鎖	锁	
	sok³	|索		繩索

t

tā	daap⁶	|踏		踏實
	ta¹	它		
		牠		

拼音	粵音	字	簡	註
		她		
		他		
	taap³	塌		
tǎ	chaat³	獺	獭	
	taap³	塔		
tà	daap⁶	踏		践踏
		蹋		
	taap³	榻		
		蹋		
	taat³	撻	挞	
tāi	toi¹	苔		舌苔
		胎		
tái	toi⁴	台		同臺（講台）
		枱	台	同檯
		檯	台	同枱
		抬		
		苔		青苔
		跆		
		臺	台	同台（樓臺）
		颱	台	
tài	taai³	太		
		態	态	
		汰		
		泰		
		鈦	钛	
tān	taam¹	貪	贪	
	taan¹	坍		
		癱	瘫	
		灘	滩	
		攤	摊	
	taan²	癱	瘫	
tán	daan⁶	彈	弹	弹跳
	taam⁴	曇	昙	
		痰		
		潭		
		談	谈	
		譚	谭	
	taan⁴	壇	坛	
		彈	弹	弹琴
		檀		
tǎn	taan²	坦		
		毯		
		忐		
		袒		
tàn	taam³	探		
	taan³	嘆	叹	同歎
		炭		
		歎	叹	同嘆
		碳		
tāng	tong¹	湯	汤	
táng	tong⁴	唐		
		堂		
		塘		
		棠		
		糖		
		搪		搪塞
		膛		
		螳		
	tong⁵	搪		搪瓷
tǎng	tong²	倘		
		儻	傥	

		帑		
		淌		
		躺		
tàng	tong³	燙	烫	
		趟		
tāo	to¹	ǀ叨		叨光
		滔		
		韜	韬	
	to⁴	濤	涛	
		掏		
táo	to⁴	啕		
		桃		
		淘		
		萄		
		逃		
		陶		
tǎo	to²	討	讨	
tào	to³	套		
tè	dak⁶	特		
	tik¹	忑		
téng	tang⁴	疼		
		滕		
		藤		
		謄	誊	
		騰	腾	
tī	tai¹	梯		
		銻	锑	
	tek³	踢		
	tik¹	剔		
tí	tai⁴	啼		
		ǀ提		提高

		蹄		
		題	题	
tǐ	tai²	體	体	
tì	tai³	剃		
		嚏		
		屜	屉	
		替		
		涕		
	tik¹	倜		
		惕		
tiān	tim¹	添		
	tin¹	天		
tián	tim⁴	ǀ恬		
		甜		
	tim⁵	ǀ恬		
	tin⁴	填		
		田		
tiǎn	tim²	舔		
	tin²	腆		
tiāo	tiu¹	ǀ佻		
		ǀ挑		挑選
	tiu⁴	ǀ佻		
tiáo	tiu⁴	條	条	
		迢		
		ǀ調	调	調和
tiǎo	tiu¹	ǀ挑		挑撥
	tiu⁵	窕		
tiào	tiu³	眺		
		跳		
tiē	tip³	ǀ帖		妥帖
		貼	贴	

國音	粵音	字	簡	備註
tiě	tip³	帖		請帖
	tit³	鐵	铁	
tiè	tip³	帖		碑帖
tīng	ding¹	汀		
	teng¹	廳	厅	
		聽	听	粵白讀（聽從）
	ting¹	汀		
		聽	听	粵文讀（聽從）
	ting³	聽	听	聽任
tíng	ting⁴	亭 停 庭 婷 廷 蜓 霆		
tǐng	teng⁵	艇		粵白讀
	ting⁵	挺 艇		粵文讀
tōng	tung¹	通		
tóng	tung⁴	仝		同同（仝人）
		僮		書僮
		同 彤 桐 潼 瞳 童 銅	铜	
tǒng	tung²	桶 統	统	
	tung⁴	筒		
tòng	dung⁶	慟	恸	
	tung³	痛		
tōu	tau¹	偷		
tóu	sik¹	骰		
	tau⁴	投 頭	头	
		骰		
tòu	tau³	透		
tū	dat⁶	凸 突		
	tuk¹	禿		
tú	to⁴	塗	涂	
		屠 圖	图	
		徒 荼 途		
tǔ	to²	土		
	to³	吐		吐痰
tù	to³	兔 吐		嘔吐
tuān	chuen²	湍		
	tun¹	湍		
tuán	tuen⁴	團	团	
		糰	团	
tuī	tui¹	推		
tuí	tui⁴	頹	颓	
tǔi	tui²	腿		

tuì	tui³	蜕	
		∣褪	褪色
		退	
tūn	tan¹	吞	
tún	tan¹	∣饨	饨 粤白讀
	tan⁴	∣饨	饨 粤文讀
	tuen⁴	屯	
		囤	
		豚	
		臀	
tùn	tan³	∣褪	褪下
tuō	toh¹	拖	
	tok³	托	
		託	托
	tuet³	脱	
tuó	toh⁴	佗	
		沱	
		跎	
		陀	
		馱	驮
		駝	驼
		鴕	鸵
tuǒ	toh⁵	妥	
		橢	椭
tuò	toh³	唾	
	tok³	拓	

w

wā	wa¹	哇	
		窪	洼
		蛙	
	waat³	挖	

	woh¹	媧	娲
wá	wa¹	娃	
wǎ	nga⁵	∣瓦	瓦解
wà	mat⁶	襪	袜
	nga⁵	∣瓦	瓦刀
wāi	waai¹	歪	
wài	ngoi⁶	外	
wān	waan¹	彎	弯
		灣	湾
	woon²	豌	
	yuen¹	蜿	
wán	waan⁴	∣玩	玩笑
		頑	顽
	woon⁶	∣玩	玩弄
	yuen⁴	丸	
		完	
		烷	
		紈	纨
wǎn	maan⁵	晚	
	waan⁵	挽	
		輓	挽
	woon²	∣惋	
		碗	
	woon⁵	皖	
		∣莞	莞爾
	yuen²	宛	
		婉	
		∣惋	
wàn	maan⁶	萬	万
		∣蔓	藤蔓
	woon²	腕	

wāng	wong¹	汪		
wáng	mong⁴	亡		
	wong⁴	王		王國
wǎng	mong⁵	惘		
		網	网	
		罔		
	wong²	枉		
	wong⁵	往		
wàng	mong⁴	忘		
	mong⁵	妄		
	mong⁶	望		
	wong⁶	旺		
		王		動詞
wēi	mei⁴	微		
		薇		
	ngai⁴	危		
		巍		
	wai¹	威		
		逶		
	wooi¹	偎		
		煨		
wéi	wai⁴	唯		
		圍	围	
		帷		
		桅		
		為	为	行為
		惟		
		維	维	
		違	违	
		韋	韦	
	wai⁵	韋	韦	

wěi	mei⁵	娓		
		尾		
	ngai⁶	偽	伪	
	wai²	委		
		猥		
		痿		
		萎		
		諉	诿	
	wai⁵	偉	伟	
		葦	苇	
		緯	纬	
wèi	mei⁶	味		
		未		
	ngai⁶	魏		
	wai³	喂		
		尉		
		慰		
		畏		
		蔚		
		餵	喂	
	wai⁶	位		
		渭		
		為	为	為何
		衞	卫	
		胃		
		謂	谓	
wēn	wan¹	溫		
		瘟		
wén	man¹	蚊		粵白讀
	man⁴	文		
		蚊		粵文讀

		紋	纹				污	
		聞	闻				烏	乌
		雯					鎢	钨
wěn	man⁵	刎			wú	m⁴	唔	
		吻				mo⁴	無	无
	man⁶	紊					毋	
	wan²	穩	稳				蕪	芜
wèn	man⁶	問	问			ng⁴	吾	
		汶					吳	吴
wēng	yung¹	嗡					梧		梧桐
		翁					蜈	蜈
wèng	ung³	甕	瓮			ng⁶	牾		魁梧
wō	ak¹	喔			wǔ	mo⁴	嫵	妩
	woh¹	倭				mo⁵	侮	
		渦	涡				嫵	妩
		窩	窝				憮	怃
		蝸	蜗				武	
		擼	挝				舞	
		薲	莴				鵡	鹉
wǒ	ngoh⁵	我				ng⁵	五	
wò	aak¹	握		粵白讀			午	
	ak¹	幄					伍	
		渥					仵	
		握		粵文讀			忤	
	ngoh⁶	臥		同臥		woo²	捂	
	waat³	斡			wù	mat⁶	勿	
	yuk¹	沃					物	
wū	mo⁴	巫				mo⁶	務	务
		誣	诬				戊	
	uk¹	屋					霧	雾
	woo¹	嗚	呜				鶩	鹜

		鶩	鹜	
	ng6	寤		
		悟		
		晤		
		誤	误	
	ngat6	兀		
	o3	|塢	坞	船塢
	woo2	|塢	坞	山塢
	woo3	|惡	恶	厭惡

X

xī	hai4	兮		
		奚		
		|蹊		獨闢蹊徑
	hei1	希		
		唏		
		嘻		
		嬉		
		烯		
		熙		
		熹		
		曦		
		犧	牺	
		稀		
		羲		
	jik6	夕		
		汐		
		矽		
	kai1	溪		
	kap1	吸		
	sai1	犀		
		|茜		專名用
		西		
	sat1	膝		
	sek3	|錫	锡	粵白讀
	sik1	息		
		悉		
		惜		
		熄		
		昔		
		晰		
		析		
		淅		
		瘜		
		蜥		
		蟋		
	sik3	|錫	锡	粵文讀
xí	hat6	檄		
	jaap6	襲	袭	
		習	习	
	jek6	|蓆	席	粵白讀
	jik6	席		
		|蓆	席	粵文讀
	sik1	媳		
xǐ	hei1	禧		
	hei2	喜		
	saai2	徙		
		璽	玺	
	sai2	洗		
xì	gwik1	隙		
	hai6	係	系	
		系		
		|繫	系	維繫

	hei³	戲	戏				先		
	sai³	細	细				∣鮮	鲜	新鮮
xiā	ha¹	蝦	虾		xián	haam⁴	咸		
	haap³	呷					衡	衔	
	hat⁶	瞎					鹹	咸	
xiá	gip³	硤	硖			haan⁴	嫻	娴	同嫻
	ha⁴	∣暇					癇	痫	
		瑕					閑	闲	
		遐					閒	闲	
		霞				yim⁴	嫌		
	ha⁶	∣暇				yin⁴	弦		
	haap⁶	匣					涎		
		∣俠	侠	粵白讀			舷		
		∣峽	峡	粵白讀			絃	弦	
		狎					賢	贤	
		狹	狭		xiǎn	him²	險	险	
	hap⁶	∣俠	侠	粵文讀		hin²	蜆	蚬	
		∣峽	峡	粵文讀			顯	显	
	hat⁶	轄	辖			sin²	冼		
		∣黠					蘚	藓	
	kit³	∣黠					∣鮮	鲜	鮮有
xià	ha⁵	∣下		量詞	xiàn	haam⁶	∣陷		粵白讀
	ha⁶	∣下		下午			餡	馅	
		∣廈	厦	廈門		haan⁶	限		
		夏				ham⁶	∣陷		粵文讀
	haak³	∣嚇	吓	嚇阻		hin³	獻	献	
	la³	罅					憲	宪	
xiān	chim¹	纖	纤			sin³	腺		
	chim³	暹					線	线	同綫
	hin¹	掀				sin⁶	羨	羡	
	sin¹	仙				yin⁶	峴	岘	

		現	現
		覓	觅
		見	見	同現
yuen⁶	縣	县
xiāng	heung¹	香
		鄉	乡
	seung¹	廂	厢
		相		互相
		湘
		箱
		襄
		鑲	镶
xiáng	cheung⁴	祥
		詳	详
		翔
	hong⁴	降		投降
xiǎng	heung²	享
		餉	饷
		響	响
	seung²	想
xiàng	heung³	向
		嚮	向
	hong⁶	巷
		項	项
	jeung⁶	像
		橡
		象
	seung³	相		相貌
xiāo	hiu¹	囂	嚣
		梟	枭
	seuk³	削		削皮

siu¹	宵
	消
	瀟	潇
	硝
	簫	箫
	逍
	蕭	萧
	銷	销
	霄
xiáo	ngaau⁴	淆
xiǎo	hiu²	曉	晓
	siu²	小
xiào	chiu³	肖
	haau¹	哮
	haau³	孝
	haau⁶	效
		校		學校
	siu³	嘯	啸
		笑
xiē	hit³	歇
		蠍	蝎
	kit³	蠍	蝎
	se¹	些
	sit³	楔
xié	che⁴	斜
		邪		邪惡
	gaai¹	偕
	haai⁴	諧	谐
		鞋
	hip³	協	协
		挾	挟	要挾

拼音	粵音	字	簡體	備註
		脅	脅	
xiě	hip⁶	協	协	
		挾	挟	要挾
	kwai⁴	攜	携	
xiě	huet³	血		普白讀
	se²	寫	写	
xiè	haai⁵	蟹		
	haai⁶	械		
		懈		
		解		姓氏
		邂		
	je⁶	榭		
		謝	谢	
	se³	卸		
		瀉	泻	
	sit³	契		古人名
		屑		
		泄		同淺
		洩	泄	同泄
		燮		
		褻	亵	
xīn	hing¹	馨		
	sam¹	心		
		芯		燈芯
	san¹	新		
		辛		
		薪		
		鋅	锌	
	yam¹	鑫		
	yan¹	欣		
xìn	sam¹	芯		芯子

拼音	粵音	字	簡體	備註
	sun³	信		
	yan⁶	釁	衅	
xīng	hing¹	興	兴	興旺
	seng¹	腥		粵白讀
	sing¹	猩		
		惺		
		星		
		腥		粵文讀
xíng	haang⁴	行		粵白讀（步行）
	hang⁴	行		粵文讀（步行）
	hang⁶	行		品行
	ying⁴	刑		
		型		
		形		
		邢		
xǐng	seng²	醒		粵白讀
	sing²	省		反省
		醒		粵文讀
xìng	hang⁶	倖	幸	
		幸		
		杏		
		悻		
	hing³	興	兴	高興
	sing³	姓		
		性		
xiōng	hing¹	兄		
	hung¹	兇	凶	
		凶		
		匈		
		洶	汹	

		胸		
xióng	hung⁴	熊		
		雄		
xiū	sau¹	修		
		羞		
	yau¹	休		
xiǔ	nau²	朽		
	suk¹	|宿	夜	
	yau²	朽		
xiù	chau³	嗅		
		|臭	同嗅	
	jau⁶	袖		
	sau³	|宿	星宿	
		秀		
		繡	绣	
		銹	锈	同鏽
		鏽	锈	同銹
xū	hui¹	墟	圩	
		吁		
		噓	嘘	
		虛	虚	
	so¹	鬚	须	
	sui¹	胥		
		須	须	
		需		
	sut¹	戍		
xú	chui⁴	徐		
xǔ	hui²	栩		
		許	许	
xù	chuk¹	|畜	畜牧	
		蓄		

	hui²	煦		
jui⁶		序		
		敍	叙	同敘
juk⁶		續	续	
sai³		婿		
sui⁵		絮		
		緒	绪	
sut¹		恤		
yue³		酗		
yuk¹		旭		
xuān	hin¹	軒	轩	
	huen¹	喧		
		萱		
	suen¹	宣		
xuán	suen⁴	|旋	旋轉	
		漩		
	yuen⁴	懸	悬	
		玄		
xuǎn	sin²	癣	癣	
	suen²	選	选	
xuàn	huen¹	|渲		
	huen³	絢	绚	
	suen³	|渲		
	suen⁴	|旋	旋風	
	yuen⁴	|炫		
	yuen⁶	|炫		
		眩		
xuē	heuh¹	靴		
	seuk³	|削	剝削	
	sit³	薛		
xué	cheuk³	|嚓	嚓頭	

拼音	粵音			
	hok⁶	學	学	
	keuk⁶	｜嚟		嚟頭
	yuet⁶	穴		
xuě	suet³	雪		
xuè	huet³	｜血		普文讀
	yeuk⁶	謔	谑	
xūn	fan¹	勛	勋	同勳
		勳	勋	同勛
		熏		
		燻	熏	
		薰		
		醺		
xún	cham⁴	尋	寻	
		鱘	鲟	
	chun⁴	巡		同巡
		循		
		旬		
		巡		同巡
	sun¹	峋		
		荀		
		詢	询	
xùn	fan³	訓	训	
	sun¹	徇		
		殉		
	sun³	汛		
		訊	讯	
		迅		
		遜	逊	
	sun⁴	馴	驯	

y

| yā | a¹ | 丫 | | |

		｜呀		象聲詞
		鴉	鸦	
	aap³	｜押		
		鴨	鸭	
	aat³	壓	压	
		｜押		
yá	nga⁴	牙		
		芽		
		衙		
		蚜		
	ngaai⁴	崖		
		涯		
yǎ	a²	啞	哑	
	nga⁵	雅		
yà	a³	亞	亚	
	jaat³	｜軋	轧	軋棉花
	nga⁶	訝	讶	
ya	a³	｜呀		表肯定
	a⁴	｜呀		表反問
yān	yan¹	｜湮		
	yim¹	淹		
		｜腌		
		｜閹	阉	
		｜醃	腌	
	yin¹	｜咽		咽喉
		嫣		
		｜湮		
		｜焉		焉能
		煙	烟	
		｜燕		燕國
		｜殷		殷紅

國音	粵音	字	簡	備註
		胭		
		菸	烟	同煙（菸草）
	yin⁴	焉		心不在焉
	yip³	腌		
		醃	腌	
yán	ngaam⁴	岩		同巖
		巖	岩	
	ngaan⁴	顏	颜	
	sim⁴	檐		同簷
		簷	檐	同檐
	yim⁴	嚴	严	
		檐		同簷
		炎		
		簷	檐	同檐
		閻	阎	
		鹽	盐	
	yin⁴	妍		
		延		
		研		
		筵		
		蜒		
		言		
		沿		
	yuen⁴	沿		
yǎn	hin²	衍		
	ngaan⁵	眼		
	yim¹	奄		
	yim²	掩		
	yim⁵	儼	俨	
	yin²	偃		
		演		
		黰	緵	
	yin⁵	演		
		衍		
yàn	aan³	晏		
	ngaan⁶	雁		
		贗	赝	
	yim³	厭	厌	
	yim⁶	焰		
		燄	焰	
		豔	艳	同艷
		艷	艳	同豔
		驗	验	
	yin²	堰		
	yin³	宴		
		咽		狼吞虎咽
		嚥	咽	
		燕		燕子
		讌	讌	同宴
	yin⁶	彥	彦	
		唁		
		硯	砚	
		諺	谚	
yāng	yeung¹	央		
		決		
		殃		
		秧		
		鞅		
		鴦	鸯	
yáng	yeung⁴	佯		
		楊	杨	
		洋		
		揚	扬	

		瘍	疡	
		羊		
		陽	阳	
yǎng	yeung⁵	仰		
		氧		
		癢	痒	
		養	养	
yàng	yeung⁴	烊		
	yeung⁶	樣	样	
		恙		
		漾		
yāo	yiu¹	夭		桃之夭夭
		妖		
		吆		
		要		要求
		腰		
		邀		
	yiu²	夭		夭折
yáo	ngaau⁴	爻		
		肴		
		餚	肴	
	yiu⁴	堯	尧	
		姚		
		窯	窑	同窰
		搖		
		瑤		
		謠	谣	
		遙		
yǎo	miu⁵	杳		
		窈		
	ngaau⁵	咬		

	yiu²	窈		
	yiu⁵	舀		
yào	ngaau⁶	樂	乐	敬業樂群
	yeuk⁶	藥	药	
		鑰	钥	
	yiu³	要		重要
	yiu⁶	耀		
yē	ye⁴	椰		
		耶		耶穌
	yik⁶	掖		
	yit³	噎		
yé	ye⁴	爺	爷	
		揶		
		耶		助詞
	ye⁴	邪		莫邪
yě	ya⁵	也		
	ye⁵	冶		
		野		
yè	yai⁶	曳		
	ye⁶	夜		
	yik⁶	液		
		腋		
	yip³	靨	靥	
	yip⁶	業	业	
		葉	叶	
		頁	页	
	yit³	咽		嗚咽
		謁	谒	
yī	yap¹	揖		
	yat¹	一		
		壹		同一

yi¹		伊	
		依	
		咿	
		漪	
		|衣	衣服
		醫	医
yí	wai⁴	遺	遺
	yi²	咦	
	yi⁴	儀	仪
		宜	
		夷	
		姨	
		彝	
		怡	
		疑	
		移	
		痍	
		|蛇	委蛇
		胰	
		貽	贻
		飴	饴
		頤	颐
yǐ	ngai⁵	蟻	蚁
	yi²	倚	
		椅	
	yi⁴	迤	
	yi⁵	以	
		已	
		矣	
	yuet³	|乙	
	yuet⁶	|乙	

yì	ai³	縊	缢
		翳	
	ngaai⁶	刈	
	ngai⁶	囈	呓
		毅	
		藝	艺
		詣	诣
		羿	
	ngat⁶	屹	
	yap¹	熠	
		邑	
	yat⁶	佚	
		溢	
		逸	
		軼	轶
	yi³	意	
		懿	
		|衣	衣錦還鄉
	yi⁴	|誼	谊
	yi⁵	議	议
	yi⁶	|易	容易
		異	异
		義	义
		|誼	谊
		肄	
	yik¹	億	亿
		憶	忆
		抑	
		益	
		臆	
	yik⁶	亦	

		弋		
		奕		
		弈		
		役		
		|易		交易
		疫		
		蜴		
		繹	绎	
		譯	译	
		翌		
		翼		
		驛	驿	
	yui⁶	裔		
yīn	yam¹	|蔭	荫	同陰
		陰	阴	
		音		
	yan¹	因		
		姻		
		|殷		殷勤
		茵		
yín	ngan⁴	垠		
		銀	银	
		齦	龈	
	yam⁴	吟		
		淫		
	yan⁴	寅		
yǐn	wan⁵	尹		
	yam²	飲	饮	
	yan²	隱	隐	
	yan⁵	引		
		癮	瘾	

		蚓		
yìn	yam³	|蔭	荫	蔭庇
	yan³	印		
yīng	aang¹	罌	罂	
	ang¹	鶯	莺	
	ying¹	嬰	婴	
		櫻	樱	
		|應	应	應該
		瑛		
		膺		
		英		
		纓	缨	
		鷹	鹰	
		鸚	鹦	
yíng	yeng⁴	|贏	赢	粵白讀
		瀛		
		熒	荧	
		營	营	
		瑩	莹	
		盈		
		螢	萤	
		蠅	蝇	
		縈	萦	
		|贏	赢	粵文讀
		迎		
yǐng	wing⁶	穎	颖	
	ying²	影		
yìng	ngaang⁶	硬		
		映		
	ying³	|應	应	反應
yō	yoh¹	|喲	哟	表驚異

yo	yoh¹	唷	哟	助詞
yōng	yung¹	雍		
	yung²	擁	拥	
		臃		
	yung⁴	傭	佣	傭工
		庸		
yǒng	wing⁵	永		
	wing⁶	泳		
		詠	咏	
	yung²	俑		
		恿		
		湧	涌	
		蛹		
		踴	踊	
	yung⁵	勇		
yòng	yung²	佣		同傭（佣金）
		傭	佣	傭金
	yung⁶	用		
yōu	yau¹	優	优	
		憂	忧	
		幽		
	yau⁴	攸		
		悠		
yóu	yau⁴	尤		
		柚		柚木
		猶	犹	
		猷		
		油		
		游		
		由		
		鈾	铀	

		遊	游	
		郵	邮	
		魷	鱿	
yǒu	yau²	黝		
	yau⁵	友		
		有		
		莠		
		酉		
yòu	yau³	幼		
	yau⁵	誘	诱	
	yau⁶	佑		
		又		
		右		
		柚		柚子
		祐		
		釉		
yū	yue¹	淤		
		瘀		
		迂		
	yue²	瘀		
yú	yue¹	于		
		於	于	
	yue⁴	余		
		俞		
		娛	娱	
		榆		
		渝		
		漁	渔	
		愉		
		愚		
		禺		

拼音	粵音	繁	簡	備註
		臾		
		與	与	同歟
		瑜		
		揄		
		盂		
		隅		
		虞	虞	
		竽		
		輿	舆	
		逾		
		諛	谀	
		餘	余	
		魚	鱼	
	yue⁶	愉		
yǔ	jui⁶	嶼	屿	島嶼
	yue²	傴	伛	
	yue⁴	嶼	屿	大嶼山
	yue⁵	予		
		庚		
		宇		
		圄		
		禹		
		與	与	與其
		羽		
		語	语	語言
		雨		
yù	wat¹	熨		熨貼
		鬱	郁	
	wat⁶	鷸	鹬	
	wik⁶	域		
	woo⁶	芋		
	yue²	嫗	妪	
	yue³	飫	饫	
	yue⁶	御		
		寓		
		喻		
		峪		
		愈		
		癒	愈	同瘉
		禦	御	与 參與
		與	吁	
		籲		
		豫		
		裕		
		遇		
		語	语	動詞
		諭	谕	
		譽	誉	
		馭	驭	
		預	预	
	yuk¹	煜		
		郁		
		毓		
	yuk⁶	峪		
		浴		
		欲		
		獄	狱	
		慾		
		玉		
		育		
yuān	yuen¹	冤		
		淵	渊	

		鳶	鸢			月	
		鴛	鸳			粵	
yuán	woon⁴	垣				越	
		|援				閱	阅
	yuen⁴	元				|説	说	同悦
		原		yūn	wan⁴	|暈	暈	頭暈
		員	员	yún	wan⁴	云	
		園	园			勻	
		圓	圆			耘	
		源				|筼		竹子
		猿				芸	
		|援				紜	纭
		袁				雲	云
		緣	缘	yǔn	wan⁵	允	
		轅	辕			殞	殒
yuǎn	yuen⁵	遠	远			隕	陨
yuàn	woon⁴	媛		yùn	tong³	|熨		熨斗
	yuen²	苑			wan²	蘊	
		院				|醖	酝
	yuen³	怨			wan⁴	|暈	暈	暈船
	yuen⁶	愿			wan⁵	|醖	酝
		願	愿			|韻	韵
yuē	yeuk³	約	约		wan⁶	|暈	暈	月暈
	yeuk⁶	|曰				|熨		熨斗
	yuet⁶	|曰				運	运
yuè	ngok⁶	岳				|韻	韵
		嶽	岳		yan⁶	孕	
		|樂	乐	樂器			

Z

zā	jaap³	匝		
	jaat³	|紮	扎	包紮
zá	jaap³	砸		

yeuk³	|躍	跃
yeuk⁶	|躍	跃
yuet⁶	悦	

	jaap⁶	雜	杂		zào	cho³	噪		
zāi	joi¹	哉					燥		
		栽					｜造		造詣
		災	灾				躁		
zǎi	jai²	｜仔		同崽		jo³	灶		
	joi²	宰				jo⁶	皂		
		｜載	载	一年半載			｜造		創造
	joi³	｜載	载	記載	zé	ja³	｜咋		咋舌
zài	joi³	再				jaak³	責	责	
		｜載	载	載重		jaak⁶	澤	泽	
	joi⁶	在					｜擇	择	選擇
zān	jaam¹	簪				jak¹	則	则	
zán	ja¹	咱			zè	jak¹	仄		
	jaam⁶	暫	暂				｜側	侧	同仄
zàn	jaan³	贊	赞		zéi	chaak⁶	賊	贼	
		讚	赞				｜鰂	鲗	同賊（烏鰂）
zāng	jong¹	臟	赃						
		髒	脏			jak¹	｜鰂	鲗	鰂魚
zàng	jong³	葬			zěn	jam²	怎		
	jong⁶	｜奘		唐玄奘	zēng	jang¹	增		
		｜藏		寶藏			憎		
		臟	脏				｜曾		姓氏
zāo	jo¹	糟				jang⁶	贈	赠	
		遭			zhā	ja¹	｜吒		哪吒
záo	jok⁶	鑿	凿				喳		
zǎo	cho³	｜澡					楂		
	jo²	早					｜查		姓氏
		棗	枣				渣		
		｜澡				ja³	｜咋		咋呼
		蚤				jaat³	｜扎		扎針
		藻					｜紮	扎	駐紮
					zhá	ja³	｜炸		炸魚

	jaap⁶	閘	闸				斬	斩	
		鍘	铡			jaan²	盞	盏	
	jaat³	札				jin²	展		
		扎		挣扎			輾	辗	
		軋	轧	軋鋼	zhàn	jaam³	湛		
zhǎ	jaam²	眨					蘸		
	jaap³	眨				jaam⁶	站		
zhà	chaak¹	吒		同咤（叱吒）		jaan⁶	棧	栈	
	chaak³	柵		柵欄			綻	绽	
	ja³	乍				jim³	佔	占	
		榨				jin³	戰	战	
		炸		炸彈			顫	颤	顫慄
		蚱			zhāng	jeung¹	張	张	
		詐	诈				彰		
zhāi	jaai¹	齋	斋				樟		
	jaak⁶	摘					漳		
zhái	jaak⁶	宅					章		
		擇	择	擇菜			璋		
		翟		姓氏			蟑		
zhǎi	jaak³	窄			zhǎng	jeung²	掌		
zhài	jaai³	債	债				長	长	長大
	jaai⁶	寨				jeung³	漲	涨	漲潮
zhān	jim¹	占			zhàng	jeung³	仗		打仗
		沾					帳	帐	
		瞻					漲	涨	高漲
		粘		附著			瘴		
		詹					脹	胀	
		霑	沾				賬	账	
	jin¹	氈	毡				障		
	nim⁴	粘		粘貼			丈		
zhǎn	jaam²	嶄	崭			jeung⁶	仗		依仗

		杖		
zhāo	chiu¹	昭		
		釗	钊	
	jeuk⁶	｜着		同招（一着棋）
	jiu¹	招		
		｜朝		朝氣
zháo	jeuk⁶	｜着		着火
zhǎo	jaau²	｜爪		爪牙
		找		
	jiu²	沼		
zhào	jaau³	罩		
	jiu³	照		
		詔	诏	
	jiu⁶	召		
		趙	赵	
	siu⁶	兆		
		肇		
zhē	je¹	遮		
zhé	chit³	轍	辙	
	jaak⁶	謫	谪	
	jat⁶	｜蟄	蛰	
	jik⁶	｜蟄	蛰	
	jip³	摺	折	
		輒	辄	
	jit³	哲		
		折		
		蜇		
zhě	je²	者		
	jip³	褶		
zhè	je³	蔗		
		｜這	这	這裡

		鷓	鹧	
	jit³	浙		
zhe	jeuk⁶	｜着		同著（助詞）
		｜著	着	同着（助詞）
zhèi	je³	｜這	这	這些
zhēn	jam¹	斟		
		砧		
		箴		
		針	针	
	jan¹	真		
		珍		
	jing¹	偵	侦	
		禎	祯	
		貞	贞	
	jing³	幀	帧	
	jun¹	榛		
		臻		
	yan¹	甄		
zhěn	chan²	疹		
		診	诊	
	jam²	｜枕		名詞
	jam³	｜枕		動詞
zhèn	jam⁶	朕		
	jan³	圳		
		振		
		賑	赈	
		鎮	镇	
		震		
	jan⁶	陣	阵	
zhēng	jaang¹	｜崢	峥	粵白讀

國音	粵音	字	簡	註
	jang¹	爭	争	粵白讀
		睜	睁	粵白讀
		箏	筝	粵白讀
		錚	铮	粵白讀
		崢	峥	粵文讀
		爭	争	粵文讀
		猙	狰	
		睜	睁	粵文讀
		掙	挣	掙扎
		箏	筝	粵文讀
		錚	铮	粵文讀
	jing¹	征		
		徵	征	
		正		正月
		怔		
		癥	症	
		蒸		
zhěng	ching²	拯		
	jing²	整		
zhèng	jaang³	諍	诤	
	jaang⁶	掙	挣	掙錢
	jeng³	正		粵口語
	jeng⁶	鄭	郑	
	jing³	正		正確
		政		
		症		
		證	证	
		証	证	同證
zhī	jap¹	汁		
	jek³	隻	只	
	ji¹	之		
		吱		
		枝		
		支		
		知		通知
		蜘		
		芝		
		肢		
		脂		
	ji³	知		知識
	jik¹	織	织	
zhí	jap¹	執	执	
	jat⁶	侄		
		姪	侄	
	jek³	蹠		
	jik¹	職	职	
	jik⁶	值		
		植		
		殖		
		直		
zhǐ	ji²	只		
		咫		
		址		
		指		
		旨		
		止		
		祉		
		祇		同只
		芷		
		紙	纸	
		趾		
zhì	chi³	幟	帜	

chi⁵	峙		
dit⁶	秩		
jaak⁶	擲	掷	
jai³	制		
	製	制	
jai⁶	滯	滞	
jat¹	|質	质	物質
jat⁶	桎		
	窒		
	蛭		
jek³	炙		
ji³	智		
	志		
	摯	挚	
	痣		
	至		
	致		
	緻	致	
	置		
	|質	质	人質
	誌	志	
ji⁶	治		
	痔		
	稚		
	雉		
zhōng chung¹	|衷		
jung¹	|中		中心
	忠		
	盅		
	|衷		
	終	终	

		鍾	钟	
		鐘	钟	
zhǒng	chung²	冢		
		塚	冢	
	jung²	|種	种	種子
		腫	肿	
		踵		
zhòng	chung⁵	|重		重量
	jung³	|中		中毒
		眾	众	
		|種	种	種植
	jung⁶	仲		
		|重		重視
zhōu	jau¹	周		
		啁		
		州		
		洲		
		舟		
		謅	诌	
		週	周	
	juk¹	粥		
zhóu	juk⁶	妯		
		|軸	轴	軸心
zhǒu	jaau²	|帚		粤白讀
		|肘		粤白讀
	jau²	|帚		粤文讀
		|肘		粤文讀
zhòu	jaau⁶	|驟	骤	粤白讀
	jau³	咒		
		畫	昼	
		皺	皱	

綯　绹
jau⁶　胄
　　　宙
　　　紂　纣
　　　|驟　骤　粤文讀
juk⁶　|軸　轴　壓軸
zhū　jue¹　侏
　　　　　朱
　　　　　株
　　　　　珠
　　　　　蛛
　　　　　豬　猪
　　　　　茱
　　　　　誅　诛
　　　　　諸　诸
　　　　　銖　铢
zhú　juk¹　燭　烛
　　　　　竹
　　　　　竺
　　　juk⁶　逐
zhǔ　chue²　褚
　　　jue²　主
　　　　　渚
　　　　　煮
　　　juk¹　囑　嘱
　　　　　矚　瞩
zhù　chue⁵　佇
　　　　　柱
　　　　　苧　苎
　　　　　貯　贮
　　　joh⁶　助

jue³　注
　　　蛀
　　　|著　著作
　　　註　注
　　　鑄　铸
　　　駐　驻
jue⁶　住
　　　箸
juk¹　祝
　　　築　筑
zhuā　jaau²　抓
zhuǎ　jaau²　|爪　雞爪子
zhuài　yai⁶　拽
zhuān　juen¹　專　专
　　　　　　磚　砖
zhuǎn　juen²　|轉　转　轉變
zhuàn　jaan³　|撰
　　　　jaan⁶　|撰
　　　　　　賺　赚
　　　　juen³　|轉　转　轉盤
　　　　juen⁶　|傳　传　傳記
　　　　suen⁶　篆
zhuāng　jong¹　妝　妆
　　　　　　椿　桩
　　　　　　裝　装
　　　　　　莊　庄
zhuǎng　jong¹　|奘　粗壯
zhuàng　chong⁴　幢
　　　　jong³　壯　壮
　　　　　　|戇　戆　戇直
　　　　jong⁶　|僮　僮族

		狀	状	
		撞		
zhuī	jui¹	椎		
		錐	锥	
		追		
zhuì	chuen²	｜惴		
	jui³	｜惴		
		｜綴	缀	點綴
	jui⁶	墜	坠	
		贅	赘	
zhūn	jun¹	諄	谆	
zhǔn	jun²	准		
		準	准	
zhuō	cheuk³	｜桌		
	jeuk³	｜桌		
	juet³	拙		
	juk¹	｜捉		
	juk³	｜捉		
zhuó	cheuk³	卓		
		｜灼		
	deuk³	啄		
		｜琢		雕琢
	jeuk³	｜灼		
		｜着		同著（穿着）
		｜著	着	同著（穿着）
		酌		
	jeuk⁶	｜着		同著（着手）
		｜著	着	同著（著手）
	jok⁶	濯		

		擢		
	juet³	茁		
	juk⁶	濁	浊	
		鐲	镯	
zī	ji¹	咨		
		姿		
		孜		
		孳		
		淄		
		滋		
		茲	兹	
		輜	辎	
		諮	咨	
		資	资	
zǐ	ji²	｜仔		仔細
		子		
		姊		
		滓		
		梓		
		籽		
		紫		
zì	chi³	｜恣		
	ji³	｜恣		
	ji⁶	字		
		自		
	jik¹	漬	渍	
zōng	jung¹	宗		
		棕		
		｜綜	综	
		蹤	踪	
		鬃		

<table>
<tr><td></td><td>jung³</td><td>|綜</td><td>综</td><td></td></tr>
<tr><td>zǒng</td><td>jung²</td><td>總</td><td>总</td><td></td></tr>
<tr><td>zòng</td><td>jung¹</td><td>|縱</td><td>纵</td><td>縱橫</td></tr>
<tr><td></td><td>jung³</td><td>粽</td><td></td><td>同糭</td></tr>
<tr><td></td><td></td><td>糭</td><td>粽</td><td>同粽</td></tr>
<tr><td></td><td></td><td>|縱</td><td>纵</td><td>放縱</td></tr>
<tr><td>zōu</td><td>jau¹</td><td>鄒</td><td>邹</td><td></td></tr>
<tr><td>zǒu</td><td>jau²</td><td>走</td><td></td><td></td></tr>
<tr><td>zòu</td><td>chau³</td><td>|揍</td><td></td><td></td></tr>
<tr><td></td><td>jau³</td><td>奏</td><td></td><td></td></tr>
<tr><td></td><td></td><td>|揍</td><td></td><td></td></tr>
<tr><td>zū</td><td>jo¹</td><td>租</td><td></td><td></td></tr>
<tr><td>zú</td><td>juk¹</td><td>足</td><td></td><td></td></tr>
<tr><td></td><td>juk⁶</td><td>族</td><td></td><td></td></tr>
<tr><td></td><td>jut¹</td><td>卒</td><td></td><td></td></tr>
<tr><td>zǔ</td><td>jo²</td><td>祖</td><td></td><td></td></tr>
<tr><td></td><td></td><td>組</td><td>组</td><td></td></tr>
<tr><td></td><td>joh²</td><td>阻</td><td></td><td></td></tr>
<tr><td></td><td>joh³</td><td>詛</td><td>诅</td><td></td></tr>
<tr><td>zuān</td><td>juen¹</td><td>|鑽</td><td>钻</td><td>鑽研</td></tr>
<tr><td>zuǎn</td><td>juen²</td><td>纂</td><td></td><td></td></tr>
<tr><td>zuàn</td><td>juen³</td><td>|鑽</td><td>钻</td><td>鑽石</td></tr>
</table>

<table>
<tr><td>zuǐ</td><td>jui²</td><td>|咀</td><td>專名用</td></tr>
<tr><td></td><td></td><td>嘴</td><td></td></tr>
<tr><td>zuì</td><td>jui³</td><td>最</td><td></td></tr>
<tr><td></td><td></td><td>醉</td><td></td></tr>
<tr><td></td><td>jui⁶</td><td>罪</td><td></td></tr>
<tr><td>zūn</td><td>juen¹</td><td>尊</td><td></td></tr>
<tr><td></td><td>jun¹</td><td>樽</td><td></td></tr>
<tr><td></td><td></td><td>遵</td><td></td></tr>
<tr><td>zuō</td><td>jok³</td><td>|作</td><td>作坊</td></tr>
<tr><td>zuó</td><td>deuk³</td><td>|琢</td><td>琢磨（思索）</td></tr>
<tr><td></td><td>jok⁶</td><td>昨</td><td></td></tr>
<tr><td>zuǒ</td><td>chuet³</td><td>|撮</td><td>量詞</td></tr>
<tr><td></td><td>joh²</td><td>|佐</td><td>專名用</td></tr>
<tr><td></td><td></td><td>左</td><td></td></tr>
<tr><td></td><td>joh³</td><td>|佐</td><td>佐料</td></tr>
<tr><td>zuò</td><td>choh⁵</td><td>|坐</td><td>粵白讀</td></tr>
<tr><td></td><td>jo⁶</td><td>做</td><td></td></tr>
<tr><td></td><td></td><td>祚</td><td></td></tr>
<tr><td></td><td>joh⁶</td><td>|坐</td><td>粵文讀</td></tr>
<tr><td></td><td></td><td>座</td><td></td></tr>
<tr><td></td><td>jok³</td><td>|作</td><td>工作</td></tr>
</table>

第三部分

**粵語拼音
檢字表**

粵語拼音檢字表

a				
a¹	ā	|啊		表讚歎
	yā	Y(丫)		
		|呀		象聲詞
		鴉	鸦	
a²	á	|啊		表疑問
	ǎ	|啊		表疑惑
	yǎ	啞	哑	
a³	ā	|阿		阿姨
	à	|啊		表醒悟
	a	|啊		助詞
	yà	亞	亚	
	ya	|呀		表肯定
a⁴	ya	|呀		表反問
aai¹	āi	|哎		
		|唉		唉聲嘆氣
		|噯	嗳	同哎
		|埃		
		|挨		挨近
	ài	|噯	嗳	表悔恨
aai³	ài	隘		
aai⁶	ài	|唉		嘆詞
aak¹	è	|厄		粵白讀
		|扼		粵白讀
		軶	轭	
	wò	|握		粵白讀
aan³	yàn	晏		
aang¹	yīng	罌	罂	

aap³	yā	|押		
		鴨	鸭	
aat³	è	遏		
	yā	壓	压	
		|押		
aau²	ǎo	|拗		拗斷
aau³	āo	|凹		
	ào	坳		
		|拗		拗口
	niù	|拗		執拗
ai¹	āi	|哎		
ai²	ǎi	矮		
ai³	yì	縊	缢	
		翳		
ak¹	è	|厄		粵文讀
		呃		
		|扼		粵文讀
	wō	喔		
	wò	幄		
		|握		粵文讀
		渥		
am¹	ān	庵		
		諳	谙	
		鵪	鹌	
	kān	|龕	龛	
am²	àn	黯		
am³	àn	暗		
ang¹	yīng	鶯	莺	

au¹	ōu	區	区	姓氏
		歐	欧	
		謳	讴	
		鷗	鸥	
au²	ōu	毆	殴	
	ǒu	嘔	呕	

b

ba¹	bā	叭		
		吧		酒吧
		巴		
		疤		
		笆		
		羓		
		芭		
	bà	爸		
	pā	葩		
ba²	bǎ	把		把握
		靶		
	bà	把		刀把
ba³	bà	壩	坝	
		霸		
ba⁶	bà	罷	罢	罷手
	ba	吧		助詞
		罷	罢	同吧
baai¹	bāi	掰		同擘
baai²	bǎi	擺	摆	
baai³	bài	拜		
	pài	湃		
baai⁶	bài	敗	败	
	bèi	憊	惫	
baak³	bǎi	伯		大伯子

		柏		柏樹
		佰		
		百		
	bó	伯		伯父
		舶		
baak⁶	bái	白		
	bó	帛		
	bo	蔔	卜	
	fú	匐		
baan¹	bān	斑		
		班		
		頒	颁	
baan²	bān	扳		
	bǎn	板		
		版		
		舨		
		闆	板	
		阪		
baan³	bàn	扮		打扮
baan⁶	bàn	扮		扮演
		瓣		
		辦		
baat³	bā	八		
		捌		同八
baau¹	bāo	包		
		孢		
		胞		
		苞		
	bào	鮑	鲍	
baau²	bǎo	飽	饱	
baau³	bào	爆		

baau⁶	bāo	鮑	鮑
	bào	鮑	鮑
bai¹	bǒ	跛	
bai³	bì	蔽	
		閉	闭
bai⁶	bì	幣	币
		弊	
		敝	
		斃	毙
		陛	
bak¹	běi	北	
bam¹	bèng	泵	
	pāng	乓	
ban¹	bēn	奔	奔走
	bèn	奔	奔頭
	bīn	斌	
		彬	
		濱	滨
		繽	缤
		賓	宾
	bīng	檳	槟
ban²	bǐng	稟	禀
	pǐn	品	
ban³	bīn	儐	傧
	bìn	殯	殡
		鬢	鬓
	pín	嬪	嫔
ban⁶	bèn	笨	
bang¹	bēng	崩	
		繃	绷
	bèng	蹦	

bang²	béng	甭	
bat¹	bǐ	筆	笔
	bì	畢	毕
	bù	不	
bat⁶	bá	拔	
		跋	
	bì	弼	
	bó	鈸	钹
be¹	pí	啤	
bei¹	bēi	卑	
		悲	
		碑	
	bì	裨	
bei²	bǐ	俾	
		彼	
		比	比例
	bì	髀	
	pì	媲	
bei³	bǐ	匕	
	bì	庇	
		痺	
		祕	同秘（祕魯）
		秘	同祕（秘魯）
		臂	
	fèi	費	费 姓氏
	mì	泌	
		祕	同秘（祕密）
		秘	同祕（秘密）
bei⁶	bèi	備	备

粵拼	拼音	字	備註
		懡	愈
		被	被動
	bí	鼻	
	bǐ	比	比鄰
		匕	
	bì	篦	
		避	
bek³	bì	壁	粵白讀
beng²	bǐng	餅 饼	
beng³	bǐng	柄	粵白讀
beng⁶	bìng	病	粵白讀
bik¹	bī	逼	
	bì	壁	粵文讀
		愎	
		璧	
		碧	
		辟	復辟
	pǎi	迫	迫擊砲
	pò	迫	迫害
bin¹	biān	蝙	
		邊 边	
		鞭	
	biàn	辮 辫	
bin²	biǎn	匾	
		扁	扁平
		貶 贬	
bin³	biàn	變 变	
bin⁶	biàn	辨	
		便	方便
		卞	
		汴	
		辯 辩	
bing¹	bīng	兵	
		冰	
	pīng	乒	
bing²	bǐng	屏	屏絕
		丙	
		炳	
		秉	
	bìng	摒	
bing³	bèng	迸	
	bǐng	柄	粵文讀
	bìng	併 并	
		并	
		摒	
bing⁶	bìng	並 并	
		併 并	
		并	
		病	粵文讀
bit¹	bì	必	
bit³	biē	鱉 鳖	
		憋	
	biè	別	同彆（別扭）
		彆 别	
bit⁶	bié	蹩	
		別	分別
	biě	癟 瘪	
biu¹	biāo	標 标	
		膘	
		彪	
		鏢 镖	
		鑣 镳	

	biǎo	錶 表
biu²	biǎo	裱
		婊
		表
bo¹	bāo	煲
		襃
bo²	bǎo	保
		堡
		寶 宝
		葆
		褓
		鴇 鸨
	bǔ	補 补
bo³	bào	報 报
	bù	佈
		｜埔 大埔
		布
		怖
	pǔ	｜埔 黃埔
bo⁶	bào	｜暴 暴力
	bǔ	哺
		捕
	bù	垺
		｜埠 埠頭
		步
		簿
		部
	pù	｜曝
boh¹	bō	波
		玻
		菠

	pō	坡
boh²	bǒ	｜跛
boh³	bō	播
	bǒ	簸
	pó	｜鄱
bok³	bó	博
		搏
		膊
		駁 驳
	fù	縛 缚
bok⁶	báo	｜薄 厚薄
		雹
	bó	礴 礡
		｜薄 輕薄
		｜魄 落魄
		｜泊 漂泊
		箔
		｜舶
		鉑 铂
	bò	｜薄 薄荷
	pō	｜泊 湖泊
bong¹	bāng	幫 帮
		梆
		邦
bong²	bǎng	榜
		綁 绑
		｜膀 肩膀
bong³	bàng	｜謗 谤
bong⁶	bàng	｜傍 依傍
		｜磅 重量單位
		鎊 镑

booi¹	bēi	杯		
		盃	杯	
booi³	bēi	背		背書包
	bèi	狽	狈	
		背		背叛
		貝	贝	
		輩	辈	
		鋇	钡	
booi⁶	bèi	悖		
		焙		
		背		背誦
boon¹	bān	搬		
		般		
boon²	běn	本		
		苯		
boon³	bàn	半		
boon⁶	bàn	伴		粵文讀
		拌		
		絆	绊	
	pàn	叛		
		畔		
	pàng	胖		胖子
boot³	bō	缽	钵	
boot⁶	bí	荸		
	bō	撥	拨	
	bó	勃		
		渤		
		脖		
buk¹	bǔ	卜		
buk⁶	bào	暴		同曝
	pú	僕	仆	
	pù	曝		
		瀑		

c

cha¹	chā	叉		叉腰
		差		差錯
	chá	叉		叉住
	chǎ	叉		叉着腿
	chà	叉		劈叉
	chà	差		差不多
cha³	chà	岔		
		詫	诧	
cha⁴	chá	搽		
		查		檢查
		茶		
chaai¹	cāi	猜		
	chāi	差		差事
		釵	钗	
chaai²	cǎi	踩		
chaai⁴	chái	儕	侪	
		柴		
		豺		
chaak¹	cè	惻	恻	粵白讀
		測	测	粵白讀
	zhà	咤		同咤（叱咤）
chaak³	cè	冊		
		策		
	chāi	拆		
	zhà	柵		柵欄
chaak⁶	zéi	賊	贼	
		鰂	鲗	同賊（烏鰂）

粵音	國音	繁	簡	注
chaam¹	cān	參	参	參加
	cēn	參	参	參差
	chān	摻	掺	同攙（摻扶）
		攙	搀	
chaam²	cǎn	慘	惨	
chaam³	chàn	懺	忏	
	shān	杉		杉樹
chaam⁴	cán	慚	惭	
		蠶	蚕	
	chán	讒	谗	
		饞	馋	
chaan¹	cān	餐		
chaan²	chǎn	產	产	
		鏟	铲	
chaan³	càn	燦	灿	
		璨		
chaan⁴	cán	殘	残	
chaang¹	chēng	撐	撑	
		瞠		
chaang⁴	chéng	橙		
chaap³	chā	插		
chaat³	cā	擦	擦	
	chá	察		
	chà	刹		刹那
	shuā	刷		刷新
	tǎ	獺	獭	
chaau¹	chāo	抄		
		鈔	钞	
chaau²	chǎo	吵		
		炒		
		巢		
chaau⁴	cháo			

粵音	國音	繁	簡	注
chai¹	qī	妻		
		悽		
		棲	栖	
		淒	凄	
		萋		
chai³	qī	沏		
	qì	砌		
	qiè	切		一切
chai⁴	qí	齊	齐	
		薺	荠	
chak¹	cè	惻	恻	粵文讀
		測	测	粵文讀
cham¹	cēn	參	参	參差
	qīn	侵		
cham²	qǐn	寢	寝	
cham³	chèn	讖	谶	
cham⁴	chén	沈		同沉
		沉		
	xún	鱘	鲟	
		尋	寻	
chan¹	qīn	親	亲	親友
chan²	shěn	哂		
	zhěn	疹		
		診	诊	
chan³	chèn	稱	称	相稱
		襯	衬	
		趁		
	qìng	親	亲	親家
chan⁴	chén	塵	尘	
		陳	陈	
chang⁴	céng	層	层	

		曾		曾經
chap¹	jī	緝	缉	
	jí	輯	辑	
chat¹	qī	七		
		柒		同七
		漆		
chau¹	chōu	抽		
	qiū	秋		
		鞦	秋	
		鰍	鳅	
chau²	chǒu	瞅		
		丑		
		醜	丑	
chau³	chòu	臭		臭氣
	còu	湊	凑	
	xiù	臭		同嗅
		嗅		
	zòu	揍		
chau⁴	chóu	惆		
		疇	畴	
		稠		
		籌	筹	
		綢	绸	
		躊	踌	
		酬		
	qiú	囚		
che¹	chē	車	车	車廂
	shē	奢		
che²	chě	扯		
	qiě	且		
che⁴	shē	崒	峯	

	xié	斜		
		邪		邪惡
chek³	chǐ	呎		
		尺		
	chì	赤		粵白讀
cheng¹	qīng	青		粵白讀
cheng²	qǐng	請	请	粵白讀
cheuk³	chāo	焯		
	chuō	戳		
	chuò	綽	绰	
	què	鵲	鹊	
	sháo	芍		
	xué	噱		噱頭
	zhuō	桌		
	zhuó	卓		
		灼		
cheung¹	chāng	倀	伥	
		倡		倡優
		娼		
		昌		
		猖		
	chuāng	囪		同窗
		窗		
	qiāng	嗆	呛	嗆咳
		槍	枪	
		鎗	枪	同槍
		鏘	锵	
cheung²	qiǎng	搶	抢	
cheung³	chàng	倡		提倡
		唱		
		悵	怅	

		暢	畅	
		邑		
	qiàng	蹌	跄	
		嗆	呛	夠嗆
cheung⁴	cháng	場	场	一場病
		腸	肠	
		長	长	長度
	chǎng	場	场	市場
	qiáng	墙	墙	同牆
		牆	墙	
		薔	蔷	
	xiáng	祥		
		翔		
		詳	详	
chi¹	chī	嗤		
		痴		同癡
		癡	痴	同痴
		笞		
		絺		
	cī	差		參差
		疵		
	cí	雌		
chi²	chí	弛		
		侈		
		恥	耻	
		齒	齿	
	cǐ	此		
	shǐ	始		
		矢		
chi³	cè	廁	厕	
	chì	啻		

		熾	炽	
		翅		
	cì	刺		刺目
		次		
		賜	赐	
	zhì	幟	帜	
	zì	恣		
chi⁴	chí	匙		湯匙
		弛		
		持		
		池		
		遲	迟	
		馳	驰	
	cí	糍		
		慈		
		瓷		
		磁		
		祠		
		茨		
		詞	词	
		辭	辞	
	qí	臍	脐	
chi⁵	shì	似		似的
		恃		
		柿		
	sì	似		相似
	zhì	崎		
chik¹	chì	叱		
		斥		
		飭	饬	
	qī	慼	戚	

<table>
<tr><td></td><td></td><td>戚</td><td></td><td></td></tr>
<tr><td>chik³</td><td>chì</td><td>|赤</td><td></td><td>粤文讀</td></tr>
<tr><td></td><td>cì</td><td>|刺</td><td></td><td>行刺</td></tr>
<tr><td>chim¹</td><td>jiān</td><td>殲</td><td>歼</td><td></td></tr>
<tr><td></td><td>qiān</td><td>簽</td><td>签</td><td></td></tr>
<tr><td></td><td></td><td>籤</td><td>签</td><td></td></tr>
<tr><td></td><td>xiān</td><td>纖</td><td>纤</td><td></td></tr>
<tr><td>chim²</td><td>chǎn</td><td>諂</td><td>谄</td><td></td></tr>
<tr><td>chim³</td><td>jiàn</td><td>|僭</td><td></td><td></td></tr>
<tr><td></td><td>qiàn</td><td>塹</td><td>堑</td><td></td></tr>
<tr><td></td><td>xiān</td><td>暹</td><td></td><td></td></tr>
<tr><td>chim⁴</td><td>qián</td><td>潛</td><td>潜</td><td></td></tr>
<tr><td>chin¹</td><td>qiān</td><td>仟</td><td></td><td></td></tr>
<tr><td></td><td></td><td>千</td><td></td><td></td></tr>
<tr><td></td><td></td><td>遷</td><td>迁</td><td></td></tr>
<tr><td></td><td></td><td>阡</td><td></td><td></td></tr>
<tr><td></td><td></td><td>韆</td><td>千</td><td></td></tr>
<tr><td>chin²</td><td>chǎn</td><td>|闡</td><td>阐</td><td></td></tr>
<tr><td></td><td>qiǎn</td><td>淺</td><td>浅</td><td></td></tr>
<tr><td>chin⁴</td><td>chán</td><td>纏</td><td>缠</td><td></td></tr>
<tr><td></td><td>qián</td><td>前</td><td></td><td></td></tr>
<tr><td></td><td></td><td>錢</td><td>钱</td><td></td></tr>
<tr><td>chin⁵</td><td>jiàn</td><td>踐</td><td>践</td><td></td></tr>
<tr><td>ching¹</td><td>chēng</td><td>|稱</td><td>称</td><td>稱呼</td></tr>
<tr><td></td><td>qīng</td><td>清</td><td></td><td></td></tr>
<tr><td></td><td></td><td>蜻</td><td></td><td></td></tr>
<tr><td></td><td></td><td>|青</td><td></td><td>粤文讀</td></tr>
<tr><td>ching²</td><td>chěng</td><td>逞</td><td></td><td></td></tr>
<tr><td></td><td></td><td>騁</td><td>骋</td><td></td></tr>
<tr><td></td><td>qǐng</td><td>|請</td><td>请</td><td>粤文讀</td></tr>
<tr><td></td><td>zhěng</td><td>拯</td><td></td><td></td></tr>
<tr><td>ching³</td><td>chèn</td><td>|稱</td><td>称</td><td>相稱</td></tr>
<tr><td></td><td>chèng</td><td>|秤</td><td></td><td>秤砣</td></tr>
<tr><td></td><td></td><td>|稱</td><td>称</td><td>同秤</td></tr>
<tr><td>ching⁴</td><td>chéng</td><td>呈</td><td></td><td></td></tr>
<tr><td></td><td></td><td>懲</td><td>惩</td><td></td></tr>
<tr><td></td><td></td><td>|成</td><td></td><td>粤白讀（成數）</td></tr>
<tr><td></td><td></td><td>|澄</td><td></td><td>澄澈</td></tr>
<tr><td></td><td></td><td>程</td><td></td><td></td></tr>
<tr><td></td><td>qíng</td><td>情</td><td></td><td></td></tr>
<tr><td></td><td></td><td>晴</td><td></td><td></td></tr>
<tr><td>chip³</td><td>qiè</td><td>妾</td><td></td><td></td></tr>
<tr><td>chit³</td><td>chè</td><td>徹</td><td>彻</td><td></td></tr>
<tr><td></td><td></td><td>撤</td><td></td><td></td></tr>
<tr><td></td><td></td><td>澈</td><td></td><td></td></tr>
<tr><td></td><td>qiē</td><td>|切</td><td></td><td>切開</td></tr>
<tr><td></td><td>qiè</td><td>|切</td><td></td><td>密切</td></tr>
<tr><td></td><td>shè</td><td>設</td><td>设</td><td></td></tr>
<tr><td></td><td>zhé</td><td>轍</td><td>辙</td><td></td></tr>
<tr><td>chiu¹</td><td>chāo</td><td>超</td><td></td><td></td></tr>
<tr><td></td><td>qiāo</td><td>鍬</td><td>锹</td><td></td></tr>
<tr><td></td><td>zhāo</td><td>昭</td><td></td><td></td></tr>
<tr><td></td><td></td><td>釗</td><td>钊</td><td></td></tr>
<tr><td>chiu²</td><td>qiāo</td><td>|悄</td><td></td><td>靜悄悄</td></tr>
<tr><td></td><td>qiǎo</td><td>|悄</td><td></td><td>悄然無聲</td></tr>
<tr><td>chiu³</td><td>qiào</td><td>鞘</td><td></td><td></td></tr>
<tr><td></td><td></td><td>俏</td><td></td><td></td></tr>
<tr><td></td><td></td><td>峭</td><td></td><td></td></tr>
<tr><td></td><td>xiào</td><td>肖</td><td></td><td></td></tr>
<tr><td>chiu⁴</td><td>cháo</td><td>晁</td><td></td><td></td></tr>
<tr><td></td><td></td><td>|朝</td><td></td><td>朝代</td></tr>
<tr><td></td><td></td><td>潮</td><td></td><td></td></tr>
</table>

粵音	國音	字		備註
	qiáo	憔		
		樵		
		瞧		
chiu⁵	qiāo	|悄		靜悄悄
	qiǎo	|悄		悄然無聲
cho¹	cāo	|操		操心
	cū	粗		
cho²	cǎo	草		
cho³	cāo	|操		操守
		糙		
	cù	醋		
	cuò	措		
	zǎo	|澡		
	zào	噪		
		燥		
		躁		
		|造		造詣
cho⁴	cáo	嘈		
		曹		
		槽		
		漕		
choh¹	chū	初		
	chú	芻	刍	
		|雛	雛	
	cuō	搓		
		磋		
		蹉		
choh²	chǔ	楚		
		礎	础	
choh³	cuò	挫		
		銼	锉	

粵音	國音	字		備註
		|錯	错	錯誤
choh⁴	chú	鋤	锄	
		|雛	雛	
choh⁵	zuò	|坐		粵白讀
choi²	cǎi	彩		
		採	采	
		睬		
		綵	彩	
		采		
choi³	cài	菜		
		蔡		
	sài	|塞		塞外
		賽	赛	
choi⁴	cái	才		
		材		
		裁		
		纔	才	同才（剛纔）
		財	财	
chok³	chuō	|戳		
	cuò	|錯	错	交錯
chong¹	cāng	倉	仓	
		滄	沧	
		艙	舱	
		蒼	苍	
	chuāng	|創	创	創傷
		瘡	疮	
chong²	chǎng	廠	厂	
		敞		
	chuǎng	闖	闯	
chong³	chuàng	|創	创	創造

		愴	怆	
chong⁴	cáng	藏		埋藏
	chuáng	床		同牀
		牀	床	同床
	zhuàng	幢		
chue²	chǔ	杵		
		處	处	處理
	zhǔ	褚		
chue³	chù	處	处	處所
chue⁴	chú	廚	厨	
		櫥	橱	
		蹰		
chue⁵	chǔ	儲	储	
	shǔ	曙		
		署		
	zhù	佇		
		柱		
		苧	苎	
		貯	贮	
chuen¹	chuān	川		
		穿		
	cūn	邨		同村
		村		
chuen²	chuǎi	揣		
	chuǎn	喘		
	cǔn	忖		
	tuān	湍		
	zhuì	惴		
chuen³	chuàn	串		
	cuàn	竄	窜	
	cùn	吋		

		寸		
chuen⁴	chuán	傳	传	傳染
	cún	存		
	quán	全		
		泉		
		痊		
		荃		
		詮	诠	
		銓	铨	
chuet³	cù	猝		
	cuō	撮		撮要
	zuǒ	撮		量詞
chui¹	chuī	吹		
		炊		
	cuī	催		
		崔		
		摧		
	cuǐ	璀		
	qū	蛆		
		趨	趋	
chui²	chuǎi	揣		
	cuǐ	璀		
	qǔ	取		
		娶		
chui³	cuì	淬		
		翠		
		脆		
	qǔ	娶		
	qù	覷	觑	
		趣		
chui⁴	chú	廚	厨	

		除	
chuí	鎚	錘	同錘
	捶		
	槌		
	錘	锤	
suí	隋		
	隨	随	
xú	徐		

chuk¹	chù	搐		
		畜		家畜
		矗		
		觸	触	
	cù	促		
		簇		
		蹙		
		蹴		
	shù	束		
	sù	簌		
		速		
	xù	畜		畜牧
		蓄		
chun¹	chūn	春		
	chún	鶉	鹑	
chun²	chǔn	蠢		
chun⁴	qín	秦		
	xún	巡		同巡
		循		
		旬		
		巡		同巡
chung¹	chōng	充		
		憧		

		沖		
		涌		
		衝	冲	衝突
cōng		囪		煙囪
		葱		
		匆		同忽
		聰	聪	
zhōng		衷		
chung²	chǒng	寵	宠	
	zhǒng	冢		
		塚	冢	
chung³	chòng	衝	冲	衝壓
chung⁴	chóng	蟲	虫	
		重		重複
	cóng	叢	丛	
		從	从	從事
		淙		
	sōng	松		
chung⁵	zhòng	重		重量
chut¹	chū	出		
		齣	出	

d

da¹	dá	打	量詞
da²	dǎ	打	打扮
daai¹	dāi	呆	
		獃	呆
daai²	dǎi	歹	
daai³	dài	帶	带
		戴	
daai⁶	dà	大	大小
	dài	大	大夫

dang³	dèng	凳		同櫈
dang⁶	dèng	澄		把水澄清
		鄧	邓	
dat⁶	tū	凸		
		突		
dau¹	dōu	兜		
dau²	dǒu	抖		
		斗		
		蚪		
		陡		
dau³	dòu	鬥	斗	
dau⁶	dòu	荳		
		痘		
		竇	窦	
		讀	读	句讀
		豆		
		逗		
de¹	diē	爹		
de²	diǎ	嗲		
dei⁶	de	地		慢慢地
	dì	地		天地
dek⁶	dí	笛		
deng¹	dīng	町		粵白讀
		釘	钉	名詞／粵白讀
	dìng	釘	钉	動詞／粵白讀
deng²	dǐng	頂	顶	粵白讀
deng⁶	dìng	訂	订	粵白讀
deuk³	zhuó	啄		
		琢		雕琢

	zuó	琢		琢磨（思索）
dik¹	de	的		助詞
	dī	滴		
	dí	嫡		
		的		的確
	dì	的		目的
dik⁶	dī	滴		
	dí	嘀		
		敵	敌	
		滌	涤	
		狄		
		翟		同狄（夷翟）
		荻		
		迪		
dim¹	diān	掂		
dim²	diǎn	點	点	
dim³	diàn	店		
		惦		
		玷		
din¹	diān	巔	巅	
		癲	癫	
		顛	颠	
din²	diǎn	典		
		碘		
din³	diàn	墊	垫	
din⁶	diàn	佃		
		奠		
		殿		
		澱	淀	
		甸		

粵拼	普通話	繁體	簡體	備註
		電	电	
		靛		
ding¹	dīng	丁		
		仃		
		叮		
		盯		粵文讀
		釘	钉	名詞／粵文讀
	dìng	釘	钉	動詞／粵文讀
	tīng	汀		
ding²	dǐng	酊		
		頂	顶	粵文讀
		鼎		
ding³	dìng	訂	订	粵文讀
		錠	锭	
ding⁶	dìng	定		
dip⁶	dié	喋		
		牒		
		疊	迭	
		碟		
		蝶		
		諜	谍	
dit³	diē	跌		
dit⁶	dié	迭		
	zhì	秩		
diu¹	diāo	凋		
		刁		
		叼		
		碉		
		貂		
		雕		

粵拼	普通話	繁體	簡體	備註
		鵰	雕	
	diū	丟		
diu²	diǎo	屌		
diu³	diào	吊		
		弔	吊	
		釣	钓	
diu⁶	diào	掉		
		調	调	調動
do¹	dāo	刀		
		叨		叨嘮
	dōu	都		都是
	dū	都		首都
		嘟		
do²	dǎo	倒		倒閉
		島	岛	
		搗	捣	
	dǔ	堵		
		睹		
		賭	赌	
do³	dào	倒		倒掛
		到		
	dù	妒		
		蠹		
do⁶	dǎo	導	导	
		蹈		
	dào	悼		
		盜	盗	
		稻		
		道		
	dù	度		溫度
		杜		

		渡			
		鍍	镀		
doh¹	duō	多			
doh²	duǒ	朵			
		躲			
	duò	剁			
		跺			
doh⁶	duò	墮	堕		
		惰			
doi⁶	dài	代			
		岱			
		待			
		玳			
		袋			
		黛			
dok⁶	duó		度		猜度
		踱			
		鐸	铎		
dong¹	dāng	噹	当		
			當	当	當代
			襠	裆	
		鐺	铛		
dong²	dǎng	擋	挡		
		黨	党		
	dàng		檔	档	檔案
dong³	dàng		檔	档	搭檔
			當	当	上當
dong⁶	dàng	宕			
		盪	荡		
		蕩	荡		
duen¹	duān	端			

duen²	duǎn	短			
duen³	duàn		斷	断	斷定
		鍛	锻		
duen⁶	duàn		斷	断	粵文讀（折斷）
		段			
		緞	缎		
duet⁶	duó	奪	夺		
dui¹	duī	堆			
dui³	duì	兌			
		對	对		
dui⁶	duì	隊	队		
duk¹	dū	督			
	dǔ	篤	笃		
duk⁶	dú	毒			
		瀆	渎		
		牘	牍		
		犢	犊		
		獨	独		
			讀	读	讀書
		髑			
		黷	黩		
		噸	吨		
		|墩			
		惇			
		敦			
		|蹲			
dun¹	dūn				
dun⁶	dǔn	盹			
	dùn	沌			
		遁			
		鈍	钝		
		頓	顿		

dung¹	dōng	冬		faan⁴	fān	帆	
		咚				藩	
		東	东		fán	凡	
dung²	dǒng	懂				樊	
		董				煩	烦
dung³	dòng	凍	冻			礬	矾
		｜棟	栋			繁	
dung⁶	dòng	動	动			｜蕃	蕃息
		恫			fàn	｜梵	
		｜棟	栋	faan⁶	bàn	｜瓣	
		洞			fàn	｜梵	
		胴				犯	
	tòng	慟	恸			範	范
dut¹	duō	｜咄				范	
						飯	饭

f

fa¹	huā	花		faat³	fā	發	发
		｜華	华　同花		fǎ	法	
fa³	huà	化				砝	
faai³	kuài	塊	块		fà	琺	珐
		快				髮	发
		筷	筷	fai¹	huī	徽	
	kuǐ	傀				揮	挥
faan¹	fān	｜蕃	同番			暉	晖
		｜番	番邦			輝	辉
		翻				麾	
faan²	fǎn	反		fai³	fèi	廢	废
		返				沸	
faan³	fàn	氾	泛　同泛（氾濫）			肺	
		泛				｜費	费　费用
		販	贩	fai⁶	fèi	吠	
						痱	

fan¹	fēn	分		分寸
		吩		
		氛		
		紛	纷	
		芬		
		酚		
	hūn	婚		
		昏		
		葷	荤	
	xūn	勛	勋	同勳
		勳	勋	同勛
		熏		
		燻	熏	
		薰		
		醺		
fan²	fěn	粉		
fan³	fèn	糞	粪	
	xùn	訓	训	
fan⁴	fén	墳	坟	
		汾		
		焚		
fan⁵	fèn	奮	奋	
		忿		忿怒
		憤	愤	
fan⁶	fèn	份		
		分		本分
		忿		不忿
fat¹	fú	佛		仿佛
		弗		
		佛	佛	
		拂		
	hū	氟		
		忽		
		惚		
	hú	囫		
	hù	笏		
	kū	窟		
fat⁶	fá	乏		
		伐		
		筏		
		罰	罚	
		閥	阀	
	fó	佛		佛教
fau²	fǒu	否		
	pōu	剖		
fau⁴	fú	浮		
fau⁶	bù	埠		外埠
	fù	復	复	復還
		覆		覆手
		阜		
fe¹	fēi	啡		
fei¹	fēi	啡		
		妃		
		扉		
		緋	绯	
		菲		芳菲
		蜚		
		霏		
		非		
		飛	飞	
fei²	fěi	菲		菲薄
		匪		

粵拼	拼音	字		備註
		斐		
		翡		
		誹	诽	
fei⁴	féi	肥		
foh¹	kē	科		
		稞		
		蝌		
foh²	huǒ	伙		
		夥	伙	
		火		
	kē	棵		
		顆	颗	
foh³	huò	貨	货	
	kè	課	课	
fok³	huò	霍		
	jué	攫		
fong¹	fāng	|坊		牌坊
		方		
		芳		
	fáng	|坊		作坊
		肪		
	huāng	慌		
		肓		
		荒		
	huǎng	謊	谎	
fong²	fǎng	仿		
		|彷		彷彿
		紡	纺	
		舫		
		訪	访	
	huǎng	幌		
		恍		
		|晃		閃過
	huàng	|晃		搖動
fong³	fàng	放		
	kuàng	況	况	
fong⁴	fáng	|坊		同防（堤坊）
		妨		
		房		
		防		
foo¹	fū	伕		
		|夫		夫妻
		孵		
		敷		
		膚	肤	
		麩	麸	
	fú	俘		
		孚		
	hū	呼		
	kū	枯		
		骷		
foo²	fǔ	俯		
		府		
		撫	抚	
		斧		
		|甫		驚魂甫定
		|脯		果脯
		腑		
		釜		
	hǔ	唬		
		琥		
		虎		

粵音	國音	字	簡	註
	kǔ	苦		
foo³	fù	副		
		咐		
		富		
		賦	赋	
	kù	庫	库	
		褲	裤	
foo⁴	fú	夫		助詞
		扶		
		符		
		芙		
		乎		
	hū			
foo⁵	fù	婦	妇	
foo⁶	fǔ	腐		
		輔	辅	
	fù	付		
		傅		
		父		
		訃	讣	
		負	负	
		赴		
		附		
		駙	驸	
	pū	仆		粵文讀
fooi¹	huī	恢		
		灰		
		詼	诙	
	kuí	奎		
		魁		
fooi³	huǐ	悔		
		喙		
	huì			

粵音	國音	字	簡	註
		晦		
		誨	诲	
foon¹	huān	歡	欢	
	kuān	寬	宽	
		髖	髋	
foon²	kuǎn	款		
foot³	kuò	濶	阔	同闊
		闊	阔	同濶
fuk¹	fú	幅		
		福		
		蝠		
		輻	辐	
	fù	腹		
		複	复	
		覆		反覆
		馥		
fuk⁶	fú	伏		
		服		服務
		袱		
	fù	復	复	恢復
		服		一服藥
fung¹	fēng	封		
		峰		同峯
		楓	枫	
		烽		
		瘋	疯	
		蜂		
		豐	丰	
		鋒	锋	
		風	风	
fung²	fèng	俸		

fung³	fěng	諷	讽				街	
fung⁴	féng	|縫	缝	縫紉			階	阶
		逢				xié	偕	
		馮	冯		gaai²	jiě	|解	解決
	péng	|蓬			gaai³	gà	尬	
fung⁶	fèng	奉				jiè	介	
		|縫	缝	裂縫			屆	届
		鳳	凤				戒	

g

ga¹	gā	伽					界	
	jiā	枷					疥	
		傢	家				芥	
		加					|解	解款
		嘉					誡	诫
		家			gaak³	gā	|胳	胳肢窝
		痂				gē	|胳	胳膊
		|茄		雪茄		gé	嗝	
		袈					格	
		迦					膈	
ga²	jiǎ	|假		真假			隔	
		|賈	贾	姓氏			革	
ga³	gā	|咖		咖喱			骼	
	jià	|假		假期	gaam¹	gān	|尷	尴
		價	价			jiān	|監	监	監視
		嫁					縅	缄
		架			gaam²	jiǎn	減	减
		稼			gaam³	gān	|尷	尴
		駕	驾			gǎn	|橄	
	kā	|咖		咖啡		jiàn	|監	监	太監
gaai¹	jiā	佳					鑒	鉴	同鑑
	jiē	皆			gaan¹	jiān	奸	
							姦	奸

		艱	艰
		菅	
		間	间 中間
gaan²	jiǎn	束	
		揀	拣
		簡	简
		繭	茧
		鹹	碱
gaan³	jiàn	澗	涧
		諫	谏
		間	间 間接
gaang¹	gēng	更	三更
		耕	粵白讀
gaap³	gē	鴿	鸽 粵白讀
	jiā	夾	夾 夾攻
		挾	挾 同夾（挾帶）
	jiá	夾	夾 夾被
		莢	荚
		頰	颊
	jiǎ	甲	
		胛	
		鉀	钾
gaau¹	jiāo	交	
		膠	胶
		蛟	
		跤	
		郊	
gaau²	gǎo	搞	
	jiāo	姣	
	jiǎo	攪	搅
		狡	

		皎	
		絞	绞
		餃	饺
gaau³	jiāo	教	傳授
	jiào	滘	
		教	教育
		校	校對
		窖	
		覺	觉 睡覺
		較	较
		酵	
gai¹	jī	雞	鸡
gai³	jì	繼	继
		計	计
		髻	
gam¹	gān	柑	
		甘	
	jīn	今	
		金	
gam²	gǎn	感	
		敢	
		橄	
	jǐn	錦	锦
gam³	gàn	灨	赣
		贛	赣
	jìn	噤	
		禁	禁忌
gam⁶	qìn	撳	揿
gan¹	gēn	根	
		跟	
	jīn	巾	

國音粵音索音字彙

		斤		
		筋		
gan²	jǐn	僅	仅	
		瑾		
		緊	紧	
		謹	谨	
		饉	馑	
gan⁶	jìn	覲	觐	
		近		粵文讀
gang¹	gēng	庚		
		更		更改
		羹		
		耕		粵文讀
gang²	gěng	哽		
		埂		
		梗		
		耿		
gang³	gèng	更		更好
gap¹	jí	急		
gap³	gē	鴿	鸽	粵文讀
	gé	蛤		蛤蜊
	gě	蓋	盖	姓氏
gat¹	jí	吉		
	jié	桔		桔梗
	jú	桔		同橘
gau¹	jiū	鳩	鸠	
gau²	gǒu	苟		
		枸		
		狗		
	jiū	糾	纠	
		赳		

	jiǔ	久		
		九		
		玖		同九
		韭		
gau³	gòu	垢		
		夠		同够
		媾		
		構	构	
		詬	诟	
		購	购	
	jiū	究		
	jiǔ	灸		
	jiù	咎		
		廄	厩	
		救		
		疚		
gau⁶	jiù	舊	旧	
		柩		
gei¹	jī	几		
		嘰	叽	
		基		
		奇		奇數
		姬		
		幾	几	幾乎
		機	机	
		璣	玑	
		畸		
		箕		
		羈	羁	
		肌		
		譏	讥	

		飢	饥	同饑			棘	
		饑	饥	同飢		jǐ	戟	
gei²	jǐ	己			gik⁶	jí	極	极
		幾	几	幾多	gim¹	jiān	兼	
		紀	纪	姓氏	gim²	jiǎn	撿	捡
	jì	紀	纪	紀律			檢	检
	qǐ	杞			gim³	jiàn	劍	剑
gei³	jì	寄			gim⁶	jiǎn	儉	俭
		既			gin¹	jiān	堅	坚
		紀	纪	紀律			肩	
		覬	觊		gin³	jiàn	建	
		記	记				鍵	
gei⁶	jì	伎					腱	
		妓					見	见	看見
		忌			gin⁶	jiàn	件	
		技					健	
geng¹	jīng	驚	惊	粵白讀			鍵	键
geng²	jǐng	頸	颈		ging¹	jīn	矜	
geng³	jìng	鏡	镜			jīng	京	
geuh³	jù	鋸	锯	粵白讀			兢	
geuk³	jiǎo	腳	脚				涇	泾
geung¹	jiāng	殭					經	经
		僵					荊	
		姜					驚	惊	粵文讀
		疆			ging²	jǐng	憬	
		薑	姜				景	
		韁	缰				警	
	qiāng	羌				jìng	境	
gik¹	jī	擊	击				竟	
		激			ging³	jìn	勁	劲	勁頭
	jí	亟				jīng	莖	茎

	jìng	脛 胫	
		徑 径	
		敬	
		逕 径	
ging⁶	jìng	|勁 劲	勁旅
		痙 痉	
		競 竞	
gip²	qiè	|篋 箧	
gip³	jié	劫	
	sè	|澀 涩	
	xiá	硤 硖	
git³	jiē	|結 结	結實
	jié	拮	
		潔 洁	
		|結 结	結束
git⁶	jié	傑 杰	
		杰	同傑
giu¹	jiāo	嬌 娇	
		|澆 浇	
		驕 骄	
giu²	jiǎo	矯 矫	
		繳 缴	
giu³	jiào	叫	
giu⁶	jiào	|轎 轿	
	qiào	撬	
go¹	gāo	睪	
		篙	
		糕	
		羔	
		膏	
		高	

go²	gǎo	稿	
		|鎬 镐	鎬頭
go³	gào	|告	告別
		誥 诰	
goh¹	gē	哥	
		歌	
goh³	gě	|個 个	自個兒
	gè	|個 个	個人
		箇 个	
goi¹	gāi	該 该	
goi²	gǎi	改	
goi³	gài	|蓋 盖	掩蓋
gok³	gē	擱 搁	
	gé	閣 阁	
	gè	各	
	jiǎo	|角	三角
	jué	|覺 觉	覺悟
		|角	角色
gon¹	gān	|乾 干	乾枯
		干	
		杆	
		竿	
		肝	
	gǎn	桿 杆	
gon²	gǎn	稈 秆	
		趕 赶	
gon³	gàn	幹 干	
gong¹	gāng	|剛 刚	
		岡 冈	
		|扛	雙手舉物
		杠	

粵音	國音	繁	簡	例
		綱	纲	
		缸		
		肛		
	gǎng	崗	岗	
	jiāng	江		
	káng	扛		扛槍
gong²	gǎng	港		
	jiǎng	講	讲	
gong³	gāng	鋼	钢	鋼琴
	gàng	槓	杠	抬槓
		鋼	钢	動詞
	jiàng	絳	绛	
		降		降落
goo¹	gū	咕		
		呱		呱呱大哭
		姑		
		孤		
		沽		
		菇		
		辜		
		鴣	鸪	
goo²	gū	估		估計
	gǔ	古		
		股		
		蠱	蛊	
		賈	贾	商賈
		詁	诂	
		鼓		
goo³	gù	估		估衣
		僱	雇	
		固		

粵音	國音	繁	簡	例
		故		
		錮	锢	
		顧	顾	
goon¹	guān	倌		
		冠		皇冠
		官		
		棺		
		觀	观	觀念
goon²	guǎn	管		
		莞		專名用
		館	馆	
goon³	guàn	冠		冠軍
		灌		
		盥		
		罐		
		觀	观	道觀
		貫	贯	
		鸛	鹳	
got³	gē	割		
	gé	葛		瓜葛
	gě	葛		姓氏
guen¹	juān	娟		
		捐		
		涓		
		鵑	鹃	
guen²	juǎn	捲	卷	
	juàn	卷		
guen³	juàn	眷		
		絹	绢	
	quàn	券		
guen⁶	juàn	倦		

粵拼	普拼	字	簡	註
		圈		豬圈
gui¹	jū	居		
		据		
		車	车	象棋棋子
gui²	jǔ	矩		
		舉	举	
gui³	jù	句		
		據	据	
		踞		
		鋸	锯	粵文讀
gui⁶	jù	具		
		巨		
		懼	惧	
		炬		
		遽		
		鉅	钜	
		颶	飓	
guk¹	gào	告		忠告
	gǔ	穀	谷	
		谷		
	gù	梏		
	jū	鞠		
	jú	菊		
guk⁶	jú	侷		
		局		
		焗		
gung¹	gōng	供		供應
		公		
		功		
		宮		
		工		
		弓		
		恭		
		攻		
		蚣		
		躬		
		龔	龚	
gung²	gǒng	拱		
		鞏	巩	
gung³	gàng	槓	杠	槓桿
	gòng	供		供奉
		貢	贡	
gung⁶	gòng	共		
gwa¹	guā	呱		頂呱呱
		瓜		
gwa²	guǎ	寡		
gwa³	guà	卦		
		掛	挂	
		褂		
gwaai¹	guāi	乖		
gwaai²	guǎi	枴	拐	
		拐		
gwaai³	guài	怪		
gwaak³	guāi	摑	掴	
	guó	摑	掴	
gwaan¹	guān	綸	纶	綸巾
		關	关	
		鰥	鳏	
gwaan³	guàn	慣	惯	
gwaang⁶	guàng	逛		
gwaat³	guā	刮		
		颳	刮	

gwai¹	guī	歸	归
		瑰	瑰麗
		皈	
		硅	
		閨	闺
		鮭	鲑
		龜	龟
gwai²	guǐ	晷	
		簋	
		詭	诡
		軌	轨
		鬼	
gwai³	guī	瑰	玫瑰
	guǐ	癸	
	guì	桂	
		貴	贵
	jì	季	
		悸	
gwai⁶	guì	櫃	柜
		跪	
	kuì	匱	匮
		簣	篑
		饋	馈
gwan¹	jūn	君	
		均	
		筠	專名用
		軍	军
		鈞	钧
gwan²	gǔn	滾	滚
		袞	衮
gwan³	gùn	棍	

gwan⁶	jùn	郡	
gwang¹	gōng	肱	
	hōng	轟	轰
gwat¹	gū	骨	骨碌
	gǔ	骨	骨頭
	huá	滑	滑稽
	jú	橘	
gwat⁶	jué	撅	同掘
		倔	倔強
		崛	
		掘	
	juè	倔	倔頭倔腦
	kū	窟	
gwik¹	xì	隙	
gwing²	jiǒng	冏	
		炯	
		迥	
gwoh¹	gē	戈	
gwoh²	guǒ	果	
		菓	同果（水菓）
		裹	
gwoh³	guò	過	过
gwok³	guō	蟈	蝈
		郭	
	guó	國	国
		幗	帼
gwong¹	guāng	光	
		胱	
gwong²	guǎng	廣	广
		獷	犷

ha¹	hā	哈	
	xiā	蝦	虾
ha⁴	há	｜蛤	蛤蟆
	xiá	｜暇	
		瑕	
		遐	
		霞	
ha⁵	xià	｜下	量詞
ha⁶	shà	｜廈 厦	大廈
	xiá	｜暇	
	xià	｜下	下午
		｜廈 厦	廈門
		夏	
haai¹	hāi	嗨	
	kāi	揩	
haai⁴	hái	孩	
		骸	
	xié	諧 谐	
		鞋	
haai⁵	hài	駭 骇	
	xiè	蟹	
haai⁶	xiè	｜解	姓氏
		懈	
		械	
		邂	
haak¹	hè	赫	
	hēi	｜黑	粵白讀
	kè	｜克	粵白讀
		｜刻	粵白讀
		｜剋 克	粵白讀

haak³	hè	｜嚇 吓	恐嚇
	kā	｜喀	
	kè	客	
	xià	｜嚇 吓	嚇阻
haam³	hǎn	喊	
haam⁴	hán	函	
		涵	
	xián	咸	
		銜 衔	
		鹹 咸	
haam⁶	xiàn	｜陷	粵白讀
		餡 馅	
haan¹	qiān	慳 悭	
haan⁴	xián	癇 痫	
		嫻 娴	同嫻
		閑 闲	
		閒 闲	
haan⁶	xiàn	限	
haang¹	kēng	坑	
haang⁴	xíng	｜行	粵白讀 (步行)
haap³	qiā	掐	
	xiā	呷	
haap⁶	qiè	｜篋 箧	
	xiá	｜俠 侠	粵白讀
		匣	
		｜峽 峡	粵白讀
		狎	
		狹 狭	
haau¹	hǒu	｜吼	
	jiào	｜酵	
	kǎo	｜拷	

粵音	國音	字		備註
		烤		
	qiāo	敲		
	xiào	哮		
haau²	kǎo	拷		
		烤		
		考		
	qiǎo	巧		
haau³	xiào	孝		
haau⁶	xiào	效		
		校		學校
hai⁴	xī	兮		
		奚		
		蹊		獨闢蹊徑
hai⁶	jì	繫	系	繫鞋帶
	xì	係	系	
		系		
		繫	系	維繫
hak¹	hēi	黑		粵文讀
	kè	克		粵文讀
		刻		粵文讀
		剋	克	粵文讀
		可		可汗
ham¹	kān	堪		
		龕	龕	
	kǎn	坎		
ham²	kǎn	坎		
		砍		
ham³	kān	勘		
	kàn	瞰		
		瞰		
ham⁴	hān	酣		
	hán	含		
ham⁶	hàn	憾		
		撼		
	qiàn	嵌		
	xiàn	陷		粵文讀
han²	hěn	很		
		狠		
	kěn	墾	垦	
		懇	恳	
han⁴	hén	痕		
han⁶	hèn	恨		
hang¹	hēng	亨		
		哼		哼唱
	kēng	吭		一聲不吭
		鏗	铿	
hang²	kěn	啃		
		肯		
hang⁴	héng	恆	恒	
		衡		
	jīng	莖	茎	
	xíng	行		粵文讀（步行）
hang⁶	xíng	行		品行
	xìng	倖	幸	
		幸		
		悻		
		杏		
hap¹	kē	瞌		粵白讀
	qià	恰		
		洽		
hap⁶	hé	合		
		盒		

him²	xiǎn	險	险	
him³	qiàn	欠		
hin¹	qiān	牽	牵	
		騫	骞	
	qiàn	縴	纤	
	xiān	掀		
	xuān	軒	轩	
hin²	qiǎn	譴	谴	
		遣		
	xiǎn	蜆	蚬	
		顯	显	
	yǎn	衍		
hin³	xiàn	憲	宪	
		獻	献	
hing¹	qīng	卿		
		氫	氢	
		輕	轻	粵文讀
	xīn	馨		
	xīng	興	兴	興旺
	xiōng	兄		
hing³	qìng	慶	庆	
		磬		
		罄		
	xìng	興	兴	高興
hip³	qiàn	歉		
	qiè	怯		
		愜	惬	
	xié	挾	挟	要挾
		協	协	
		脅	胁	
hip⁶	xié	挾	挟	要挾

		協	协	
hit³	xiē	歇		
		蠍	蝎	
hiu¹	jiāo	澆	浇	
	jiǎo	僥	侥	
	qiāo	橇		
		蹺	跷	
	xiāo	嚻	嚣	
		梟	枭	
hiu²	xiǎo	曉	晓	
hiu³	qiào	竅	窍	
hng⁶	hng	哼		嘆詞
ho¹	hāo	蒿		
ho²	hǎo	好		好壞
ho³	hào	好		愛好
		耗		
ho⁴	háo	嚎		
		壕		
		毫		
		濠		
		蠔	蚝	
		豪		
		號	号	呼號
ho⁶	hào	浩		
		昊		
		皓		
		號	号	號召
		鎬	镐	鎬京
hoh¹	hē	呵		
	kē	苛		
	kě	坷		

hoh²	kě	可	可以
		坷	
hoh⁴	hé	何	
		河	
		荷	荷花
hoh⁶	hè	荷	負荷
		賀	贺
hoi¹	kāi	開	开
hoi²	hǎi	海	
	kǎi	凱	凯
		愷	恺
hoi⁶	hài	亥	
		害	
		氦	
hok³	ké	殼	壳 貝殼
	qiào	殼	壳 地殼
hok⁶	hé	貉	
	hè	鶴	鹤
	xué	學	学
hon¹	kān	刊	
		看	看守
hon²	hǎn	罕	
	kān	刊	
	kǎn	侃	
hon³	hàn	漢	汉
	kàn	看	看見
hon⁴	hān	鼾	
	hán	寒	
		汗	可汗
		邯	
		韓	韩

hon⁵	hàn	悍	
		捍	
		旱	
hon⁶	hàn	悍	
		捍	
		汗	血汗
		瀚	
		焊	
		翰	
hong¹	kāng	康	
		慷	
		糠	
	kuāng	匡	
		筐	
	kuàng	框	
		眶	
	qiāng	腔	
hong²	kāng	慷	
hong⁴	háng	吭	引吭高歌
		行	行列
		杭	
		航	
	xiáng	降	投降
hong⁶	xiàng	巷	
		項	项
hot³	hē	喝	喝水
	hè	喝	喝采
		褐	
	kě	渴	
huen¹	quān	圈	圓圈
	xuān	喧	

粵音	國音	字	備註
		萱	
	xuàn	渲	
huen²	quǎn	犬	
huen³	quàn	券	
		勸	劝
	xuàn	絢	绚
huet³	xiě	血	普白讀
	xuè	血	普文讀
hui¹	xū	呼	
		噓	嘘
		墟	圩
		虛	虚
hui²	xǔ	栩	
		許	许
	xù	煦	
hui³	qù	去	
huk¹	kū	哭	
huk⁶	hú	斛	
		鵠	鵠
	kù	酷	
hung¹	hōng	哄	亂哄哄
		烘	
	kōng	空	空泛
	kòng	空	有空
	xiōng	兇	凶
		凶	
		匈	
		洶	汹
		胸	
hung²	kǒng	孔	
		恐	
hung³	gǒng	汞	
	hōng	烘	
	hǒng	哄	哄騙
	hòng	哄	起哄
		訌	讧
	kòng	控	
		空	虧空
hung⁴	hóng	洪	
		紅	红
		虹	
		鴻	鸿
	hòng	訌	讧
	xióng	熊	
		雄	
hung⁶	gǒng	汞	

j

粵音	國音	字	備註
ja¹	zán	咱	
	zhā	喳	
		吒	哪吒
		查	姓氏
		楂	
		渣	
ja³	zé	咋	咋舌
	zhā	咋	咋呼
	zhá	炸	炸魚
	zhà	乍	
		榨	
		炸	炸彈
		蚱	
		詐	诈
jaai¹	zhāi	齋	斋

jaai³	zhài	債	债	
jaai⁶	zhài	寨		
jaak³	zé	責	责	
	zhǎi	窄		
jaak⁶	zé	｜擇	择	選擇
		澤	泽	
	zhāi	摘		
	zhái	宅		
		｜擇	择	擇菜
		｜翟		姓氏
	zhé	謫	谪	
	zhì	擲	掷	
jaam¹	zān	簪		
jaam²	zhǎ	｜眨		
	zhǎn	嶄	崭	
		斬	斩	
jaam³	zhàn	湛		
		蘸		
jaam⁶	zàn	暫	暂	
	zhàn	站		
jaan²	zhǎn	盞	盏	
jaan³	zàn	讚	赞	
		贊	赞	
	zhuàn	｜撰		
jaan⁶	zhàn	棧	栈	
		綻	绽	
	zhuàn	｜撰		
		賺	赚	
jaang¹	zhēng	｜崢	峥	粵白讀
		｜爭	争	粵白讀
		｜睜	睁	粵白讀
		｜箏	筝	粵白讀
		｜錚	铮	粵白讀
jaang³	zhèng	｜諍	诤	
jaang⁶	zhèng	｜掙	挣	掙錢
jaap³	zā	匝		
	zá	砸		
	zhǎ	｜眨		
jaap⁶	jí	集		
	xí	習	习	
		襲	袭	
	zá	雜	杂	
	zhá	鍘	铡	
		閘	闸	
jaat³	yà	｜軋	轧	軋棉花
	zā	｜紮	扎	包紮
	zhā	｜紮	扎	駐紮
		｜扎		扎針
	zhá	｜扎		掙扎
		札		
		｜軋	轧	軋鋼
jaau¹	cháo	嘲		
jaau²	zhǎo	找		
		｜爪		爪牙
	zhǒu	｜帚		粵白讀
		｜肘		粵白讀
	zhuā	抓		
	zhuǎ	｜爪		雞爪子
jaau³	zhào	罩		
jaau⁶	zhòu	｜驟	骤	粵白讀
jai¹	jǐ	擠	挤	
	jì	劑	剂	

jai²	jì	濟济	濟濟一堂
	zǎi	仔	同崽
jai³	chè	掣	
	jì	濟济	經濟
		祭	
		際际	
	zhì	制	
		製制	
jai⁶	zhì	滯滞	
jak¹	cè	側侧	側面
	zé	則则	
	zè	側侧	同仄
		仄	
	zéi	鯽鲫	鯽魚
jam¹	zhēn	斟	
		砧	
		箴	
		針针	
jam²	zěn	怎	
	zhěn	枕	名詞
jam³	jìn	浸	
	zhěn	枕	動詞
jam⁶	zhèn	朕	
jan¹	zhēn	珍	
		真	
jan³	zhèn	圳	
		振	
		賑账	
		鎮镇	
		震	
jan⁶	zhèn	陣阵	

jang¹	sēng	僧	
	zēng	增	
		憎	
		曾	姓氏
	zhēng	崢峥	粵文讀
		掙挣	掙扎
		爭争	粵文讀
		猙狰	
		睜睁	粵文讀
		箏筝	粵文讀
		錚铮	粵文讀
jang⁶	zèng	贈赠	
jap¹	zhī	汁	
	zhí	執执	
jat¹	zhì	質质	物質
jat⁶	jí	嫉	
		疾	
	zhé	蟄蛰	
	zhí	侄	
		姪侄	
	zhì	桎	
		窒	
		蛭	
jau¹	jiū	啾	
		揪	
	zhōu	周	
		喌	
		州	
		洲	
		舟	
		謅诌	

		週	周	
	zōu	鄒	邹	
jau²	jiǔ	酒		
	zhǒu	｜帚		粵文讀
		｜肘		粵文讀
	zǒu	走		
jau³	zhòu	咒		
		晝	昼	
		皺	皱	
		縐	绉	
	zòu	奏		
		｜揍		
jau⁶	jiù	就		
		鷲	鹫	
	xiù	袖		
	zhòu	胄		
		宙		
		紂	纣	
		｜驟	骤	粵文讀
je¹	jiē	嗟		
	zhē	遮		
je²	jiě	姐		
	zhě	者		
je³	jiè	借		
		｜藉		憑藉
	zhè	蔗		
		｜這	这	這裡
		鷓	鹧	
	zhèi	｜這	这	這些
je⁶	jiè	｜藉		憑藉
	xiè	榭		

		謝	谢	
jek³	jí	｜瘠		粵白讀
	jǐ	｜脊		粵白讀
	zhī	隻	只	
	zhí	蹠		
	zhì	炙		
jek⁶	xí	｜蓆	席	粵白讀
jeng¹	jīng	｜精		粵白讀
jeng²	jǐng	｜井		粵白讀
jeng³	zhèng	｜正		粵口語
jeng⁶	jǐng	｜阱		粵白讀
	jìng	｜淨	净	粵白讀
	zhèng	鄭	郑	
jeuk³	jiáo	｜嚼		嚼舌
	jué	｜嚼		咀嚼
		爵		
	què	雀		
		｜鵲	鹊	
	sháo	勺		
		｜芍		
	shuò	妁		
	zhuō	｜桌		
	zhuó	｜著	着	同着（穿著）
		｜灼		
		酌		
		｜着		同著（穿着）
jeuk⁶	zhāo	｜着		同招（一着棋）
	zháo	｜着		着火
	zhe	｜着		同著（助詞）

jyutping	pinyin	繁	簡	詞
	zhuó	著	着	同着（助詞）
		着		同著（着手）
		著	着	同着（著手）
jeung¹	jiāng	將	将	將來
		漿	浆	
	zhāng	張	张	
		彰		
		樟		
		漳		
		璋		
		章		
		蟑		
jeung²	jiǎng	槳	桨	
		獎	奖	
		蔣	蒋	
	zhǎng	掌		
		長	长	長大
jeung³	jiàng	將	将	將領
		醬	酱	
	zhǎng	漲	涨	漲潮
	zhàng	仗		打仗
		帳	帐	
		漲	涨	高漲
		瘴		
		脹	胀	
		賬	账	
		障		
jeung⁶	jiàng	匠		
	xiàng	像		

jyutping	pinyin	繁	簡	詞
	zhàng	橡		
		象		
		丈		
		仗		依仗
		杖		
ji¹	zhī	之		
		吱		
		支		
		枝		
		知		通知
		肢		
		脂		
		芝		
		蜘		
	zī	咨		
		姿		
		孜		
		孳		
		淄		
		滋		
		茲	兹	
		諮	咨	
		資	资	
		輜	辎	
ji²	zhǐ	只		
		咫		
		址		
		指		
		旨		
		止		
		祉		

粵拼	拼音	字	簡體	備註
		祇		同只
		紙	纸	
		芷		
		趾		
	zǐ	仔		仔細
		姊		
		子		
		梓		
		滓		
		籽		
		紫		
ji³	zhī	知		知識
	zhì	志		
		摯	挚	
		智		
		痣		
		緻	致	
		置		
		至		
		致		
		誌	志	
		質	质	人質
	zì	恣		
ji⁶	sì	伺		伺機
		俟		
		嗣		
		寺		
		巳		
		祀		
		飼	饲	
	zhì	治		

粵拼	拼音	字	簡體	備註
		痔		
		稚		
		雉		
	zì	字		
		自		
jik¹	jī	唧		
		積	积	
	jí	即		
	jì	蹟	迹	同跡（古蹟）
		稷		
		績	绩	
		跡	迹	同蹟（古跡）
		鯽	鲫	
	zhī	織	织	
	zhí	職	职	
	zì	漬	渍	
jik³	jí	瘠		粵文讀
	jǐ	脊		粵文讀
jik⁶	jí	籍		
		藉		狼藉
	jì	寂		
	xī	夕		
		汐		
		矽		
	xí	席		
		蓆	席	粵文讀
	zhé	蟄	蛰	
	zhí	值		
		植		
		殖		

		直		
jim¹	jiān	尖		
	zhān	占		
		沾		
		瞻		
		粘		附著
		詹		
		霑	沾	
jim³	jiàn	偁		
	zhàn	佔	占	
jim⁶	jiàn	漸	渐	
jin¹	jiān	煎		
		箋	笺	
	shān	羶	膻	
	zhān	氈	毡	
jin²	chǎn	闡	阐	
	jiǎn	剪		
	niǎn	碾		
	zhǎn	展		
		輾	辗	
jin³	chàn	顫	颤	顫動
	jiàn	濺	溅	
		箭		
		荐		同薦
		薦	荐	
		餞	饯	
	zhàn	戰	战	
		顫	颤	顫慄
jin⁶	jiàn	賤	贱	
jing¹	jīng	晶		
		睛		

		精		粵文讀
		菁		
	zhēn	偵	侦	
		禎	祯	
		貞	贞	
	zhēng	征		
		徵	征	
		怔		
		正		正月
		癥	症	
		蒸		
jing²	jǐng	井		粵文讀
	zhěng	整		
jing³	zhēn	幀	帧	
	zhèng	政		
		正		正確
		症		
		証	证	同證
		證	证	
jing⁶	jǐng	阱		粵文讀
	jìng	淨	净	粵文讀
		靖		
		靜	静	
	shèng	剩		
jip³	jiē	接		
	zhé	摺	折	
		輒	辄	
	zhě	褶		
jit³	jié	捷		
		睫		
		節	节	

	zhé	哲	
		折	
		蜇	
	zhè	浙	
jit⁶	jié	截	
		｜捷	
		｜睫	
jiu¹	jiāo	椒	
		焦	
		礁	
		蕉	
	zhāo	招	
		｜朝	朝氣
jiu²	jiǎo	剿	
	zhǎo	沼	
jiu³	jiào	醮	
	zhào	照	
		詔 诏	
jiu⁶	zhào	召	
		趙 赵	
jo¹	zāo	糟	
		遭	
	zū	租	
jo²	zǎo	早	
		棗 枣	
		｜澡	
		藻	
		蚤	
	zǔ	祖	
		組 组	
jo³	zào	灶	

jo⁶	zào	皂	
		｜造	創造
	zuò	做	
		祚	
joh²	zǔ	阻	
	zuǒ	｜佐	專名用
		左	
joh³	zǔ	詛 诅	
	zuǒ	｜佐	佐料
joh⁶	zhù	助	
	zuò	｜坐	粵文讀
		座	
joi¹	zāi	哉	
		栽	
		災 灾	
joi²	zǎi	宰	
		｜載 載	一年半載
joi³	zǎi	｜載 載	記載
	zài	再	
		｜載 載	載重
joi⁶	zài	在	
jok³	zuō	｜作	作坊
	zuò	｜作	工作
jok⁶	cù	酢	
	záo	鑿 凿	
	zhuó	擢	
		濯	
	zuó	昨	
jong¹	zāng	臟 赃	
		髒 脏	
	zhuāng	妝 妆	

		椿	桩	
		莊	庄	
		裝	装	
	zhuǎng	奘		粗壯
jong³	zàng	葬		
	zhuàng	壯	壮	
		戇	戇	戇直
jong⁶	zàng	臟	脏	
		藏		寶藏
		奘		唐玄奘
	zhuàng	僮		僮族
		撞		
		狀	状	
jue¹	zhū	侏		
		朱		
		株		
		珠		
		茱		
		蛛		
		誅	诛	
		諸	诸	
		豬	猪	
		銖	铢	
jue²	zhǔ	主		
		渚		
		煮		
jue³	zhù	注		
		著		著作
		蛀		
		註	注	
		鑄	铸	

		駐	驻	
jue⁶	zhù	住		
		箸		
juen¹	zhuān	專	专	
		磚	砖	
	zuān	鑽	钻	鑽研
	zūn	尊		
juen²	zhuǎn	轉	转	轉變
	zuǎn	纂		
juen³	zhuàn	轉	转	轉盤
	zuàn	鑽	钻	鑽石
juen⁶	zhuàn	傳	传	傳記
juet³	chù	絀	绌	
	chuò	綴	缀	同輟
		啜		
		輟	辍	
	duō	咄		
	zhuō	拙		
	zhuó	茁		
juet⁶	chù	黜		
	jué	絕	绝	
jui¹	jū	狙		
		疽		
	zhuī	椎		
		追		
		錐	锥	
jui²	jǔ	咀		咀嚼
		沮		
	zuǐ	咀		專名用
		嘴		
jui³	zhuì	惴		

		綴	缀	點綴
	zuì	最		
		醉		
jui⁶	jù	聚		
	xù	序		
		敍	叙	同敘
	yǔ	嶼	岠	島嶼
	zhuì	墜	坠	
		贅	赘	
	zuì	罪		
juk¹	chù	觸	触	
	zhōu	粥		
	zhú	燭	烛	
		竹		
		竺		
	zhǔ	囑	嘱	
		矚	瞩	
	zhù	祝		
		築	筑	
	zhuō	捉		
	zú	足		
juk³	zhuō	捉		
juk⁶	sú	俗		
	xù	續	续	
	zhóu	妯		
		軸	轴	軸心
	zhòu	軸	轴	壓軸
	zhú	逐		
	zhuó	濁	浊	
		鐲	镯	
	zú	族		

jun¹	dūn	蹲		
	jīn	津		
		榛		
	zhēn	臻		
	zhūn	諄	谆	
	zūn	樽		
		遵		
jun²	jǐn	儘	尽	
	zhǔn	准		
		準	准	
jun³	jìn	晉	晋	
		進	进	
	jùn	俊		
		峻		
		竣		
		雋	隽	雋秀
		駿	骏	
jun⁶	jìn	燼	烬	
		盡	尽	
jung¹	chōng	舂		
	zhōng	中		中心
		忠		
		盅		
		終	终	
		衷		
		鍾	钟	
		鐘	钟	
	zōng	宗		
		棕		
		綜	综	
		蹤	踪	

		鬃		
	zòng	縱	纵	縱橫
jung²	zhǒng	種	种	種子
		腫	肿	
		踵		
	zǒng	總	总	
jung³	zhòng	中		中毒
		眾	众	
		種	种	種植
	zōng	綜		
	zòng	粽		同糉
		糉	粽	同粽
		縱	纵	放縱
jung⁶	sòng	訟	讼	
		誦	诵	
		頌	颂	
	zhòng	仲		
		重		重視
jut¹	chù	黜		
	zú	卒		

k

ka¹	kǎ	卡		卡車
	qiǎ	卡		卡住
ka³	kā	喀		
kaai²	kǎi	楷		
kaau³	kào	銬	铐	
		靠		
kai¹	jī	稽		無稽
	qī	蹊		蹊蹊
	xī	溪		
kai²	qǐ	啟	启	同啓

		稽		稽首
		啟	启	同啓
kai³	qì	契		契約
kam¹	jīn	禁		弱不禁風
		襟		
kam⁴	qín	擒		
		琴		
		禽		
kam⁵	jìn	妗		
kan⁴	qín	勤		
		芹		
kan⁵	jìn	近		粤白讀
kang²	kěn	啃		
kap¹	gěi	給	给	送給
	jí	岌		
		汲		
		級	级	
		笈		
	jǐ	給	给	供給
	xī	吸		
kap⁶	jí	及		
kat¹	ké	咳		
kau¹	gōu	溝	沟	
	gòu	媾		
kau³	gòu	構	构	
		購	购	
	kòu	叩		
		寇		
		扣		
		蔻		
kau⁴	qiú	求		

		仇		姓氏
		球		
		裘		
		逑		
kau⁵	jiù	臼		
		舅		
ke⁴	qí	│騎	骑	騎馬
	qié	│茄		茄子
	qué	瘸		
kei¹	jī	│畸		
	qí	│崎		崎嶇
kei³	jì	冀		
		暨		
		│騎	骑	鐵騎
		驥	骥	
kei⁴	qī	期		
	qí	其		
		│奇		奇怪
		岐		
		│崎		長崎
		旗		
		棋		
		歧		
		淇		
		琪		
		祁		
		祈		
		│祇		神祇
		祺		
		耆		
		│騎	骑	騎馬

		鰭	鳍	
		麒		
kei⁵	qǐ	企		
kek⁶	jī	屐		
	jù	劇	剧	
keuk³	què	卻	却	
keuk⁶	jué	│噱		大笑
	xué	│噱		噱頭
keung⁴	qiáng	│強	强	富強
keung⁵	jiàng	│強	强	倔強
	qiǎng	│強	强	強詞奪理
		襁	襁	
kim⁴	qián	箝		
		鉗	钳	
		黔		
kin⁴	qián	│乾		乾坤
		虔		
king¹	qīng	傾	倾	
king²	qǐng	頃	顷	
king⁴	jīng	鯨	鲸	
	qíng	擎		
	qióng	瓊	琼	
kit³	jiē	揭		
	jié	孑		
		竭		
		羯		
		詰	诘	
		頡	颉	
	qì	│契		契丹
	qiè	挈		
		鍥	锲	

	xiá	點		
	xiē	蠍	蝎	
kiu²	jiào	轎	轿	
kiu³	qiào	竅	窍	
kiu⁴	qiáo	僑	侨	
		喬	乔	
		橋	桥	
		蕎	荞	
		翹	翘	翹首
	qiào	翹	翘	翹尾巴
koi³	gài	丐		
		概		
		溉		
		蓋	盖	掩蓋
		鈣	钙	
	kǎi	慨		
kok³	hǎo	郝		
	hé	涸		
	hè	壑		
	què	榷		
		確	确	
kong³	kàng	亢		
		伉		
		抗		
		炕		
kooi²	guì	劊	刽	
		繪	绘	
	huì	賄	贿	
	kuài	會	会	會計
		儈	侩	
		膾	脍	

	kuì	潰	溃	
kooi³	huì	檜	桧	
koot³	huō	豁		豁口
	huò	豁		豁達
	kuò	括		
kuen⁴	quán	拳		
		權	权	
		蜷		
		顴	颧	
kuet³	juē	撅		撅尾巴
	jué	厥		
		孓		
		抉		
		決	决	
		獗		
		蕨		
		訣	诀	
		蹶		
	quē	缺		
		闕	阙	
	què	闋	阕	
kui¹	jū	拘		
		駒	驹	
	jù	俱		
	qū	區	区	區域
		嶇	岖	
		軀	躯	
		驅	驱	
kui⁴	qú	渠		
		瞿		
		衢		

粵拼	普拼	字		註
kui⁵	jù	拒		
		距		
kuk¹	qū	｜曲		彎曲
	qǔ	｜曲		歌曲
kung⁴	qióng	穹		
		窮	穷	
kwa¹	kuā	夸		
		誇	夸	
	kuǎ	垮		
	kuà	跨		
kwa³	kuà	胯		
kwaang¹	kuàng	｜框		
		｜眶		
kwaang³	guàng	｜逛		
kwai¹	guī	規	规	
	kuī	盔		
		窺	窥	
		虧	亏	
kwai³	kuì	｜愧		
kwai⁴	kuí	睽		
		葵		
	qí	畦		
	xié	攜	携	
kwai⁵	kuì	｜愧		
kwan¹	kūn	坤		
		崑		
		昆		
kwan²	jūn	菌		
	kǔn	梱		
		捆		
		綑	捆	同捆

粵拼	普拼	字		註
kwan³	jiǒng	窘		
	kùn	困		
		睏	困	
kwan⁴	qún	群		同羣
		裙		
kwok³	kuò	廓		
		｜擴	扩	
kwong³	kuàng	曠	旷	
		礦	矿	
		鄺	邝	
	kuò	｜擴	扩	
kwong⁴	kuáng	狂		
		誑	诳	

l

粵拼	普拼	字		註
la¹	lā	啦		
	lǎ	｜喇		喇嘛
la³	lǎ	｜喇		喇叭
	xià	罅		
laai¹	lā	拉		
laai³	là	癩	癞	
laai⁶	là	｜落		丟三落四
	lài	籟	籁	
		賴	赖	
laak⁶	lè	｜勒		粵白讀（勒令）
	lēi	｜肋		粵白讀
	lēi	｜勒		粵白讀（勒緊）
laam⁴	lán	婪		
		嵐	岚	
		籃	篮	
		藍	蓝	

laam⁵	lǎn	襤 褴
		攬 揽
		欖 榄
		覽 览
laam⁶	jiàn	艦 舰
	kǎn	檻 槛
	lǎn	纜 缆
	làn	濫 滥
laan⁴	lán	斕 斓
		攔 拦
		欄 栏
		瀾 澜
		蘭 兰
		闌 阑
laan⁵	lǎn	懶 懒
laan⁶	làn	爛 烂
laang⁵	lěng	冷
laap⁶	lā	垃
	là	臘 腊
		蠟 蜡
	lì	立　粤白讀
laat⁶	là	剌
		辣
laau⁴	lāo	撈 捞　打撈
lai⁴	lí	犁
		黎
lai⁵	lǐ	禮 礼
lai⁶	lí	麗 丽　高麗
	lì	例
		儷 俪
		勵 励

lak⁶	lè	厲 厉
		礪 砺
		荔
		蠣 蛎
		麗 丽　美麗
		勒　粤文讀（勒令）
	lēi	勒　粤文讀（勒緊）
	lèi	肋　粤文讀
lam⁴	lín	林
		淋
		琳
		臨 临
		霖
lam⁵	lǐn	凜 凛
		懍 懔
lap¹	lì	笠
lap⁶	lì	立　粤文讀
lat¹	shuǎi	甩
lau²	lǒu	摟 搂　摟抱
lau⁴	liú	劉 刘
		榴
		流
		瀏 浏
		琉
		留
		瘤
		硫
	lóu	傻 偻
		嘍 喽
		樓 楼

粵拼	拼音	繁	簡	註
		髏	髅	
lau⁴	lōu	摟	摟	摟柴火
lau⁵	liǔ	柳		
	lǒu	摟	摟	摟抱
		簍	篓	
	lǔ	縷	缕	
		褸	褛	
lau⁶	liū	溜		溜冰
	liú	餾	馏	
	liù	溜		檐溜
	lòu	漏		
		陋		
le¹	li	哩		助詞
lei¹	lí	喱		
lei⁴	lí	厘		
		梨		
		漓		
		灘	漓	
		狸		
		璃		
		籬	篱	
		罹		
		蜊		
		釐	厘	
		離	离	
		鸝	鹂	
lei⁵	lǐ	俚		
		哩		英里
		娌		
		李		
		浬		

粵拼	拼音	繁	簡	註
		理		
		裏	里	同裡（衣裏）
		里		
		鋰	锂	
		鯉	鲤	
	lǔ	履		
lei⁶	lì	俐		
		利		
		吏		
		痢		
		莉		
		茘	荔	
leng³	liàng	靚	靓	
leng⁴	líng	鯪	鲮	粵白讀
		靈	灵	粵白讀
leng⁵	lǐng	嶺	岭	粵白讀
		領	领	粵白讀
leuk⁶	lüè	掠		
		略		同畧
leung²	liǎng	兩	两	斤兩
leung⁴	liáng	梁		
		樑	梁	
		涼	凉	
		粱		
		糧	粮	
		良		
		量		估量
leung⁵	liǎ	倆	俩	咱倆
	liǎng	倆	俩	伎倆
		兩	两	兩岸
leung⁶	liàng	亮		

諒　谅
輌　辆
　|量　　數量

lik¹　lì　礫　砾
　　　　|靂　雳

lik⁶　lì　力
　　　　曆　历
　　　　歷　历
　　　　瀝　沥
　　　　|靂　雳

lim⁴　lián　濂
　　　　帘
　　　　廉
　　　　簾　帘
　　　　鐮　镰

lim⁵　liǎn　斂　敛
　　　　臉　脸

lim⁶　liàn　殮　殓

lin⁴　lián　憐　怜
　　　　漣　涟
　　　　蓮　莲
　　　　連　连
　　　liàn　|鏈　链

lin⁵　niǎn　撚　撚

lin⁶　liàn　煉　炼
　　　　練　练
　　　　鍊　炼
　　　　|鏈　链

ling¹　līn　拎

ling⁴　lèng　|愣
　　　léng　棱　　同棱

稜　　同棱

líng　伶
　　　凌
　　　㥄
　　　玲
　　　綾　绫
　　　羚
　　　翎
　　　聆
　　　苓
　　　菱
　　　鈴　铃
　　　陵
　　　零
　　　|靈　灵　粵文讀
　　　|鯪　鲮　粵文讀
　　　齡　龄

ling⁵　lǐng　|嶺　岭　粵文讀
　　　　|領　领　粵文讀

ling⁶　lèng　|愣
　　　lìng　令
　　　　另

lip⁶　liè　獵　猎

lit⁶　liè　冽
　　　　列
　　　　挒
　　　　烈
　　　　裂

liu¹　liāo　|撩　撩起
　　　liū　|溜　溜之大吉

liu⁴　liáo　僚

粵拼	讀音	繁體	簡體	備註
		嘹		
		寥		
		寮		
		撩		撩撥
		潦		潦草
		燎		
		獠		
		療	疗	
		繚	缭	
		聊		
		遼	辽	
	liào	瞭		瞭望
		鐐	镣	
liu⁵	le	了		助詞
	liǎo	了		了斷
		瞭	了	明瞭
liu⁶	liào	廖		
		料		
lo¹	lāo	撈	捞	撈一把
	lū	嚕	噜	
lo²	lǎo	佬		
lo⁴	láo	嶗	崂	
		勞	劳	
		嘮	唠	
		牢		
		癆	痨	
	lú	廬	庐	
		爐	炉	
		盧	卢	
		蘆	芦	
		顱	颅	
		鱸	鲈	
	lú	驢	驴	
lo⁵	lǎo	姥		
		潦		積水
		老		
	liáo	潦		潦倒
	lǔ	擄	掳	
		櫓	橹	
		滷	卤	
		虜	虏	
		魯	鲁	
		鹵	卤	
lo⁶	lào	澇	涝	
		酪		
	lòu	露		普白讀
	lù	賂	赂	
		路		
		露		普文讀
		鷺	鹭	
loh¹	luō	囉	啰	囉唆
loh²	luǒ	裸		
loh³	luo	囉	啰	助詞
loh⁴	luó	囉	啰	嘍囉
		籮	箩	
		羅	罗	
		蘿	萝	
		螺		
		邏	逻	
		鑼	锣	
		騾	骡	
loi⁴	lái	來		

粵拼	拼音	繁	簡	詞例
		屢	屡	
		履		
		旅		
		縷	缕	
		褸	褛	
		鋁	铝	
lui⁶	lěi	累		累及
	lèi	淚	泪	
		累		疲累
		類	类	
	lì	唳		
		戾		
	lù	慮	虑	
		濾	滤	
luk¹	lù	碌	碌	
		轆	辘	
		麓		
luk⁶	liù	六		
		陸	陆	同六
	lù	綠	绿	綠林
		蓼		
		祿	禄	
		錄	录	
		陸	陆	陸地
		鹿		
	lù	綠	绿	綠色
		氯	氯	
lun⁴	lín	嶙		
		磷		
		遴		
		鄰	邻	
		鱗	鳞	
		麟		
lūn		掄	抡	
lún		侖	仑	
		倫	伦	
		圇	囵	
		崙	仑	
		淪	沦	
		綸	纶	綸音
		論	论	論語
		輪	轮	
lun⁵	luǎn	卵		
lun⁶	lìn	吝		
		藺	蔺	
		躪	躏	
	lùn	論	论	討論
lung¹	lóng	窿		
lung⁴	lóng	瓏	珑	
		矓	昽	
		龍	龙	
		嚨	咙	
		朧	胧	
		聾	聋	
		隆		
		窿		
		籠	笼	蒸籠
	lǒng	籠	笼	籠罩
lung⁵	lǒng	壟	垄	
		攏	拢	
		籠	笼	籠統
		隴	陇	

lung⁶	nòng	弄		
lut⁶	lì	慄		
		栗		
	lǜ	律		
		｜率	速率	

m

m⁴	wú	唔		
ma¹	mā	媽	妈	
	má	｜嗎	吗	幹嗎
	ma	｜嗎	吗	助詞
ma³	ma	｜嘛		助詞
ma⁴	má	麻		
		痳		
		蔴	麻	
		蟆		
	mɑ	｜嘛		喇嘛
ma⁵	mǎ	瑪	玛	
		碼	码	
		螞	蚂	
		馬	马	
ma⁶	mà	罵	骂	
maai⁴	mái	｜埋		埋葬
		霾		
	mán	｜埋		埋怨
maai⁵	mǎi	買	买	
maai⁶	mài	賣	卖	
		邁	迈	
maan⁴	mán	｜謾	谩	欺謾
		｜蔓		蕪蔓
		蠻	蛮	
		｜饅	馒	

		鰻	鳗	
maan⁵	wǎn	晚		
maan⁶	mán	｜饅	馒	
	màn	曼		
		｜蔓		蔓延
		｜謾	谩	謾罵
		｜幔		
		慢		
		漫		
	wàn	萬	万	
		｜蔓		藤蔓
maang⁴	máng	盲		
maang⁵	měng	猛		
		蜢		
		錳	锰	
maang⁶	mèng	孟		
maat³	mā	｜抹		抹布
maau¹	māo	｜貓	猫	花貓
maau⁴	máo	矛		
		茅		
		｜錨	锚	
maau⁵	mǎo	卯		
	mǔ	牡		
maau⁶	mào	貌		
mai⁴	mí	謎	谜	
		迷		
mai⁵	mǐ	米		
mai⁶	mèi	袂		
mak⁶	mài	｜脈	脉	脈搏
		麥	麦	
	mò	墨		

粵	普	字	簡	備註
		脈	脉	脈脈
		默		
		陌		
		驀	蓦	
man¹	mèn	｜爛	焖	
	wén	｜蚊		粵白讀
man⁴	máng	痝		
	mín	岷		
		民		
	wén	文		
		紋	纹	
		聞	闻	
		｜蚊		粵文讀
		雯		
man⁵	mǐn	憫	悯	
		抿		
		敏		
		泯		
		閩	闽	
	wěn	刎		
		吻		
man⁶	wěn	紊		
	wèn	汶		
		問	问	
mang⁴	méng	盟		
		萌		
mat⁶	mì	密		
		蜜		
	wà	襪	袜	
	wù	勿		
		物		
mau¹	pǐ	痞		
mau⁴	móu	牟		
		眸		
		｜繆	缪	綢繆
		謀	谋	
mau⁵	mǒu	某		
	mǔ	畝	亩	
mau⁶	mào	懋		
		茂		
		貿	贸	
	miù	｜繆	缪	同謬
		謬	谬	
mei¹	mī	咪		
		眯	眯	
mei⁴	méi	嵋		
		楣		
		湄		
		眉		
		｜媚		
	mí	獼	猕	
		｜彌	弥	
		｜瀰	弥	
		糜		
		｜靡		靡爛
		麋		
	wēi	微		
		薇		
mei⁵	měi	美		
		鎂	镁	
	mǐ	｜靡		萎靡
	wěi	娓		

mei⁶　　mèi
　　　　　尾
　　　　　寐
　　　　|媚
　　　　　魅
　　　　wèi
　　　　　味
　　　　　未
meng⁶　mìng
mik⁶　　mì
　　　　|命　　粵白讀
　　　　　幕
　　　　　汨
　　　　　覓　覓
min⁴　　mián
　　　　　棉
　　　　　眠
　　　　　綿　绵
min⁵　　miǎn
　　　　　免
　　　　　冕
　　　　　勉
　　　　　娩
　　　　　緬　缅
　　　　　靦　腼
min⁶　　miàn
　　　　　面
　　　　　麵　麵　同麪
ming⁴　míng
　　　　|冥
　　　　　名
　　　　　明
　　　　|瞑
　　　　|銘　铭
　　　　　鳴　鸣
ming⁵　mǐn
　　　　　皿
　　　　míng
　　　　|冥
　　　　|瞑
　　　　　茗

mǐng
|銘　铭
　　酩
ming⁶　mìng
mit⁶　　miè
|命　　　粵文讀
　　蔑
　　滅　灭
　　篾
　　䖎　蔑
miu⁴　　miáo
　　描
　　瞄
　　苗
miu⁵　　miǎo
　　渺
　　秒
　　緲　缈
　　藐
　　yǎo
　　杳
|窈
miu⁶　　miào
　　妙
　　廟　庙
|繆　缪　姓氏
mo⁴　　máo
　　毛
　　髦
　　mó
　　摹
|模　　模型
　　mú
|模　　模樣
　　wū
　　巫
　　誣　诬
　　wú
　　毋
　　無　无
　　蕪　芜
　　wǔ
|嫵　妩
mo⁵　　mǔ
　　姆

		拇		
		母		
	wǔ	侮		
		嫵	妩	
		憮	怃	
		武		
		舞		
		鵡	鹉	
mo⁶	mào	瑁		
		冒		
		帽		
	mù	募		
		墓		
		慕		
		暮		
	wù	務	务	
		戊		
		霧	雾	
		鶩	鹜	
		鷙	鸷	
moh¹	me	麼	么	
	mó	摩		
		魔		
moh²	mō	摸		
moh⁴	mó	磨		磨滅
		蘑		
		饃	馍	
	mò	磨		磨麵
moh⁶	mò	磨		石磨
mok¹	bāo	剝	剥	剝花生
	bō	剝	剥	剝削

mok⁶	mó	膜		
	mò	寞		
		漠		
		莫		
	mù	幕		
mong¹	máng	杧		同芒
		芒		芒果
mong⁴	máng	忙		
		芒		光芒
		茫		
	wáng	亡		
	wàng	忘		
mong⁵	mǎng	莽		
		蟒		
	wǎng	罔		
		惘		
		網	网	
	wàng	妄		
mong⁶	wàng	望		
mooi⁴	méi	媒		
		枚		
		梅		
		煤		
		玫		
		莓		
		霉		
mooi⁵	měi	每		
mooi⁶	mào	瑁		
	mèi	妹		
		昧		
moon⁴	mán	瞞	瞒	

	mén	捫	扪	
		門	门	
	men	們	们	
	pán	蹣	蹒	
moon⁵	mǎn	滿	满	
moon⁶	mēn	悶	闷	悶熱
	mèn	懣	懑	
		燜	焖	
		悶	闷	煩悶
moot³	mǒ	抹		塗抹
	mò	抹		抹灰
		秣		
moot⁶	méi	沒	没	沒有
	mò	末		
		歿	殁	
		沒	没	沒落
		沫		
		茉		
muk⁶	mù	木		
		沐		
		牧		
		目		
		睦		
		穆		
mung¹	méng	檬		
mung²	měng	懵		懵懂
mung⁴	mēng	矇	蒙	欺騙
	méng	朦		
		檬		
		濛		
		矇		失明

		蒙	蒙蔽
měng	懵	懵然	
	蒙	蒙古	
mung⁵	měng	懵	懵懂
mung⁶	mèng	夢	梦

n

na⁴	ná	拿	
	nà	娜	人名
	né	哪	哪吒
na⁵	nǎ	哪	哪怕
	nà	那	那裡
	něi	哪	哪個
	nèi	那	那些
naai⁵	nǎi	乃	
		奶	
		氖	
naam⁴	nán	南	
		喃	
		楠	
		男	
naam⁵	nǎn	腩	
naan⁴	nán	難	难	困難
naan⁶	nàn	難	难	災難
naap⁶	nà	呐	
		納	纳
		鈉	钠
	nè	訥	讷
naat⁶	nà	捺	
naau⁴	máo	錨	锚
	náo	撓	挠
naau⁶	nào	鬧	闹

nai⁴	ní	泥	泥土
nang⁴	néng	能	
nap¹	āo	凹	
	lì	粒	
nau²	niū	妞	
	niǔ	忸	
		扭	
		紐 纽	
		鈕 钮	
	xiǔ	朽	
ne¹	ne	呢	助詞
nei⁴	mí	彌 弥	
		瀰 弥	
	nī	妮	
	ní	呢	呢絨
		尼	
		怩	
nei⁵	ěr	洱	普洱
	nǐ	你	
		妳	
	nín	您	
nei⁶	ěr	餌 饵	
	nì	泥	拘泥
		膩	
neung⁴	niáng	娘	
		孃 娘	
ng²	ńg	嗯	表疑問
ng⁴	wú	吾	
		吳 吴	
		梧	梧桐
		蜈 蜈	

ng⁵	ňg	嗯	表意外
	wǔ	五	
		午	
		伍	
		仵	
		忤	
ng⁶	ǹg	嗯	表答應
	wú	梧	魁梧
	wù	寤	
		悟	
		晤	
		誤 误	
nga⁴	yá	牙	
		芽	
		蚜	
		衙	
nga⁵	wà	瓦	瓦刀
	wǎ	瓦	瓦解
	yǎ	雅	
nga⁶	yà	訝 讶	
ngaai⁴	ái	挨	挨罵
		捱	
	yá	崖	
		涯	
ngaai⁶	ài	艾	
	yì	刈	
ngaak⁶	é	額 额	
	nì	逆	粵白讀
ngaam⁴	ái	癌	
	yán	岩	同巖
		巖 岩	

ngaan⁴	yán	顏	颜			yì	屹		
ngaan⁵	yǎn	眼			ngau¹	gōu	勾		
ngaan⁶	yàn	贗	赝				鈎	钩	
		雁			ngau⁴	niú	牛		
ngaang⁶	yìng	硬			ngau⁵	ǒu	偶		
ngaau⁴	xiáo	淆					耦		
	yáo	爻					藕		
		肴			ngo⁴	āo	｜熬		熬菜
		餚	肴			áo	｜熬		熬夜
ngaau⁵	yǎo	咬					翱		
ngaau⁶	yào	｜樂	乐	敬業樂群			遨		
ngai⁴	ní	倪					鰲	鳌
		霓			ngo⁶	ào	傲		
	wēi	危			ngoh⁴	é	俄		
		巍					｜哦		吟哦
ngai⁵	yǐ	蟻	蚁				娥		
ngai⁶	wěi	偽	伪				峨		
	wèi	魏					蛾		
	yì	囈	呓				訛	讹
		毅					鵝	鹅
		羿			ngoh⁵	wǒ	我		
		藝	艺		ngoh⁶	è	餓	饿
		詣	诣			wò	臥		同臥
ngan⁴	yín	垠			ngoi⁴	ái	｜獃	呆	
		銀	银				皚	皑
		齦	龈			dāi	｜呆		
ngan⁶	rèn	｜靭	韧	粤白讀	ngoi⁶	ài	礙	碍
ngat⁶	gē	疙				wài	外		
	qì	訖	讫		ngok⁶	è	噩		
		迄					愕		
	wù	兀					萼		

粵拼	拼音	繁	簡	註
		鄂		
		鍔	锷	
		顎	颚	
		鱷	鰐	
	yuè	岳		
		嶽	岳	
		樂	乐	樂器
ngon⁶	àn	岸		
ngong⁴	áng	昂		
ngong⁶	gàng	戇	戆	戇頭戇腦
nik¹	nì	匿		
		暱	昵	
		溺		
nik⁶	nì	溺		
nim¹	niān	拈		
	nián	黏		
nim⁴	nián	粘		同黏
		黏		
		鯰	鲶	
	zhān	粘		粘貼
nim⁶	niàn	唸		
		念		
nin²	niǎn	捻		同撚
		撚	捻	
nin⁴	nián	年		
ning⁴	níng	嚀	咛	
		寧	宁	寧靜
		擰	拧	擰手巾
		檸	柠	
		獰	狞	
	nìng	寧	宁	寧可
		濘	泞	
ning⁶	nǐng	擰	拧	擰螺絲釘
	nìng	擰	拧	倔強
		濘	泞	
nip⁶	niē	捏		用手指捏
		捏		
	niè	聶	聂	
		躡	蹑	
		鎳	镍	
		鑷	镊	
niu⁵	niǎo	嬝	袅	
		裊	袅	
		鳥	鸟	
niu⁶	niào	尿		
no⁴	nú	奴		
no⁵	nǎo	惱	恼	
		瑙		
		腦	脑	
	nǔ	努		
		弩		
no⁶	nù	怒		
noh⁴	nà	娜		人名
	nuó	挪		
noh⁵	nuó	娜		婀娜
noh⁶	nuò	懦		
		糯		
noi⁶	nài	奈		
		耐		
	nèi	內		
nok⁶	nuò	諾	诺	
nong⁴	náng	囊		

	ráng	瓢				靄	霭	
nuen⁵	nuǎn	暖			ài	|嗳	嗳	
nuen⁶	nèn	嫩		oi³	ài	嫒	嫒	
nui⁵	něi	餒	馁			愛	爱	
	nǚ	女				|嗳	嗳	
nung⁴	nóng	儂	侬	ok³	è	|惡	恶	醜惡
		濃	浓		ě	噁	恶	
		膿	脓	on¹	ān	安		
		農	农			氨		
nut⁶	nè	|訥	讷			鞍		

o²	ǎo	|襖	袄	on³	àn	按		
o³	ǎo	|襖	袄			案		
	ào	奧		ong¹	āng	骯		
		懊		ong³	àng	盎		
		澳						
	ō	|噢						
	wù	|塢	坞	船塢				

oh¹	ē	|阿		阿諛	pa¹	bā	|扒	扒開
		婀				pā	|葩	
	kē	痾	疴				趴	
		柯			pa³	pà	怕	
		軻	轲		pa⁴	pá	|扒	扒手
	ō	|噢					杷	
oh²	ó	|哦		表驚疑			爬	
oh³	ā	|啊		表讚歎			琶	
oh⁴	ò	|哦		表領悟			耙	
oi¹	āi	哀			paai³	pài	派	
		|埃					|湃	
oi²	ǎi	|噯	嗳	表否定	paai⁴	pái	排	
		藹	蔼				牌	
					paak¹	pā	啪	
					paak³	bó	|柏	柏林
							|泊	停泊

<table>
<tr><td></td><td>pà</td><td>帕</td><td></td></tr>
<tr><td></td><td>pāi</td><td>拍</td><td></td></tr>
<tr><td></td><td>pò</td><td>珀</td><td></td></tr>
<tr><td></td><td></td><td>|魄</td><td>魄力</td></tr>
<tr><td>paan¹</td><td>pān</td><td>攀</td><td></td></tr>
<tr><td>paan³</td><td>pàn</td><td>盼</td><td></td></tr>
<tr><td>paang¹</td><td>pēng</td><td>烹</td><td></td></tr>
<tr><td>paang⁴</td><td>péng</td><td>彭</td><td></td></tr>
<tr><td></td><td></td><td>棚</td><td></td></tr>
<tr><td></td><td></td><td>澎</td><td></td></tr>
<tr><td></td><td></td><td>|硼</td><td>粵白讀</td></tr>
<tr><td></td><td></td><td>膨</td><td></td></tr>
<tr><td></td><td></td><td>鵬 鹏</td><td></td></tr>
<tr><td>paang⁵</td><td>bàng</td><td>棒</td><td></td></tr>
<tr><td>paau¹</td><td>pāo</td><td>拋</td><td></td></tr>
<tr><td></td><td></td><td>泡</td><td>豆腐泡兒</td></tr>
<tr><td>paau²</td><td>pǎo</td><td>|跑</td><td>跑步</td></tr>
<tr><td>paau³</td><td>bào</td><td>豹</td><td></td></tr>
<tr><td></td><td>páo</td><td>|炮</td><td>炮製</td></tr>
<tr><td></td><td>pào</td><td>|泡</td><td>泡茶</td></tr>
<tr><td></td><td></td><td>|炮</td><td>炮彈</td></tr>
<tr><td></td><td></td><td>砲</td><td>同炮</td></tr>
<tr><td>paau⁴</td><td>bào</td><td>|刨</td><td>名詞</td></tr>
<tr><td></td><td>páo</td><td>|刨</td><td>動詞</td></tr>
<tr><td></td><td></td><td>咆</td><td></td></tr>
<tr><td></td><td></td><td>庖</td><td></td></tr>
<tr><td></td><td></td><td>|炮</td><td>炮製</td></tr>
<tr><td></td><td></td><td>|跑</td><td>虎跑泉</td></tr>
<tr><td>pai¹</td><td>pī</td><td>批</td><td></td></tr>
<tr><td>pan³</td><td>pēn</td><td>|噴 喷</td><td>噴泉</td></tr>
<tr><td></td><td>pèn</td><td>|噴 喷</td><td>噴香</td></tr>
</table>

<table>
<tr><td>pan⁴</td><td>bīn</td><td>瀕 濒</td><td></td></tr>
<tr><td></td><td>pín</td><td>|嬪 嫔</td><td></td></tr>
<tr><td></td><td></td><td>貧 贫</td><td></td></tr>
<tr><td></td><td></td><td>頻 频</td><td></td></tr>
<tr><td></td><td></td><td>顰 颦</td><td></td></tr>
<tr><td>pang⁴</td><td>péng</td><td>朋</td><td></td></tr>
<tr><td></td><td></td><td>|硼</td><td>粵文讀</td></tr>
<tr><td></td><td>píng</td><td>憑 凭</td><td></td></tr>
<tr><td>pat¹</td><td>pǐ</td><td>疋</td><td>同匹</td></tr>
<tr><td></td><td></td><td>匹</td><td></td></tr>
<tr><td>pau²</td><td>pōu</td><td>|剖</td><td></td></tr>
<tr><td>pei¹</td><td>pēi</td><td>呸</td><td></td></tr>
<tr><td></td><td>pī</td><td>丕</td><td></td></tr>
<tr><td></td><td></td><td>砒</td><td></td></tr>
<tr><td></td><td></td><td>披</td><td></td></tr>
<tr><td></td><td></td><td>紕 纰</td><td></td></tr>
<tr><td>pei²</td><td>bǐ</td><td>鄙</td><td></td></tr>
<tr><td>pei³</td><td>pì</td><td>|媲</td><td></td></tr>
<tr><td></td><td></td><td>屁</td><td></td></tr>
<tr><td></td><td></td><td>譬</td><td></td></tr>
<tr><td>pei⁴</td><td>pí</td><td>枇</td><td></td></tr>
<tr><td></td><td></td><td>毗</td><td></td></tr>
<tr><td></td><td></td><td>琵</td><td></td></tr>
<tr><td></td><td></td><td>疲</td><td></td></tr>
<tr><td></td><td></td><td>皮</td><td></td></tr>
<tr><td></td><td></td><td>脾</td><td></td></tr>
<tr><td>pei⁵</td><td>bèi</td><td>|被</td><td>棉被</td></tr>
<tr><td></td><td>bì</td><td>婢</td><td></td></tr>
<tr><td>pek³</td><td>pī</td><td>|劈</td><td>粵白讀</td></tr>
<tr><td>peng⁴</td><td>píng</td><td>|平</td><td>粵口語</td></tr>
<tr><td>pik¹</td><td>pī</td><td>|劈</td><td>粵文讀</td></tr>
</table>

		霹					屏	屏風
	pǐ	癖					平	
	pì	僻					瓶	
		辟	同闢				萍	
		闢	辟				蘋	苹
pin¹	biān	編	编				評	评
		蝙		pit³	piē		撇	撇下
	piān	扁	扁舟				瞥	
		偏			piě		撇	撇開
		篇		piu¹	piāo		漂	漂流
		翩					縹	缥
pin³	biàn	遍					飄	飘
	piān	片	唱片	piu³	piǎo		漂	漂白
	piàn	片	片斷		piào		漂	漂亮
		騙	骗				票	
pin⁴	pián	便	便宜	piu⁴	piáo		朴	姓氏
		駢	骈				嫖	
ping¹	pēng	怦					瓢	
		抨		piu⁵	biào		鰾	鳔
		砰	砰然		piāo		剽	
	pīn	姘			piǎo		瞟	
		拼		po¹	pū		鋪	铺 鋪張
	pīng	乒			pù		舖	铺 同鋪（床舖）
		娉		po²	fǔ		甫	專名用
ping³	bìng	併	并				脯	果脯
	pīn	拼			pú		脯	胸脯
	pìn	聘			pǔ		圃	
ping⁴	chèng	秤	同平（天秤）				普	
	pēng	砰	專名用				浦	
	pián	駢	骈				溥	
	píng	坪					譜	谱

pung²	pěng	捧	
pung³	pèng	碰	
pung⁴	péng	篷	
		蓬	

S

sa¹	sà	卅	
	shā	沙	
		砂	
		紗 纱	
		莎	專名用
		袈	
		鯊 鲨	
sa²	sǎ	灑 洒	
	shá	啥	
	shuǎ	耍	
saai²	xǐ	徙	
		璽 玺	
saai³	shài	曬 晒	
saai⁵	shì	舐	
saak³	suǒ	索	索價
saam¹	sān	三	數目
		叁	同三
	shā	杉	杉木
	shān	衫	
saam³	sān	三	三思
saan¹	shān	刪	
		姍	
		栅	栅極
		山	
		珊	
		舢	

		跚	
	shuān	拴	
		栓	
		門 闩	
saan²	sǎn	散	散漫
saan³	cuàn	篡	
	sǎn	傘 伞	
	sàn	散	散步
	shàn	汕	
		疝	
		訕 讪	
	shuàn	涮	
saan⁴	chán	孱	
		潺	
saang¹	shēng	牲	粵白讀
		生	粵白讀
		甥	粵白讀
		笙	粵白讀
saang²	shěng	省	省分
saap³	jī	圾	
	sà	颯 飒	
	sè	澀 涩	
	shà	霎	
saat³	chà	剎	剎那
	sā	撒	撒網
	sǎ	撒	撒種
	sà	薩 萨	
	shā	剎	剎車
		殺 杀	
		煞	煞住
	shà	煞	煞費苦心

	shuà	刷	刷白
saau¹	shāo	捎	
		梢	
		筲	
		艄	
saau²	shāo	稍	稍微
	shào	稍	稍息
saau³	shào	哨	
sai¹	shāi	篩 筛	
	sī	嘶	
	xī	犀	
		茜	專名用
		西	
sai²	shǐ	使	粵白讀（使用）
		駛 驶	
	xǐ	洗	
sai³	shì	世	
		勢 势	
	xì	細 细	
	xù	婿	
sai⁶	shì	噬	
		誓	
		逝	
sak¹	sāi	塞	活塞
	sè	塞	充塞
sam¹	sēn	森	
	shēn	參 参	人參
		深	
	xīn	心	
		芯	燈芯
	xìn	芯	芯子

sam²	shěn	嬸 婶	
		審 审	
		沈	姓氏
		瀋 沈	
sam³	qìn	沁	
	shèn	滲 渗	
sam⁴	cén	岑	
	chén	忱	
sam⁶	shén	什	同甚
		甚 什	甚麼
	shèn	甚	甚至
san¹	shēn	伸	
		呻	
		娠	
		申	
		砷	
		紳 绅	
		莘	
		身	
	xīn	新	
		薪	
		辛	
		鋅 锌	
san⁴	chén	晨	
		臣	
		辰	
	shén	神	
	shèn	蜃	
san⁵	shèn	蜃	
san⁶	shèn	慎	
		腎 肾	

sang¹	shēng	生		粵文讀			瘦		
		甥		粵文讀	shù	漱		
		牲		粵文讀	sòu	嗽		
		笙		粵文讀	xiù	宿		星宿
sap¹	sè	澀	涩			銹	锈	同鏽
	shī	濕	湿			秀		
sap⁶	shí	十				繡	绣	
		拾				鏽	锈	同銹
sat¹	sè	瑟		sau⁴	chóu	仇		仇恨
	shī	失		sau⁶	shòu	受		
		虱		同蝨		售		
		蝨	虱			壽	寿	
	shì	室				授		
	xī	膝		se¹	shē	賒	赊	
sat⁶	shí	實	实		xiē	些		
sau¹	shōu	收		se²	shě	舍		同捨
	sōu	蒐	搜			捨	舍	
		颼	飕			xiě	寫	写
		餿	馊	se³	shè	舍		校舍
	xiū	修				赦		
		羞			xiè	卸		
sau²	shǒu	守		守衛		瀉	泻
		手		se⁴	shé	佘		
		首				蛇		蛇蠍
	sōu	搜		se⁵	shè	社		
		艘		se⁶	shè	射		
	sǒu	叟				麝		
		擻	擞	sei²	sǐ	死		
sau³	shòu	守		太守	sei³	sì	四		
		狩		sek³	xī	錫	锡	粵白讀
		獸	兽	sek⁶	shí	石		石頭

	shuò	碩	硕				裳	霓裳
seng¹	shēng	聲	声	粵白讀		shang	裳	衣裳
	xīng	腥		粵白讀	seung⁵	shàng	上	上車
seng²	xǐng	醒		粵白讀		shǎng	上	上聲
seng⁴	chéng	城		粵白讀	seung⁶	shàng	上	上面
		成		粵白讀			尚	
seuk³	shuò	爍	烁		si¹	shī	尸	
		鑠	铄				屍	尸
	xiāo	削		削皮			師	师
	xuē	削		剝削			施	
seung¹	shāng	傷	伤				獅	狮
		商					詩	诗
		殤	殇			sī	司	
		觴	觞				嘶	
	shuāng	孀					厮	厮
		雙	双				思	思想
		霜					撕	
	xiāng	廂	厢				斯	
		湘					私	
		相		互相			絲	丝
		箱			si²	shǐ	使	粵文讀（使用）
		襄					史	
		鑲	镶				屎	
seung²	shǎng	賞	赏		si³	shǐ	使	大使
	xiǎng	想				shì	嗜	
seung³	xiàng	相		相貌			弑	
seung⁴	cháng	償	偿				試	试
		嘗	尝			sī	思	不好意思
		嚐	尝			sì	肆	
		嫦					駟	驷
		常			si⁴	shí	時	时

	shi	匙		鑰匙		熄	
si⁵	shì	市				蜥	
si⁶	chǐ	豉				蟋	
	cì	伺		伺候	xí	媳	
	shì	事			sik³ xī	錫 锡	粵文讀
		仕			cì	刺	行刺
		侍			sik⁶ shí	食	
		士				蝕 蚀	
		是			sim² shǎn	閃 闪	
		氏				陝 陕	
		示			sim⁴ chán	嬋 婵	
		視 视				禪 禅	禪師
sik¹	sè	色	色彩			蟬 蝉	
		嗇 啬		yán	檐	同簷
	shǎi	色	普口語		簷 檐	同檐
	shí	識 识		sim⁶ shàn	贍 赡	
	shì	式		sin¹ xiān	仙	
		拭			先	
		軾 轼			鮮 鲜	新鮮
		適 适		sin² xiǎn	冼	
		釋 释			蘚 藓	
		飾 饰			鮮 鲜	鮮有
	tóu	骰		xuǎn	癬 癣
	xī	瘜		sin³ qiàn	倩	
		息			茜	茜草
		悉		shān	煽	
		惜		shàn	扇	
		昔		xiàn	線 线	同綫
		晰			腺	
		析		sin⁴ chán	單 单	單于
		淅		sin⁵ shàn	鱔 鳝	

粵	普	繁	簡	註
sin6	chǎn	闡	阐	
	shàn	善		
		單	单	姓氏
		擅		
		禪	禅	禪讓
		繕	缮	
		膳		
	xiàn	羨	羡	
sing1	shēng	升		
		昇	升	同升
		聲	声	粵文讀
	shèng	勝	胜	勝任
	xīng	惺		
		星		
		猩		
		腥		粵文讀
sing2	xǐng	省		反省
		醒		粵文讀
sing3	shèng	勝	胜	勝利
		聖	圣	
	xìng	姓		
		性		
sing4	chéng	丞		
		乘		乘車
		城		粵文讀
		成		粵文讀
		承		
		盛		盛載
		誠	诚	
	shéng	繩	绳	
sing6	shèng	乘		千乘之國

粵	普	繁	簡	註
		剩		
		盛		盛大
sip3	shè	懾	慑	
		攝	摄	
		涉		
sit3	qiè	竊	窃	
	xiē	楔		
	xiè	契		古人名
		屑		
		泄		同洩
		洩	泄	同泄
		燮		
		褻	亵	
	xuē	薛		
sit6	shé	舌		
siu1	shāo	燒	烧	
	xiāo	宵		
		消		
		瀟	潇	
		硝		
		簫	箫	
		蕭	萧	
		逍		
		銷	销	
		霄		
siu2	shǎo	少		多少
	xiǎo	小		
siu3	shào	少		少年
	xiào	嘯	啸	
		笑		
siu4	sháo	韶		

siu⁶	shào	紹	绍	
		邵		
	zhào	兆		
		肇		
so¹	sāo	臊		
		搔		
		繰	缲	
		騷	骚	
	sū	嗉	苏	
		甦	苏	
		穌	稣	
		蘇	苏	
		酥		
	xū	鬚	须	
so²	sǎo	嫂		
	shǔ	數	数	數一數二
so³	sǎo	掃	扫	打掃
	sào	掃	扫	掃帚
	shù	數	数	數目
		漱		
	sù	塑		
		溯		
		素		
		訴	诉	
soh¹	shū	梳		
		疏		疏忽
		蔬		
	suō	唆		
		嗦		
		娑		
		梭		

		莎		莎草
		蓑		
soh²	suǒ	嗩	唢	
		所		
		瑣	琐	
		鎖	锁	
soh³	shū	疏		注疏
soh⁴	shǎ	傻		
soi¹	sāi	腮		
		鰓	鳃	
sok³	shuò	數	数	屢次
		朔		
	sù	塑		
	suǒ	索		繩索
song¹	sāng	喪	丧	喪事
		桑		
	sǎng	嗓		
song²	sǎng	嗓		
	shuǎng	爽		
song³	sàng	喪	丧	喪命
sue¹	shū	抒		
		書	书	
		樞	枢	
		舒		
		輸	输	
sue²	shǔ	暑		
		黍		
		鼠		
sue³	shù	庶		
		恕		
		戍		

sue⁴	shū	殊		
	shǔ	薯		
sue⁶	shù	樹	树	
		豎	竖	
suen¹	suān	酸		
	sūn	孫	孙	
		飧		
	xuān	宣		
suen²	sǔn	損	损	
	xuǎn	選	选	
suen³	suàn	算		
		蒜		
	xuàn	ǀ渲		
suen⁴	chuán	船		
	xuán	ǀ旋		旋轉
		漩		
	xuàn	ǀ旋		旋風
suen⁵	juàn	ǀ雋	隽	雋永
	shǔn	吮		
suen⁶	zhuàn	篆		
suet³	shuō	ǀ説	说	説話
	xuě	雪		
sui¹	shuāi	衰		
	suī	雖	虽	
	suí	綏	绥	
	xū	胥		
		需		
		須	须	
sui²	shuǐ	水		
sui³	shuài	帥	帅	
	shuì	税		

		ǀ説	说	説服
	suì	歲	岁	
		碎		
sui⁴	chuí	垂		
		陲		
	shéi	ǀ誰	谁	
	shuí	ǀ誰	谁	
sui⁵	cuì	ǀ悴		
	shù	墅		
	suǐ	髓		
	xù	絮		
		緒	绪	
sui⁶	cuì	ǀ悴		
		瘁		
		粹		
		萃		
	ruì	瑞		
	shuì	睡		
	suí	ǀ遂		半身不遂
	suì	ǀ彗		
		燧		
		祟		
		穗		
		ǀ遂		遂願
		隧		
suk¹	shū	倐		
		叔		
	sù	夙		
		ǀ宿		住宿
		粟		
		肅	肃	

	suō	縮	缩		
	xiǔ	│宿	夜		
suk⁶	shóu	│熟	普白讀		
	shū	淑			
	shú	塾			
		孰			
		│熟	普文讀		
		贖	赎		
	shǔ	屬	属		
		蜀			
sun¹	xún	峋			
		荀			
		詢	询		
	xùn	徇			
		殉			
sun²	sǔn	筍	笋		
sun³	shùn	瞬			
		舜			
	xìn	信			
	xùn	汛			
		訊	讯		
		迅			
		遜	逊		
sun⁴	chún	唇		同骨	
		淳			
		純	纯		
		脣	唇	同唇	
		醇			
		│鶉	鹑		
	xùn	馴	驯		
sun⁶	shùn	順	顺		

sung¹	cóng	│從	从	從容
	sōng	嵩		
		忪		
		鬆	松	
sung²	sǒng	悚		
		慫	怂	
		聳	耸	
sung³	sòng	宋		
		送		
sung⁴	chóng	崇		
sut¹	shuāi	摔		
	shuài	│率		率直
		蟀		
	xū	戌		
	xù	恤		
sut⁶	shù	術	术	
		述		

t

ta¹	tā	他		
		她		
		它		
		牠		
taai³	dài	貸	贷	
	tài	太		
		態	态	
		汰		
		泰		
		鈦	钛	
taam¹	tān	貪	贪	
taam³	tàn	探		
taam⁴	tán	曇	昙	

粤拼	拼音	繁	簡	備註
		潭		
		痰		
		談	谈	
		譚	谭	
taam⁵	dàn	❘淡		粤白讀
taan¹	tān	坍		
		攤	摊	
		灘	滩	
		❘癱	瘫	
taan²	tān	❘癱	瘫	
	tǎn	坦		
		忐		
		毯		
		袒		
taan³	tàn	嘆	叹	同歎
		歎	叹	同嘆
		炭		
		碳		
taan⁴	tán	壇	坛	
		❘彈	弹	彈琴
		檀		
taap³	tā	塌		
	tǎ	塔		
	tà	榻		
		❘蹋		
taat³	dá	躂	跶	
		韃	鞑	
	tà	撻	挞	
tai¹	tī	梯		
		銻	锑	
tai²	tǐ	體	体	

粤拼	拼音	繁	簡	備註
tai³	dì	❘締	缔	
	tì	剃		
		嚏		
		屜	屉	
		替		
		涕		
tai⁴	dī	堤		
		❘提		提防
	tí	啼		
		❘提		提高
		蹄		
		題	题	
tam⁵	dàng	氹		
tan¹	tūn	吞		
	tún	❘飩	饨	粤白讀
tan³	tùn	❘褪		褪下
tan⁴	tún	❘飩	饨	粤文讀
tang⁴	téng	疼		
		藤		
		滕		
		謄	誊	
		騰	腾	
tau¹	tōu	偷		
tau³	tòu	透		
tau⁴	tóu	投		
		頭	头	
		❘骰		
tek³	tī	踢		
teng¹	tīng	聽	厅	
		❘聽	听	粤白讀（聽從）
teng⁵	tǐng	❘艇		粤白讀

tik¹	tè	忑		
	tī	剔		
	tì	倜		
		惕		
tim¹	tiān	添		
tim²	tiǎn	舔		
tim⁴	tián	恬		
		甜		
tim⁵	tián	恬		
tin¹	tiān	天		
tin²	tiǎn	腆		
tin⁴	diān	滇		
	tián	填		
		田		
ting¹	tīng	汀		
		聽	听	粵文讀（聽從）
ting³	tīng	聽	听	聽任
ting⁴	tíng	亭		
		停		
		婷		
		庭		
		廷		
		蜓		
		霆		
ting⁵	tǐng	挺		
		艇		粵文讀
tip³	tiē	帖		妥帖
		貼	贴	
	tiě	帖		請帖
	tiè	帖		碑帖
tit³	tiě	鐵	铁	

tiu¹	tiāo	佻		
		挑		挑選
	tiǎo	挑		挑撥
tiu³	tiào	眺		
		跳		
tiu⁴	tiāo	佻		
	tiáo	條	条	
		迢		
		調	调	調和
tiu⁵	tiǎo	窕		
to¹	tāo	叨		叨光
		滔		
		韜	韬	
to²	dǎo	禱	祷	
	tǎo	討	讨	
	tǔ	土		
to³	tào	套		
	tǔ	吐		吐痰
	tù	兔		
	tù	吐		嘔吐
to⁴	tāo	掏		
		濤	涛	
	táo	啕		
		桃		
		淘		
		萄		
		逃		
		陶		
	tú	圖	图	
		塗	涂	
		屠		

粵拼	普通話	字	備註
		徒	
		茶	
		途	
to⁵	dǔ	肚	動物的胃
	dù	肚	肚子
toh¹	tuō	拖	
toh³	tuò	唾	
toh⁴	duò	舵	
	tuó	佗 沱 跎 陀 馱(驮) 駝(驼) 鼉(鼉)	
toh⁵	tuǒ	妥 橢(椭)	
toi¹	tāi	苔	舌苔
		胎	
toi⁴	tái	台	同臺（講台）
		枱 台	同檯
		檯 台	同枱
		臺 台	同台（樓臺）
		跆	
		抬	
		苔	青苔
		颱 台	
toi⁵	dài	怠 殆 紿	
tok³	tuō	托	

粵拼	普通話	字	備註
		託 托	
	tuò	拓	
tong¹	tāng	湯 汤	
tong²	tǎng	倘 儻(傥) 帑 淌 躺	
tong³	tàng	燙 烫	
	tàng	趟	
	yùn	熨	熨斗
tong⁴	táng	唐 堂 塘 搪	搪塞
		棠 糖 膛 螳	
tong⁵	táng	搪	搪瓷
tuen⁴	tuán	團 团 糰 团	
	tún	囤 屯 臀 豚	
tuen⁵	duàn	斷 断	粵白讀（折斷）
tuet³	tuō	脱	
tui¹	tuī	推	
tui²	tuǐ	腿	
tui³	tuì	蛻	

		褪	褪色
		退	
tui⁴	tuí	頹 頹	
tuk¹	tū	禿	
tun¹	tuān	湍	
tun⁵	dùn	盾	
tung¹	tōng	通	
tung²	tǒng	桶	
		統 统	
tung³	tòng	痛	
tung⁴	tóng	仝	同同（仝人）
		僮	書僮
		同	
		彤	
		桐	
		潼	
		瞳	
		童	
		銅 铜	
	tǒng	筒	

u			
uk¹	wū	屋	
ung³	wèng	甕 瓮	

w			
wa¹	huā	嘩 哗	象聲詞
		嘩 哗	喧嘩
		譁 哗	
	wā	哇	
		窪 洼	
		蛙	

	wá	娃	
wa⁴	huá	划	
		華 华	精華
	huà	樺 桦	
wa⁵	huái	踝	
wa⁶	huà	樺 桦	
		畫 画	畫廊
		華 华	姓氏
		話 话	
waai¹	wāi	歪	
waai⁴	huái	懷 怀	
		槐	
		淮	
waai⁶	huài	壞 坏	
waak⁶	huá	劃 划	劃火柴
	huà	劃 划	計劃
		畫 画	畫圖
	huò	惑	
		或	
waan¹	wān	彎 弯	
		灣 湾	
waan⁴	hái	還 还	還有
	huán	寰	
		環 环	
		還 还	歸還
	wán	玩	玩笑
		頑 顽	
waan⁵	huàn	鯇 鲩	
	wǎn	挽	
		輓 挽	
waan⁶	huàn	宦	

		幻		
		患		
		豢		
waang⁴	héng	橫	横	橫行
waang⁶	hèng	橫	横	橫逆
waat³	wā	挖		
	wò	斡		
waat⁶	huá	滑		滑行
		猾		
wai¹	wēi	威		
		逶		
wai²	huǐ	毀		
		燬	毁	
	huì	卉		
	wěi	委		
		猥		
		痿		
		萎		
		諉	诿	
wai³	huì	薈	荟	
		穢	秽	
	wèi	喂		
		尉		
		慰		
		畏		
		蔚		
		餵	喂	
wai⁴	wéi	唯		
		圍	围	
		帷		
		惟		

		桅		
		為	为	行為
		維	维	
		違	违	
		韋	韦	
	yí	遺	遗	
wai⁵	huì	諱	讳	
	wéi	韋	韦	
	wěi	偉	伟	
		緯	纬	
		葦	苇	
wai⁶	huì	彗		
		彙	汇	
		惠		
		慧		
		蕙		
	wèi	位		
		渭		
		為	为	為何
		胃		
		衛	卫	
		謂	谓	
wan¹	wēn	溫		
		瘟		
wan²	wěn	穩	稳	
	yùn	蘊		
		醞	酝	
wan⁴	hún	混		同渾（混水摸魚）
		渾	浑	渾水摸魚
		餛	馄	
		魂		

yūn	暈	暈	頭暈
yún	匀		
	云		
	筠		竹子
	紜	纭	
	耘		
	芸		
	雲	云	
	暈	暈	暈船

wan⁵ yǐn	尹		
yǔn	允		
	殞	殒	
	隕	陨	
yùn	醞	酝	
	韻	韵	
wan⁶ hún	渾	浑	渾濁
hùn	混		混合
yùn	暈	暈	月暈
	熨		熨斗
	運	运	
	韻	韵	
wang⁴ hóng	宏		
	弘		
wat¹ qū	屈		
yù	熨		熨貼
	鬱	郁	
wat⁶ hú	核		棗核
yù	鷸	鹬	
wik⁶ yù	域		
wing¹ rēng	扔		
wing⁴ róng	嶸	嵘	

		榮	荣
wing⁵ yǒng	永		
wing⁶ yǐng	穎	颖	
yǒng	泳		
	詠	咏	
woh¹ guō	鍋	锅	
wā	媧	娲	
wō	倭		
	撾	挝	
	渦	涡	
	窩	窝	
	萵	莴	
	蝸	蜗	
woh⁴ hé	和		和諧
	禾		
	龢		同和
huó	和		和泥
woh⁶ hè	和		附和
huò	禍	祸	
wok⁶ huò	獲	获	
	穫	获	
	鑊	镬	
wong¹ wāng	汪		
wong² wǎng	枉		
wong⁴ huáng	凰		
	徨		
	惶		
	煌		
	璜	璜	
	皇		
	磺	磺	

		簧	簧
		蝗	
		遑	
		隍	
		黃	黄
	wáng	王	王國
wong⁵	wǎng	往	
wong⁶	wàng	旺	
		王	動詞
woo¹	wū	嗚	呜
		污	
		烏	乌
		鎢	钨
woo²	hǔ	滸	浒
	wǔ	摀	
	wù	塢	坞 山塢
woo³	wù	惡	恶 厭惡
woo⁴	hú	和	和牌
		壺	壶
		弧	
		湖	
		狐	
		瑚	
		糊	糊塗
		胡	
		葫	
		蝴	
		餬	馎
		鬍	胡
	hù	糊	糊弄
woo⁶	hù	互	

		戶	
		扈	
		滬	沪
		護	护
	yù	芋	
wooi¹	wēi	偎	
		煨	
wooi⁴	huái	徊	
	huí	回	
		茴	
		蛔	
		迴	回
wooi⁵	huì	會	会 懂得
wooi⁶	huì	匯	汇 同滙
		彙	汇
		會	会 會面
		滙	汇 同匯
		燴	烩
		薈	荟
	kuài	會	会 會計
woon²	wān	豌	
	wǎn	惋	
		碗	
	wàn	腕	
woon⁴	yuán	垣	
		援	
	yuàn	媛	
woon⁵	huàn	浣	
	wǎn	莞	莞爾
		皖	
woon⁶	huǎn	緩	缓

	huàn	喚	唤	
		奐	奂	
		換	换	
		渙	涣	
		煥	焕	
		瘓	痪	
	wán	｜玩		玩弄
woot^{6}	huó	活		

y

ya^{5}	yě	也		
ya^{6}	niàn	｜廿		
yai^{6}	yè	曳		
	zhuài	拽		
yam^{1}	qīn	欽	钦	
	yīn	｜蔭	荫	同陰
		陰	阴	
		音		
	xīn	鑫		
yam^{2}	yǐn	飲	饮	
yam^{3}	yìn	｜蔭	荫	蔭庇
yam^{4}	rén	｜任		姓氏
		壬		
	rèn	｜妊		
	yín	吟		
		淫		
yam^{6}	lìn	賃	赁	
	rèn	｜任		任何
		｜妊		
		飪	饪	
yan^{1}	ēn	恩		
	xīn	欣		
	yān	｜湮		
	yīn	因		
		姻		
		｜殷		殷勤
		茵		
	zhēn	甄		
yan^{2}	rěn	忍		
	yǐn	隱	隐	
yan^{3}	yìn	印		
yan^{4}	rén	人		
		仁		
	yín	寅		
yan^{5}	yǐn	引		
		癮	瘾	
		蚓		
yan^{6}	rèn	仞		
		刃		
		紉	纫	
		｜韌	韧	粵文讀
	xìn	釁	衅	
	yùn	孕		
yap^{1}	qì	泣		
	yī	揖		
	yì	熠		
		邑		
yap^{6}	rù	入		
yat^{1}	yī	一		
		壹		同一
yat^{6}	rì	日		
	yì	佚		
		溢		

		軼	轶
		逸	
yau¹	qiū	丘	
		蚯	
		邱	
	xiū	休	
	yōu	優	优
		幽	
		憂	忧
yau²	xiǔ	朽	
	yǒu	黝	
yau³	yòu	幼	
yau⁴	qiú	酋	
	róu	柔	
		揉	
		蹂	
	yōu	悠	
		攸	
	yóu	尤	
		柚	柚木
		油	
		游	
		猶	犹
		猷	
		由	
		遊	游
		郵	邮
		鈾	铀
		魷	鱿
yau⁵	yǒu	友	
		有	

		莠	
		酉	
	yòu	誘	诱
yau⁶	yòu	佑	
		又	
		右	
		柚	柚子
		祐	
		釉	
ye⁴	yē	椰	
		耶	耶穌
	yé	爺	爷
		揶	
		耶	助詞
		邪	莫邪
ye⁵	rě	惹	
	yě	冶	
		野	
ye⁶	niàn	廿	
	ruò	偌	
	yè	夜	
yeng⁴	yíng	嬴	赢 粵白讀
yeuk³	yuē	約	约
	yuè	躍	跃
yeuk⁶	nüè	瘧	疟
		虐	
	ruò	弱	
		若	
	xuè	謔	谑
	yào	藥	药
		鑰	钥

	yuē	曰			yi¹	yī	伊	
	yuè		躍	跃			依	
yeung¹	yāng	央					咿	
		殃					漪	
		泱					|衣	衣服
		秧					醫	医
		鞅			yi²	qǐ	綺	绮
		鴦	鸯			yí	咦	
yeung⁴	rǎng		攘	熙來攘往		yǐ	倚	
	yáng	佯					椅	
		揚	扬		yi³	yì	意	
		楊	杨				懿	
		洋					|衣	動詞
		瘍	疡		yi⁴	ér	兒	儿
		羊					而	
		陽	阳			yí	|蛇	委蛇
	yàng	烊					飴	饴
yeung⁵	rǎng	|攘	攘攘				儀	仪
	yǎng	仰					夷	
		氧					姨	
		癢	痒				宜	
		養	养				彝	
yeung⁶	niàng	釀	酿				怡	
	rāng	|嚷	嚷嚷				疑	
	rǎng	|嚷	叫嚷				痍	
		壤					移	
		|攘	攘攘				胰	
	ràng	讓	让				貽	贻
	yàng	恙					頤	颐
		樣	样			yǐ	迤	
		漾				yì	|誼	谊

yi⁵	ěr	洱		洱海			繹	绎	
		爾	尔				翌		
		耳					翼		
	nǐ	擬	拟				蝎		
	yǐ	以					譯	译	
		已					驛	驿	
		矣			yim¹	yān	腌		
	yì	議	议				淹		
yi⁶	èr	二					閹	阉	
		貳	贰	同二			醃	腌	
	yì	易		容易		yǎn	奄		
		異	异		yim²	yǎn	掩		
		義	义		yim³	ǎn	俺		
		肄				yàn	厭	厌	
		誼	谊		yim⁴	rán	髯		
yik¹	yì	億	亿			xián	嫌		
		憶	忆			yán	嚴	严	
		抑					檐		同簷
		益					炎		
		臆					簷	檐	同檐
yik⁶	nì	逆		粤文讀			閻	阎	
	yē	掖					鹽	盐	
	yè	液			yim⁵	rǎn	染		
		腋					冉		
	yì	亦				yǎn	儼	俨	
		奕			yim⁶	yàn	焰		
		弈					燄	焰	
		弋					艷	艳	同豓
		役					豓	艳	同艷
		易		交易			驗	验	
		疫			yin¹	yān	咽		咽喉

粵拼	普通話	繁	簡	註
		熒	荧	
		營	营	
		瑩	莹	
		盈		
		縈	萦	
		螢	萤	
		蠅	蝇	
		贏	赢	粵文讀
		迎		
ying⁶	rèn	認	认	
yip³	yān	腌		
		醃	腌	
	yè	饐	靥	
yip⁶	niè	孽		
	yè	業	业	
		葉	叶	
		頁	页	
yit³	yē	噎		
	yè	咽		嗚咽
		謁	谒	
yit⁶	niè	蘖		
	rè	熱	热	
yiu¹	yāo	要		要求
		吆		
		夭		桃之夭夭
		妖		
		腰		
		邀		
yiu²	rǎo	擾	扰	
	yāo	夭		夭折
	yǎo	窈		

粵拼	普通話	繁	簡	註
yiu³	yào	要		重要
yiu⁴	ráo	嬈	娆	
		饒	饶	
	yáo	堯	尧	
		姚		
		搖		
		瑤		
		窯	窑	同窰
		謠	谣	
		遙		
yiu⁵	rǎo	擾	扰	
	rào	繞	绕	
	yǎo	舀		
yiu⁶	yào	耀		
yoh¹	yō	喲	哟	嘆詞
	yo	喲	哟	用於句尾
yue¹	yū	淤		
		瘀		
		迂		
	yú	于		
		於	于	
yue²	yū	瘀		
	yǔ	傴	伛	
	yù	嫗	妪	
yue³	xù	酗		
	yù	飫	饫	
yue⁴	rú	儒		
		如		
		孺		
		濡		
		茹		

yú	蠕				禹
	余				羽
	俞				語 语 語言
	娛 娛	yue⁶	yú		雨
	揄		yù		愉
	與 与 同歟				喻
	愉				寓
	愚				峪
	榆				御
	渝				愈
	漁 渔				癒 愈 同瘉
	瑜				禦
	盂				籲
	禺				與 与 參與
	竿				裕
	臾				語 语 動詞
	虞 虞				諭 谕
	諛 谀				譽
	輿 舆				豫
	逾				遇
	隅				預 预
	餘 余				馭 驭
	魚 鱼	yuen¹	wān		蜿
	嶼 屿 大嶼山		yuān		冤
yue⁵	rǔ				淵 渊
	乳				鳶 鸢
	汝				鴛 鸳
	yǔ	yuen²	ruǎn		阮
	與 与 與其		wǎn		婉
	予				宛
	圉				惋
	宇				
	庚				

	yuàn	苑	
		院	
yuen³	yuàn	怨	
yuen⁴	qiān	鉛	铅
	wán	丸	
		完	
		烷	
		紈	纨
	xuán	懸	悬
		玄	
	xuàn	炫	
	yán	沿	
	yuán	元	
		原	
		員	员
		園	园
		圓	圆
		援	
		源	
		猿	
		緣	缘
		袁	
		轅	辕
yuen⁵	rú	蠕	
	ruǎn	軟	软
		阮	
	yuǎn	遠	远
yuen⁶	xiàn	縣	县
	xuàn	炫	
		眩	
	yuàn	愿	

		願	愿
yuet³	yǐ	乙	
yuet⁶	xué	穴	
	yǐ	乙	
	yuē	曰	
	yuè	悅	
		月	
		粵	
		越	
		閱	阅
		說	说 同悦
yui⁵	ruǐ	蕊	
yui⁶	ruì	睿	
		銳	锐
	yì	裔	
yuk¹	wò	沃	
	xù	旭	
	yù	毓	
		煜	
		郁	
yuk⁶	ròu	肉	
	rǔ	辱	
	rù	褥	
	yù	峪	
		慾	
		欲	
		浴	
		獄	狱
		玉	
		育	
yun⁶	rùn	潤	润

		閏	閏
yung¹	wēng	嗡	
		翁	
	yōng	雍	
yung²	rǒng	冗	
	yōng	擁	拥
		臃	
	yǒng	俑	
		恿	
		湧	涌
		蛹	
		踊	踊
	yòng	傭	同傭（傭金）
		傭 佣	傭金

yung⁴	róng	容	
		戎	
		榕	
		溶	
		熔	
		絨	绒
		茸	
		蓉	
		融	
		鎔	镕
	yōng	傭 佣	傭工
		庸	
yung⁵	yǒng	勇	
yung⁶	yòng	用	

常用粵語方言字表

方言字	粵音	說明
吖	a¹	
嗌	aai³	
錔	aak³	
踉	an³	
畀	bei²	
嚕	boh³	
揋	bok¹	
壆	bok³	
埲	bung⁶	
咋	chaak¹	
鏳	chaang¹	
鱠	chong¹	
渧	dai³	
肬	dam¹	
抌	dam²	
扽	dan³	
揼	dap⁶	
竇	dau³	
哋	dei⁶	
掟	deng³	
啲	di¹	
｜掂	dim³	用手碰
｜掂	dim⁶	同㗎
嚸	dim⁶	
艔	do⁶	
嘟	duet¹	
戙	dung⁶	
瞓	fan⁵	
｜㗎	ga³	表強調
｜㗎	ga⁴	表反問
剮	gaai³	
鎅	gaai³	
鐧	gaan²	
哽	gaang³	
噉	gam²	
咁	gam³	
嚿	gau⁶	
｜嘅	ge²	表疑問
｜嘅	ge³	的
噏	gip¹	
個	goh²	
啩	gwa³	
躓	gwaan³	
姣	haau⁴	
閪	hai¹	
係	hai²	
｜冚	ham⁶	緊密
殼	hing³	
揸	ja¹	
鈒	jaap⁶	
｜啫	je¹	表勸告
｜唶	jek¹	加強語氣
嗰	jit¹	
咗	joh²	
咭	kaat¹	

|冚	kam²	蓋／遮蓋	屘	mei¹	
佢	kui⁵		搣	mit¹	
罅	laai¹		冇	mo⁵	
嘞	laak³		嫲	na²	
躝	laan¹		嗱	na⁴	
嚟	lai⁴		諗	nam²	
|冧	lam¹	蓓蕾	腍	nam⁴	
|冧	lam³	倒塌	撚	nan²	
摟	lau¹		泅	nap⁶	
褸	lau¹		嬲	nau¹	
驑	lau¹		|呢	nei¹	
脷	lei⁶		呃	ngaak¹	
叻	lek¹		啱	ngaam¹	
|嘮	leuh¹	吐	危	ngai¹	
|嘮	leuh²	糾纏	拎	ngam⁴	
両	leung²		夭	ngan¹	
軩	lip¹		噏	ngap¹	
攞	lo²		頣	ngok⁶	
爉	lo³		|呢	ni¹	
孖	ma¹		燶	nung¹	
嫲	ma⁴		鎊	paang¹	
鯭	maang¹		爆	pok¹	
|咪	mai¹	話筒	嘥	saai¹	
|咪	mai⁵	別	晒	saai³	
嘜	mak¹		惜	sek³	
炆	man¹		俬	si¹	
|掹	mang¹	掹衫尾	蹁	sin³	
|掹	mang³	掹毛	餸	sung³	
乜	mat¹		呔	taai¹	
踎	mau¹		袋	taai¹	
咩	me¹		舦	taai⁵	
孭	me¹		軚	taai⁵	

撻	taat¹	
睇	tai²	
唞	tau²	
劏	tong¹	
揈	wa²	
搵	wan²	
焸	wat¹	
揈	we²	

｜喎	woh³	表爭辯
｜喎	woh⁵	表轉告
｜吔	ya¹	哎吔
｜吔	ya²	威吔
嘢	ye⁵	
薳	yuen⁵	
喐	yuk¹	
膶	yun⁶	

漢語拼音方案

一、字母表

字母	A ɑ	B b	C c	D d	E e	F f	G g
名稱	ㄚ	ㄅㄝ	ㄘㄝ	ㄉㄝ	ㄜ	ㄝㄈ	ㄍㄝ
	Hh	I i	J j	K k	L l	M m	N n
	ㄏㄚ	ㄧ	ㄐㄧㄝ	ㄎㄝ	ㄝㄌ	ㄝㄇ	ㄋㄝ
	O o	P p	Q q	R r	S s	T t	U u
	ㄛ	ㄆㄝ	ㄑㄧㄡ	ㄚㄦ	ㄝㄙ	ㄊㄝ	ㄨ
	V v	W w	X x	Y y	Z z		
	ㄪㄝ	ㄨㄚ	ㄒㄧ	ㄧㄚ	ㄗㄝ		

V 只用來拼寫外來語、少數民族語言和方言。

字母的手寫體依照拉丁字母的一般書寫習慣。

二、聲母表

b	p	m	f	d	t	n	l
ㄅ玻	ㄆ坡	ㄇ摸	ㄈ佛	ㄉ得	ㄊ特	ㄋ訥	ㄌ勒
g	k	h	j	q	x		
ㄍ哥	ㄎ科	ㄏ喝	ㄐ基	ㄑ欺	ㄒ希		
zh	ch	sh	r	z	c	s	
ㄓ知	ㄔ蚩	ㄕ詩	ㄖ日	ㄗ資	ㄘ雌	ㄙ思	

在給漢字注音的時候，為了使拼式簡短，zh ch sh 可以省作 ẑ ĉ ŝ。

三、韻母表

	i ㄧ　衣	u ㄨ　烏	ü ㄩ　迂
a ㄚ　啊	ia ㄧㄚ　呀	ua ㄨㄚ　蛙	
o ㄛ　喔		uo ㄨㄛ　窩	
e ㄜ　鵝	ie ㄧㄝ　耶		üe ㄩㄝ　約
ai ㄞ　哀		uai ㄨㄞ　歪	
ei ㄟ　欸		uei ㄨㄟ　威	
ao ㄠ　熬	iao ㄧㄠ　腰		
ou ㄡ　歐	iou ㄧㄡ　憂		
an ㄢ　安	ian ㄧㄢ　煙	uan ㄨㄢ　彎	üan ㄩㄢ　冤
en ㄣ　恩	in ㄧㄣ　因	uen ㄨㄣ　溫	ün ㄩㄣ　暈
ang ㄤ　昂	iang ㄧㄤ　央	uang ㄨㄤ　汪	
eng ㄥ　亨的韻母	ing ㄧㄥ　英	ueng ㄨㄥ　翁	
ong （ㄨㄥ）轟的韻母	iong ㄩㄥ　雍		

（1）"知、蚩、詩、日、資、雌、思"等七個音節的韻母用 i，即：知、蚩、詩、日、資、雌、思等字拼作 zhi，chi，shi，ri，zi，ci，si。

（2）韻母 ㄦ 寫成 er，用作韻尾的時候寫成 r。例如："兒童"拼作 ertong，"花兒"拼作 huar。

（3）韻母 ㄝ 單用的時候寫成 ê。

（4）i 行的韻母，前面沒有聲母的時候，寫成 yi（衣），ya（呀），ye（耶），yao（腰），you（憂），yan（煙），yin（因），yang（央），ying（英），yong（雍）。

u 行的韻母，前面沒有聲母的時候，寫成 wu（烏），wa（蛙），wo（窩），wai（歪），wei（威），wan（彎），wen（溫），wang（汪），weng（翁）。

ü 行的韻母，前面沒有聲母的時候，寫成 yu（迂），yue（約），yuan（冤），yun（暈）；ü 上兩點省略。

ü 行的韻母跟聲母 j，q，x 拼的時候，寫成 ju（居），qu（區），xu（虛），ü 上兩點也省略；但是跟聲母 n，l 拼的時候，仍然寫成 nü（女），lü（呂）。

（5）iou，uei，uen 前面加聲母的時候，寫成 iu，ui，un。例如 niu（牛），gui（歸），lun（論）。

（6）在給漢字注音的時候，為了使拼式簡短，ng 可以省作 ŋ。

四、聲調符號

陰平　陽平　上聲　去聲

ˉ　　　ˊ　　　ˇ　　　ˋ

聲調符號標在音節的主要母音上。輕聲不標。例如：

媽 mā　　麻 má　　馬 mǎ　　罵 mà　　嗎 ma

（陰平）（陽平）（上聲）（去聲）（輕聲）

五、隔音符號

a，o，e 開頭的音節連接在其他音節後面的時候，如果音節的界限發生混淆，用隔音符號（'）隔開，例如：pi'ao（皮襖）。

粵語拼音系統
據劉錫祥（Sidney Lau）《實用粵英詞典》

一、聲母

b	爸	p	扒	m	媽	f	花
d	打	t	他	n	拿	l	啦
g	加	k	卡	ng	牙	h	哈
gw	瓜	kw	誇	y	也	w	蛙
j	渣	ch	叉	s	沙		

二、韻母

韻腹＼韻尾	--	-i	-u	-m	-n	-ng	-p	-t	-k
aa	a 呀	aai 挨	aau 拗	aam 監	aan 晏	aang 罌	aap 鴨	aat 押	aak 扼
a		ai 矮	au 歐	am 庵	an 恩	ang 鶯	ap 急	at 不	ak 厄
e	e 爹	ei 非				eng 鏡			ek 尺
i	i 衣		iu 妖	im 淹	in 煙	ing 英	ip 葉	it 熱	ik 益
o	oh 柯	oi 哀	o 奧		on 安	ong 盎		ot 渴	ok 惡
oo	oo 烏	ooi 煨			oon 碗			oot 活	
u		ui 去			un 春	ung 甕		ut 律	uk 屋
eu	euh 靴					eung 香			euk 約
ue	ue 於				uen 冤			uet 月	
				m 唔		ng 五			

國音粵音索音字彙

三、聲調

調類	調號	調值	例字	例字注音
陰平	1	˥ 55 ˥ 53	思	si^1
陰上	2	˧˥ 35	史	si^2
陰去	3	˧ 33	試	si^3
陽平	4	˩ 11	時	si^4
陽上	5	˩˧ 13	市	si^5
陽去	6	˨ 22	士	si^6
陰入	1	˥ 5	式	sik^1
中入	3	˧ 3	錫	sik^3
陽入	6	˨ 2	食	sik^6

粵語拼音對照表

例字	本書[1]	國際音標	粵拼[2]
聲母			
爸	b	p	b
扒	p	p[h]	p
媽	m	m	m
花	f	f	f
打	d	t	d
他	t	t[h]	t
拿	n	n	n
啦	l	l	l
加	g	k	g
卡	k	k[h]	k
牙	ng	ŋ	ng
哈	h	h	h
渣	j	ts	z
叉	ch	ts[h]	c
沙	s	s	s
瓜	gw	k[w]	gw
誇	kw	k[hw]	kw
也	y	j	j
蛙	w	w	w
韻母			
呀	a	a	aa
挨	aai	ai	aai
拗	aau	au	aau
監	aam	am	aam
晏	aan	an	aan

罌	aang	aŋ	aang
鴨	aap	ap	aap
押	aat	at	aat
扼	aak	ak	aak
矮	ai	ɐi	ai
歐	au	ɐu	au
庵	am	ɐm	am
恩	an	ɐn	an
鶯	ang	ɐŋ	ang
急	ap	ɐp	ap
不	at	ɐt	at
厄	ak	ɐk	ak
爹	e	ɛ	e
非	ei	ei	ei
鏡	eng	ɛŋ	eng
尺	ek	ɛk	ek
衣	i	i	i
妖	iu	iu	iu
淹	im	im	im
煙	in	in	in
英	ing	iŋ	ing
葉	ip	ip	ip
熱	it	it	it
益	ik	ik	ik
柯	oh	ɔ	o
哀	oi	ɔi	oi
奧	o	ou	ou
安	on	ɔn	on

盎	ong	ɔŋ	ong	春	un	ɵn	eon
渴	ot	ɔt	ot	律	ut	ɵt	eot
惡	ok	ɔk	ok	靴	euh	œ	oe
烏	oo	u	u	香	eung	œŋ	oeng
煨	ooi	ui	ui	約	euk	œk	oek
碗	oon	un	un	於	ue	y	yu
活	oot	ut	ut	冤	uen	yn	yun
甕	ung	uŋ	ung	月	uet	yt	yut
屋	uk	uk	uk	唔	m	m	m
去	ui	ɵy	eoi	五	ng	ŋ	ng

注 1：本書粵語拼音系統：劉錫祥（Sidney Lau）著《實用粵英詞典》,1977, 香港政府印刷局出版。

注 2：香港語言學學會《粵語拼音方案》,1993, http://www.lshk.org/。